Émile Zola

Der Zusammenbruch

Erster Teil

Émile Zola

Der Zusammenbruch

Erster Teil

ISBN/EAN: 9783955630515

Auflage: 1

Erscheinungsjahr: 2013

Erscheinungsort: Bremen, Deutschland

@ Leseklassiker in Access Verlag GmbH, Fahrenheitstr. 1, 28359 Bremen. Alle Rechte beim Verlag und bei den jeweiligen Lizenzgebern.

Leseklassiker

Erſter Teil.

Erſtes Kapitel.

Zwei Kilometer von Mülhauſen, gegen den Rhein zu, inmitten der fruchtbaren Ebene, war das Lager aufgeſchlagen. Im ſcheidenden Lichte dieſes Auguſt= tages mit dem trüben, von ſchweren Wolken über= zogenen Himmel reihten ſich auf weiten Aeckern die Schutzzelte aneinander, und in regelmäßigen Zwiſchen= räumen vor der Feldſtandarte aufgepflanzt blinkten die Flintenpyramiden. Mit geladenen Gewehren ſtanden die Schildwachen dabei, unbeweglich, den Blick verloren in die blaßvioletten Nebel, die da unten am Rande des Horizonts aus dem großen Fluſſe emporſtiegen.

Die Truppen waren gegen fünf Uhr von Belfort an= gekommen; es war acht, und ſie hatten ihren Proviant ſoeben erſt gefaßt. Aber das Brennholz hatte ſich irgend= wo auf dem Wege verirrt, und die Verteilung konnte nicht ſtattfinden. Es war unmöglich, ein Feuer an= zuzünden und abzukochen. Die Leute mußten ſich damit begnügen, den trockenen Zwieback kalt zu kauen und ihn mit großen Mengen Branntweins zu be=

gießen, was ihren von den Mühen des Marsches
erschlafften Beinen vollends den Rest gab. Hinter
den Flintenpyramiden beim Marketenderzelt hatten
sich gleichwohl zwei Soldaten in den Kopf gesetzt,
einen Haufen grünes Holz anzubrennen, junge Baum=
stämmchen, die sie mit ihren Säbelbajonetten abge=
schnitten hatten und die sich hartnäckig weigerten,
Feuer zu fangen. Ein dicker Qualm erhob sich
schwarz und langsam in die von unendlicher Traurig=
keit erfüllte Abendluft.

Nur zwölftausend Mann waren da: alles, was
General Felix Douay vom siebenten Armeecorps
mit sich hatte. Die erste Division war tags zuvor
abberufen worden und nach Fröschweiler gegangen;
die dritte befand sich noch in Lyon. So hatte sich
der General entschlossen, Belfort zu verlassen und
mit der zweiten Division, der Reserveartillerie und
einer unvollständigen Kavalleriedivision vorwärts zu
marschiren.

Man hatte Lagerfeuer bei Lörrach bemerkt; eine
Depesche des Unterpräfekten von Schlettstadt meldete,
daß die Preußen eben den Rhein bei Markolsheim
überschritten hätten. Der General, der sich am
äußersten rechten Flügel des übrigen Corps und ohne
Verbindung mit diesem zu isolirt fühlte, hatte seine
Bewegung gegen die Grenze um so mehr beschleunigt,
als den Abend vorher die Nachricht von der unheil=
vollen Ueberraschung vor Weißenburg eingetroffen
war. Von einer Stunde zur andern mußte er, wenn
er nicht selbst den Feind zurückzudrängen hatte, be=

fürchten, zur Unterstützung des ersten Corps beordert zu werden. An jenem Tage — es war der sechste August, ein Sonnabend voller Gewitterstürme — mußte man sich irgendwo seitwärts geschlagen haben. Das lag förmlich in dem angstvoll beklemmenden Himmel; mächtige Schauer und plötzliche, bange Windstöße strichen vorüber. Und die Division glaubte seit zwei Tagen zum Kampf zu marschiren, und die Soldaten erwarteten nach diesem forcirten Marsch von Belfort nach Mülhausen die Preußen vor sich zu sehen.

Der Tag neigte sich; von einem entlegenen Winkel des Lagers aus begann der Zapfenstreich; Trommelwirbel und Hörnerklang ertönten, doch noch schwach, denn die freie Luft trug den Schall davon. Und Jean Macquart, welcher sich damit beschäftigt hatte, das Zelt zu befestigen, indem er die Pflöcke tiefer ins Erdreich trieb, erhob sich. Bei den ersten Kriegsgerüchten hatte er Rognes verlassen, das Herz noch blutend von dem Drama, in welchem er sein Weib Françoise und die Grundstücke, die sie ihm zugebracht, verloren hatte. Mit neununddreißig Jahren war er wieder in den Dienst getreten, hatte seine Korporalslitzen wieder erhalten und war ins hundertundsechste Linienregiment eingeteilt worden, dessen Kadres man vervollständigte; und manchmal erstaunte er noch darüber, sich mit dem Kapotemantel angethan zu sehen, er, der nach Solferino so froh gewesen war, den Dienst verlassen zu können und kein Säbelraßler, kein Menschentöter mehr sein zu müssen. Aber was soll man thun, wenn

man keinen Beruf, kein Weib und kein Gut mehr
unter der Sonne hat, wenn einem das Herz vor
Traurigkeit und Wut die Brust zu zersprengen droht?
Da ist's wohl das beste, auf die Feinde loszuklopfen,
wenn sie einem zu frech werden. — Und er erinnerte
sich an seinen Schrei: „Ah, gut' Blut!" Er wollte
die alte Erde Frankreichs verteidigen, da er keinen
Mut mehr hatte, sie zu bebauen.

Jean blieb stehen und warf einen Blick ins Lager,
wo der Zapfenstreich überall im Vorüberziehen eine
letzte, kurze Unruhe hervorrief. Einige Soldaten liefen,
andere, die schon eingeschlummert waren, richteten
sich langsam auf und streckten sich mit ärgerlicher,
müder Miene. Er jedoch wartete geduldig auf den
Appell mit jener sicheren Ruhe, jenem schönen, verständigen Gleichmut, der aus ihm einen ausgezeich-
neten Soldaten machte. Die Kameraden sagten oft,
daß er's bei einigem Unterricht vielleicht weit gebracht hätte. Er konnte gerade knapp lesen und
schreiben und strebte nicht einmal nach dem Grade
eines Sergeanten. Wer Bauer war, bleibt Bauer.

Aber der Anblick des glimmenden grünen Holzes
zog seine Aufmerksamkeit auf sich, und er rief den
zwei Leuten — Loubet und Lapoulle, beide von seinem
Zuge — die sich dort abplagten, zu:

„So laßt es doch, ihr vergiftet uns ja!"

Loubet, ein magerer, lebhafter Bursche mit einem
Schalksgesicht, grinste:

„Es fängt, Korporal, ich versichere Sie, es fängt …
und Du, blas doch weiter."

Und er trieb Lapoulle an, einen Riesenkerl, der
alle Kraft aufbot, als wollte er einen Sturm ent=
fesseln, die Backen gleich Schläuchen aufgeblasen, das
Gesicht gedunsen, die Augen gerötet und voller
Thränen. Zwei andere Soldaten vom selben Zuge,
Chouteau und Pache, der erste auf dem Rücken liegend,
ein richtiger Faulenzer, der seine Behaglichkeit liebt,
der zweite niedergekauert und eifrig bemüht, einen
Riß seiner Hosen sorfältig zu flicken, wollten vor
Lachen bersten, belustigt von der scheußlichen Grimasse,
die das Ungetüm Lapoulle schnitt.

„Geh nach der andern Seite, blas dort, da wird's
besser gehen," schrie Chouteau.

Jean ließ sie lachen; sie dürften vielleicht nicht
mehr so oft Gelegenheit dazu haben. Und er, mit
seiner behäbigen, ernsthaften Miene, mit seinem vollen
regelmäßigen Antlitz, war keineswegs ein Freund
trübseliger Stimmung, und er drückte gern die Augen
zu, wenn seine Leute sich einen Spaß erlaubten.
Dann nahm eine andere Gruppe seinen Blick gefangen:
Maurice Levasseur, gleichfalls ein Mann von seinem
Zuge, der seit bald einer Stunde mit einem Zivilisten
sich unterhielt, einem roten Herrn von etwa sechsund=
dreißig Jahren, mit einem gutmütigen, von zwei
großen Glotzaugen erhellten Gesicht, den Augen eines
Kurzsichtigen, die ihn dienstuntauglich gemacht hatten.
Ein Reserveartillerist, ein mit seinem braunen Schnurr=
und Knebelbart ganz stramm und schneidig aussehender
Wachtmeister, hatte sich zu ihnen gesellt, und alle drei
plauderten, als ob sie hier vollständig unter sich wären.

Jean, der den Leuten einen Rüffel ersparen wollte, wandte sich verbindlich zu ihnen:

„Sie thäten gut, Herr, fortzugehen, dort kommt der Zapfenstreich, und wenn der Lieutenant Sie sähe ...“

Maurice ließ ihn nicht aussprechen:

„Bleiben Sie nur, Weiß,“ sagte er. Und zum Korporal gewendet meinte er trocken:

„Der Herr ist mein Schwager, er hat einen Erlaubnißschein vom Obersten, den er kennt.“

Warum mengte er sich in die Sache, dieser Bauer, dessen Hände noch nach Dünger rochen? Er, Maurice, der im letzten Herbst Advokat geworden, war als Freiwilliger eingetreten und dank der Protektion des Obersten dem hundertundsechsten Linienregiment eingereiht worden, ohne erst vor die Stellungskommission zu kommen; er wollte gern den Tornister tragen, aber von der ersten Stunde an hatte ihn ein Widerwille, eine stumme Empörung gegen diesen ungebildeten Menschen, gegen diesen Dorflümmel erfaßt, der ihn kommandirte.

„Es ist gut,“ entgegnete Jean mit seiner ruhigen Stimme, „laßt euch nur erwischen, ich schere mich den Teufel drum.“

Dann drehte er ihnen den Rücken zu und sah dabei, daß Maurice nicht gelogen hatte. Denn der Oberst, Herr von Vineuil, ging in diesem Augenblicke vorüber mit seiner stolzen, vornehmen Miene, seinem langen, gelben Gesicht mit dem dichten, weißen Schnurrbart; er hatte Weiß und den Soldaten mit einem Lächeln gegrüßt. Der Oberst begab sich rasch

nach einem Gehöfte, das man einige hundert Schritte
weiter rechts aus den Pflaumenbäumen herausragen
sah, und wo der Generalstab sich für die Nacht ein-
quartiert hatte. Man wußte nicht, ob der Kommandant des siebenten Corps, welchen der Tod seines bei
Weißenburg gefallenen Bruders in herbste Trauer
versetzt hatte, sich dort befand. Aber der Brigade-
general Bourgain Desfeuilles, unter dessen Befehl das
hundertundsechste Linienregiment stand, war gewiß da,
großmäulig wie gewöhnlich, seinen dicken Leib auf
kurzen Beinen dahinwälzend, mit dem frischen, ge-
röteten Teint eines Genußmenschen, den sein Mangel
an Gehirn wenig belästigte. Die lebhafte Bewegung
rings um den Bauernhof vergrößerte sich; Stafetten
gingen und kamen jede Minute, es war das ganze
fieberhafte Warten auf die Depeschen über die große
Schlacht, von der jedermann seit dem Morgen
die Empfindung hatte, daß sie in der Nähe stattgefunden und einen verhängnisvollen Ausgang genommen haben mußte. Wo war sie geschlagen worden,
und welches war zur Stunde ihr Ergebnis? Es
schien, als ob im selben Maße, wie die Nacht herein-
brach, die bange Angst auf die Obstgärten und auf
die Heuschober rings um die Ställe sich niedersenkte
und in einem Schattenmeere sich ausbreitete. Und dann
erzählte man noch, daß man eben einen preußischen
Spion, der um das Lager umhergeschlichen war, gefangen und nach dem Gehöfte gebracht hatte, damit der
General ihn verhöre. Vielleicht hatte Oberst von Vineuil
ein Telegramm bekommen, weil er gar so sehr eilte.

Inzwischen hatte Maurice das Gespräch mit seinem Schwager Weiß und seinem Vetter Honoré Fouchard wieder aufgenommen. Der Zapfenstreich war näher gekommen und der Schall der Trommeln und Hörner allmälich mächtiger geworden in dem melancholischen Frieden der Dämmerung. Aber die kleine Gruppe schien ihn nicht einmal zu hören. Der junge Mann, Enkel eines Helden der großen Armee, war in Chêne-Populeux geboren, als Sohn eines Mannes, der, vom Ruhmesglanze abgewendet, in das magere Aemtchen eines Steuereinnehmers geraten war. Seine Mutter, eine Bäuerin, war gestorben, als sie ihn und seine Zwillingsschwester Henriette auf die Welt brachte. Die kleine Henriette war es auch, die ihn erzogen hatte. Und wenn er sich als Freiwilliger hier befand, so war's die Folge großer Verirrungen: Die Zerfahrenheit eines schwachen, überspannten Naturells, der Leichtsinn, mit dem er im Spiel, für Weiber und all die Thorheiten des gefräßigen Paris sein Geld vergeudet hatte, als er dorthin gekommen war, um seine Rechtsstudien zu beendigen, und seine Familie sich Opfer auferlegt hatte, um aus ihm einen Herrn zu machen. Der Vater war darüber gestorben; die Schwester, nachdem sie für ihn alles hergegeben, hatte das Glück gehabt, einen Gatten zu finden, eben diesen braven Jungen Weiß, einen Elsässer aus Mülhausen, der lange Zeit Buchhalter in der großen Raffinerie zu Chêne-Populeux und jetzt Werkführer bei Herrn Delaherche war, einem angesehenen Tuchfabrikanten in Sedan. Und Maurice, edelmütig,

begeisterungsfähig, aber haltlos und von jeder Strö=
mung leicht erfaßt, wie er war, hielt sich in seinem
nervösen Temperament, das ebenso rasch zu über=
schwenglichen Hoffnungen wie zu tiefer Entmutigung
neigte, für ausreichend gebessert. Er war ein kleiner
blonder Mensch mit sehr entwickelter Stirn, zierlicher
Nase, hübschem Kinn, feinem Gesicht, grauen, gewin=
nenden Augen, aus welchen manchmal ein Stückchen
Tollheit guckte.

Weiß war am Tage vor Beginn der Feindselig=
keiten nach Mülhausen geeilt, von dem jähen Wunsche
beseelt, dort einige Familienangelegenheiten zu ordnen.
Er hatte nun, um seinem Schwager die Hand drücken
zu können, die Freundlichkeit des Obersten v. Vineuil
in Anspruch genommen, welcher der Oheim der jungen
Frau Delaherche war, einer hübschen Witwe, die
der Tuchfabrikant vor Jahresfrist heimgeführt und
die Maurice und Henriette, dank einer zufälligen
Nachbarschaft, schon als kleines, übermütiges Mädchen
gekannt hatten. Außer dem Obersten hatte Maurice
auch in seinem Compagniechef, dem Hauptmann
Beaudoin, einen Bekannten der Delaherche gefunden
— wie man erzählte, ein intimer Freund von ihr,
als sie noch in Mézières Frau Maginot, die Gattin
des Forstinspektors Maginot, gewesen war.

„Küssen Sie Henriette recht innig für mich,"
bat Maurice, der seine Schwester leidenschaftlich liebte,
Weiß wiederholt. „Sagen Sie ihr, daß sie zufrieden
sein wird; ich will alles thun, daß sie endlich stolz
auf mich sein kann."

Thränen traten ihm in die Augen; er erinnerte
sich an seine Thorheiten, durch die er Henriette so
viel Kummer bereitet hatte. Sein Schwager, selbst
gerührt, schnitt das Gespräch kurz ab, indem er sich
an Honoré Fouchard, den Artilleristen, wandte:

„Und sobald ich nach Remilly komme, steige ich
zu Onkel Fouchard hinauf und erzähle ihm, daß ich
Sie gesehen habe, und daß es Ihnen gut geht."

Onkel Fouchard, ein Landmann, der ein paar
Aecker besaß und nebenbei in der Umgebung mit Fleisch
hausirte, war ein Bruder der Mutter von Henriette
und Maurice. Er wohnte in Remilly, hoch oben
auf dem Hügelabhang, an sechs Kilometer von Sedan.

„Gut," antwortete Honoré ruhig, „mein Vater
schert sich zwar wenig drum, aber wenn's Ihnen
Spaß macht, gehen Sie hin."

In diesem Augenblick wurde es beim Gehöfte
lebendig. und sie sahen den Strolch, den Menschen,
den man der Spionage beschuldigt hatte, frei
heraustreten, nur von einem einzigen Offizier begleitet. Er hatte zweifellos Papiere vorgezeigt und
irgend eine Geschichte erzählt, denn man begnügte
sich damit, ihn einfach aus dem Lager zu weisen.
Die Dunkelheit war schon so weit vorgeschritten, daß
man seine riesige, vierschrötige Gestalt mit dem
rothaarigen Kopf nicht mehr deutlich unterscheiden
konnte.

Maurice stieß plötzlich einen Schrei aus:

„Honoré, sieh doch hin! Ist das nicht der Preuße
— weißt Du, der Goliath?"

Der Artillerist zuckte empor, als er diesen Namen hörte; er blickte dem Manne mit glühenden Augen nach. Das war Goliath Steinberg, der Fleischer= geselle, der Mensch, der ihn mit seinem Vater ent= zweit, der ihm Sylvine geraubt hatte. Die ganze häßliche Geschichte, die ganze elende Niedertracht, unter der er noch heute litt, tauchte vor ihm auf. Er wäre ihm gerne nachgestürzt, hätte ihn gerne er= würgt. Aber schon schritt der Mann jenseits der Gewehrpyramiden von dannen und verschwand in der Nacht.

„Goliath!" murmelte Honoré, „ist's möglich! Er ist dort bei den anderen! Wenn ich ihn 'mal treffe!"

Mit drohender Geberde wies er nach dem in Finsternis gehüllten Horizont, nach jenem blaßvioletten Osten, der für ihn Preußen bedeutete. Es wurde still; man hörte aufs neue den Zapfenstreich, aber ganz fern, wie er am andern Ende des Lagers ver= hallte, sanft ersterbend inmitten der schattenhaften Umrisse . . .

„Verflucht," unterbrach Honoré das Schweigen; „ich kann mich da schön erwischen lassen, wenn ich nicht beim Appell bin. Gute Nacht und adieu allerseits!"

Und nachdem er Weiß noch beide Hände gedrückt hatte, eilte er mit großen Schritten nach der niedrigen Anhöhe, wo die Reserveartillerie aufgestellt war, ohne nochmals von seinem Vater gesprochen zu haben, ohne ein Wörtchen für Sylvine, deren Namen ihm auf den Lippen brannte.

Ein paar Minuten vergingen noch, und links von der zweiten Brigade blies ein Hornist zum Appell. Ein anderer, der schon näher stand, antwortete, dann ein dritter wieder aus der Ferne. Sie kamen dann einander immer näher und bliesen alle auf einmal, als es Gaube, dem Compagniehornisten einfiel, eine ganze Notensalve hinauszuschmettern. Es war ein großer Bursche, mager, mit schmerzlichem Gesichtsausdrucke, ohne ein Barthärchen, immer stumm, der seine Signale mit einem wahren Sturmesodem blies.

Dann begann der Sergeant Sapin, ein kleiner, verkniffener Mensch mit großen, unstäten Augen, den Appell zu verlesen; mit schriller Stimme schleuderte er förmlich die Namen heraus, während die Soldaten, die angetreten waren, in allen Tonarten, von der Baßgeige bis zur Flöte, Antwort gaben. Doch in der raschen Folge der „Hier" trat eine Pause ein.

„Lapoulle," wiederholte der Sergeant noch lauter.

Wieder keine Antwort. Und Jean mußte zu dem Haufen grünen Holzes rennen, welchen der Füsilier Lapoulle, von den Kameraden angestiftet, eben in Flammen setzen wollte. Jetzt lag er ganz glatt auf dem Bauch, das Gesicht wie gekocht, und blies knapp am Boden hin in den Qualm des verkohlenden Holzes.

„Himmel Donnerwetter, so lassen Sie das doch!" schrie Jean. „Antworten Sie auf den Appell!"

Lapoulle erhob sich bestürzt, schien zu begreifen und schrie sein „Hier" mit einer solchen Kannibalenstimme, daß Loubet auf den Rücken fiel, so drollig

kam ihm das vor. Pache, der seine Flickerei
beendigt hatte, antwortete kaum verständlich, als
murmelte er ein Gebet. Chouteau warf sein „Hier"
verächtlich hin, ohne aufzustehen und streckte sich dann
noch mehr aus.

Unterdessen wartete Rochas, der Lieutenant vom
Dienst, unbeweglich, ein paar Schritte von den Leuten.
Als der Sergeant Sapin nach dem Appell zu ihm
trat und ihm meldete, daß niemand fehle, brummte
er in seinen Schnurrbart, mit dem Kinn auf Weiß
deutend, der noch immer mit Maurice sprach:

„Es ist sogar einer zu viel. Was treibt sich der
hier herum, der Zivilist da?"

„Erlaubnis vom Herrn Obersten, Herr Lieutenant," glaubte Jean, welcher die Frage gehört hatte,
bemerken zu müssen.

Rochas zuckte wütend die Achseln, und ohne ein
Wort zu sagen, ging er abermals längs der Zeltreihen
auf und ab und wartete auf das Signal zum
Auslöschen der Feuer. Jean jedoch, dessen Beine
von dem Marsche wie zerschlagen waren, setzte sich
einige Schritte von Maurice nieder. Die Worte, welche
dieser sprach, drangen anfangs nur wie Gemurmel
zu ihm, ohne daß er sie hörte; war ja doch sein
eigenes, schwerfälliges Gehirn von verworrenen,
dunklen Gedanken erfüllt.

Maurice war für den Krieg, er hielt ihn für un-
vermeidlich, ja für notwendig für das Dasein der
Völker. Das stand bei ihm fest, seitdem er jene
Entwicklungstheorie zu der seinen gemacht hatte,

welche damals die gebildete Jugend leidenschaftlich
bewegte. Ist nicht das Leben selbst zu jeder Stunde
ein Krieg? Ist nicht die Grundbedingung der Natur
der dauernde Kampf, der Sieg des Würdigsten, die
durch die Thätigkeit geübte und erneute Kraft, das
aus dem Tode immer jung wiedererstehende Leben?
Und er erinnerte sich der Begeisterung, die ihn erhoben hatte, als er, um seine Verirrungen zu büßen,
den Entschluß faßte, Soldat zu werden und an die
Grenze zu eilen, um sich zu schlagen. Vielleicht
wollte das Frankreich des Plebiszits, wenn es sich
auch dem Kaiser ganz und gar hingab, doch nicht
den Krieg? Er selbst hatte ihn acht Tage vorher für
sträflich und unsinnig erklärt. Man erörterte diese
Kandidatur eines deutschen Prinzen für den Thron
Spaniens; in der Verworrenheit, die in der Sache
allmälich Platz griff, schien jedermann unrecht zu
haben, so sehr, daß man nicht mehr wußte, von
welcher Seite die Herausforderung ausgegangen war,
und daß nur das Unvermeidliche als das einzige
Feststehende blieb: das verhängnisvolle Gesetz, das
zur bestimmten Stunde ein Volk gegen ein anderes
wirft. Aber ein großer Schauer war durch Paris
gezogen. Er sah den glühend heißen Abend wieder;
auf den Boulevards wälzte sich die Menge und
die Banden streiften umher, Fackeln schwingend,
riefen: „Nach Berlin! Nach Berlin!" Vor dem Rathaus — er war auf einen Kutscherbock gestiegen und,
ihm war's, als hörte er sie noch — sang ein stattliches,
schönes Weib, mit dem Profil einer Königin, in eine

faltenreiche Fahne gehüllt, die Marseillaise. War das vielleicht doch Lüge, hatte das Herz von Paris nicht geschlagen? Und dann waren, wie immer bei ihm, auf die nervöse Ueberspannung Stunden furchtbaren Zweifels und Ekels gefolgt! Seine Ankunft in der Kaserne, die Aufnahmeförmlichkeiten vor dem Adjutanten, der Sergeant, der ihn in die Uniform gesteckt hatte, das verpestete, widerlich riechende Mannschaftszimmer, die grobkörnige Vertraulichkeit der neuen Genossen, das mechanische Exerzieren, nach dem er seine Glieder wie zerschlagen, sein Gehirn wie von Zentnerschwere belastet fühlte. In weniger als einer Woche hatte er sich jedoch daran gewöhnt, und sein Widerwille war verschwunden. Und die Begeisterung hatte ihn neuerdings erfaßt, als das Regiment endlich nach Belfort abmarschirte.

Vom ersten Tage an hatte Maurice die vollständige Gewißheit des Sieges. Für ihn war der Kriegsplan des Kaisers durchaus klar: viermalhunderttausend Mann über den Rhein werfen, den Fluß überschreiten ehe die Preußen bereit wären, Norddeutschland durch einen kräftigen Streich von Süddeutschland trennen und dann, dank irgend einem glänzenden Erfolg, Oesterreich und Italien sofort zwingen, sich Frankreich anzuschließen. War nicht auch einen Augenblick das Gerücht verbreitet, daß das siebente Corps, dem sein Regiment angehörte, von Brest aus in See gehen sollte, um in Dänemark zu landen und durch eine Schwenkung Preußen zu zwingen, ein Armeecorps dort festzunageln? Preußen mußte über-

rafcht, von allen Seiten bedrängt und in wenigen
Wochen zu Boden geschmettert werden. Ein einfacher
militärischer Spaziergang von Straßburg nach Berlin.
Doch seit er in Belfort müßig warten mußte, quälten
ihn Zweifel und Unruhe. Das siebente Corps,
das beauftragt war, das Schwarzwaldloch zu be=
wachen, war in unsagbarer Verwirrung, unvollständig
und von allem entblößt, eingetroffen. Man erwartete
die dritte Division noch aus Italien; die zweite
Kavalleriebrigade hatte man in Lyon zurückgelassen
aus Furcht vor einer Volksbewegung, und drei
Batterien hatten sich verirrt, man wußte nicht, wohin.
Dann machte sich ein außerordentlicher Mangel
bemerkbar; die Magazine von Belfort, die alles
liefern sollten, waren leer; weder Zelte noch Kochkessel,
weder Medikamente noch Feldschmieden, noch Pferde=
halfter waren da; kein einziger Sanitätssoldat, kein
Militärhandwerker. Im letzten Augenblick bemerkte
man, daß dreißigtausend Reservestücke fehlten, die für
die Instandhaltung der Gewehre unerläßlich waren;
und man hatte einen Offizier nach Paris schicken
müssen, der fünftausend brachte, die er mit Mühe
und Not der Kriegsverwaltung entrissen hatte. Zwei
Wochen stand das Corps da; warum marschirte man
nicht vorwärts? Er fühlte es wohl, daß jeder Tag
des Verzugs ein unverbesserlicher Fehler, eine ver=
lorene Siegeschance war. Und vor dem so schön
geträumten Kriegsplan richtete sich die Wirklichkeit der
Durchführung empor; das, was er späterhin völlig
erkennen sollte und wovon er damals nur eine beklem=

mende, dunkle Vorahnung hatte: die sieben staffelförmig
auseinandergezogenen, längs der Grenze von Metz
nach Bitsch und von Bitsch nach Belfort zersplitterten
Armeecorps; die überall unvollständigen Abteilungen,
anstatt der viermalhunderttausend Mann höchstens
zweimalhundertdreißigtausend, die Eifersüchteleien zwischen den Generalen, von denen jeder entschlossen war,
den Marschallsstab für sich zu erringen, ohne seinem
Nachbar zu Hilfe zu kommen. Dabei die schrecklichste
Unvorsichtigkeit. Um Zeit zu gewinnen, hatte man
die Mobilisirung und Vereinigung der Truppen mit
einem Schlage vorgenommen, und das Ende davon
war ein heilloser Wirrwarr. Und schließlich diese
langsam fortschreitende Lähmung, die von oben, von
dem kranken, eines raschen Entschlusses unfähigen
Kaiser ausgehend, allmälich die ganze Armee ergriff,
sie zersetzte, sie vernichtete, ins schlimmste Unglück
stürzte, ohne daß sie sich wehren konnte. Und doch
— bei all dem dumpfen Unbehagen des Wartens
und trotz des instinktiven Schauers vor dem, was
kommen sollte, blieb die Gewißheit des Sieges.

Plötzlich, am dritten August, war die Nachricht
vom Siege bei Saarbrücken, der tags zuvor errungen
worden sein sollte, eingetroffen. Ein großer Sieg; Genaues wußte man noch nicht. Aber die Zeitungen
flossen über von Begeisterung. Das war das dem französischen Heere geöffnete Deutschland, der erste Schritt
auf dem glorreichen Marsche; und den kaiserlichen
Prinzen, der auf dem Schlachtfelde kaltblütig eine
Kugel aufgelesen, umwob bereits die Legende. Dann,

zwei Tage später, als man die Ueberraschung und
Niederschmetterung bei Weißenburg erfuhr, entrang
sich ein Wutschrei der Brust aller. Fünftausend
Mann, die während zehn Stunden fünfunddreißig=
tausend Preußen widerstanden hatten, in einem Hinter=
halt überfallen — das verlangte ganz einfach Rache!
Zweifellos, die Führer traf die Schuld, sich nicht in
acht genommen und nichts vorgesehen zu haben. Aber
das alles war gewiß wieder gut gemacht; Mac
Mahon hatte die erste Division des siebenten Corps
berufen, das erste Corps sollte vom fünften unterstützt
werden, und zur Stunde mußten die Preußen schon
über den Rhein zurückgegangen sein, die Bajonette
unserer Infanterie im Rücken. Und der Gedanke, daß
man sich an diesem Tage wütend geschlagen habe, das
fieberhaft gespannte Warten auf Nachrichten, die ganze
ringsum lagernde Beklommenheit breitete sich mit jeder
Minute mehr unter dem fahlen, weiten Himmel aus.

Das war es auch, was Maurice in seinem Ge=
spräche mit Weiß wiederholt hatte:

„Ah, man hatte ihnen heute gewiß ordentliche Haue
’rübergelangt!“

Weiß schüttelte mit sorgenvoller Miene den Kopf,
ohne ein Wort zu erwidern. Auch er blickte in der
Richtung des Rheines nach dem Osten, wo die Nacht
bereits vollständig hereingebrochen war, wie eine
schwarze Mauer von geheimnisvollem Düster umhüllt.
Die letzten Appellsignale waren verklungen, und ein
großes Schweigen senkte sich auf das erstarrte Lager
nieder, kaum unterbrochen von den Schritten und

Stimmen einiger säumigen Soldaten. Gleich einem flimmernden Stern leuchtete ein Licht aus der Stube des Bauernhofes, wo der Generalstab wachte und die Depeschen erwartete, die von Stunde zu Stunde, aber noch unklar, eintrafen; und das brennende Grünholz, das die Soldaten endlich verlassen hatten, rauchte noch immer mit einem dicken, trüben Qualm, den ein leichter Wind über jenes unruhevolle Gehöfte trieb und der die aufgehenden Sterne am Himmel wie mit einem schmutzigen Schleier umgab.

„Ordentliche Haue," wiederholte endlich Weiß, „Gott geb's!"

Jean, der noch immer wenige Schritte von ihnen saß, spitzte das Ohr. Der Lieutenant Rochas jedoch, der diesen von Zweifel erzitternden Wunsch aufgefangen hatte, blieb stehen um zuzuhören.

„Wie," entgegnete Maurice, „Sie haben kein volles Vertrauen, Sie glauben an die Möglichkeit einer Niederlage?"

Weiß unterbrach Maurice mit einer Geberde; seine Hände zitterten, sein gutmütiges Gesicht war plötzlich bleich und verstört:

„Eine Niederlage! Der Himmel behüte uns davor. Sie wissen, ich bin aus dieser Gegend, mein Groß= vater und meine Großmutter sind 1814 von den Kosaken ermordet worden, und sobald ich an die In= vasion denke, ballen sich meine Fäuste; ich würde die Flinte ergreifen, hier in diesem Rocke wie ein Soldat! ... Eine Niederlage, nein, nein, ich will sie nicht für möglich halten'"

Er faßte sich, seine Schultern senkten sich wie
unter einer schweren Last.

„Allein, was wollen Sie?! Ich bin nicht ruhig,
ich kenne es gut, mein Elsaß. Kürzlich erst habe ich
es Geschäfte halber bereist, und wir, wir haben gesehen, was den Generalen in die Augen springen
mußte, und was sie nicht sehen wollten. Ah, den
Krieg mit Preußen, wir haben ihn gewünscht, seit
langem haben wir friedlich darauf gewartet, diesen alten
Streit auszutragen. Aber das beeinträchtigte nicht
unsere gut nachbarlichen Beziehungen zu Baden und
Bayern; wir haben alle Verwandte oder Freunde auf
der andern Seite des Rheines. Wir dachten, daß
sie gleich uns davon träumten, den unerträglichen
Stolz der Preußen niederzuschlagen ... Und wir —
sonst so ruhig und so entschlossen — wir vergehen seit
mehr als vierzehn Tagen vor Ungeduld und Unruhe,
weil wir sehen, wie alles schlimmer und schlimmer
wird. Seit der Kriegserklärung hat man es geschehen lassen, daß die feindlichen Reiter die Dörfer
in Schrecken versetzen, das Terrain rekognosziren und
die Telegraphendrähte zerschneiden. Baden und
Bayern erheben sich, gewaltige Truppenbewegungen
haben in der Pfalz stattgefunden, und die Nachrichten,
die uns von überall, von Messen und Jahrmärkten
zukommen, beweisen uns, daß die Grenze bedroht ist.
Und wenn die Bewohner und die Bürgermeister der
Gemeinden endlich doch geängstigt zu den Offizieren
laufen und ihnen das erzählen, so zucken diese die
Achseln: ‚Halluzinationen von Feiglingen! Der Feind

ist weit'... Während man nicht eine Stunde verlieren
sollte, vergeht Tag auf Tag. Worauf wartet man denn?
Daß uns ganz Deutschland in die Flanke fällt?"

Er sprach mit leiser, trostloser Stimme, als ob
er diese Dinge nur sich selbst wiederholte, nachdem
er sie schon seit langem bedacht.

„Ah, ich kenne auch dieses Deutschland gut, und
das Schreckliche ist, daß ihr es so wenig zu kennen
scheint wie China. Sie erinnern sich, Maurice, an
meinen Vetter Günther, den Burschen, der letztes
Frühjahr nach Sedan kam, um mich zu besuchen.
Seine Mutter, eine Schwester der meinigen, ist in
Berlin verheiratet; es geht ihm gut da drüben, und
er ist von Haß gegen Frankreich erfüllt. Er dient
heute als Hauptmann in der preußischen Garde;
abends, als ich ihn auf den Bahnhof begleitete —
ich höre ihn noch — sagte er mir mit seiner schnei=
denden Stimme: ‚Wenn Frankreich uns den Krieg
erklärt, wird es geschlagen.'"

Lieutenant Rochas, welcher bis dahin an sich ge=
halten hatte, schritt plötzlich wütend auf die Gruppe los.
Er war an fünfzig Jahre alt, ein großer, magerer
Mensch mit einem langen, hohlwangigen Gesicht, das
wie gegerbt und geräuchert aussah. Seine riesige,
gekrümmte Nase senkte sich auf einen breiten, grimmigen
und zugleich gutmütigen Mund nieder, über dem sich
ein dichter ergrauender Schnurrbart sträubte. Und
er fuhr zornig auf mit donnernder Stimme:

„Ah was! Was faseln Sie da! Wollen Sie
unsere Leute entmutigen?"

Jean mischte sich nicht in den Wortwechsel, aber er fand, daß der Lieutenant recht hatte. Wenn er auch selbst anfing, sich über die langen Verzögerungen und über die Unordnung zu wundern, in der man steckte, so hatte er doch niemals an den furchtbaren Hieben gezweifelt, welche die Preußen bekommen sollten. Das war sicher, da man ja doch nur deshalb hergekommen war.

„Aber, Herr Lieutenant," antwortete Weiß verdutzt, „ich will niemand entmutigen. Im Gegenteil, ich wünschte, daß jedermann wüßte, was ich weiß, denn zum Vorsorgen und Können ist Wissen das beste. Und sehen Sie, dieses Deutschland . . ."

Er fuhr mit seiner verständigen Miene fort und erläuterte seine Befürchtungen: dieses Preußen, nach Sadowa groß geworden; die nationale Bewegung, durch die es an die Spitze der übrigen deutschen Staaten gekommen war; dieses ganze, weite, im Werden begriffene Reich, verjüngt und von dem Gedanken an die zu erobernde Einheit mit Begeisterung und unwiderstehlichem Schwunge erfüllt; dann dieses System der allgemeinen Wehrpflicht, das ein ganzes Volk in Waffen aufstellte, eine Volksarmee, unterrichtet, disziplinirt, mit mächtigem Material ausgerüstet, wohlgeübt im großen Kriege, noch ruhmbedeckt von seinem gewaltigen Triumphe über Oesterreich; die Intelligenz, die moralische Kraft dieser Armee, die von fast durchweg jungen Führern befehligt wurde, einem Generalissimus gehorchend, der mit vollendeter Klugheit und Vorsicht, mit einer wunder-

baren Klarheit des Blickes die Kunst des Krieges zu
erneuern schien.

Und diesem Deutschland gegenüber wagte er
dann Frankreich zu zeigen: das alt gewordene Kaiserreich, zwar noch vom Plebiszit bejubelt, aber ange-
fault in seinen Grundfesten, nachdem es durch Zer-
störung der Freiheit die Vaterlandsidee geschwächt
hatte, nachdem es zu spät und zu seinem Unheil
wieder liberal geworden war, zum Einsturz fertig,
sobald es die von ihm entfesselte Sucht nach Genuß
nicht mehr befriedigen konnte. Die Armee, gewiß, sie war von einer dem Volksstamme angebo-
renen, bewundernswerten Tapferkeit, bedeckt von den
Lorbeeren der Krim und Italiens, allein verderbt
durch die käuflichen Ersatzstellungen, in der Routine
der afrikanischen Schule zurückgeblieben, zu siegessicher,
als daß sie die großen, von der neuen Kriegswissen-
schaft geforderten Anstrengungen versucht hätte; die
Generale endlich zumeist mittelmäßig, von neben-
buhlerischer Streberei verzehrt, einige von verblüffender
Unwissenheit, und der Kaiser an ihrer Spitze, leidend
und unschlüssig, betrogen und sich selbst betrügend, ohne
ernsthafte Vorbereitung in diesem furchtbaren Abenteuer, das eben begann, in das sich alle blindlings
stürzten, wie im Bann des Schreckens und der Unordnung einer zur Schlachtbank geführten Herde.

Rochas hörte mit geöffnetem Mund und mit auf-
gerissenen Augen zu. Die Nüstern jener schrecklichen
Nase waren aufgebläht, dann schlug er plötzlich eine
Lache auf, die ihm förmlich die Kinnbacken spaltete.

„Was schwatzen Sie da! Was wollen Sie mit
diesen Dummheiten sagen! Aber das alles ist zu
unsinnig und zu dumm, als daß man sich darüber
den Kopf zerbrechen sollte ... Machen Sie das den
Rekruten weis, aber nicht mir, nein, nicht mir, der
ich siebenundzwanzig Jahre diene!"

Und er schlug sich mit der Faust auf die Brust.
Er war der Sohn eines Maurergehilfen aus der
Gegend von Limoges. In Paris geboren und von
Widerwillen gegen den Stand seines Vaters erfüllt,
war er mit achtzehn Jahren in die Armee einge=
treten. Es war ein vom Glücke begünstigter Soldat,
hatte den Tornister getragen, war dann Korporal in
Afrika, Sergeant bei Sebastopol, Lieutenant nach
Solferino geworden, hatte fünfzehn Jahre eines
harten Lebens und einer heroischen Tapferkeit dran=
gesetzt, um diesen Grad zu erlangen, und war dabei
so jedes Unterrichtes bar, daß er niemals Hauptmann
werden konnte.

„Aber, Herr, der Sie alles wissen, Sie wissen das
nicht ... Ja, bei Mazagran, ich war kaum neunzehn
Jahre alt, und wir waren unserer hundertdreiund=
zwanzig Mann, nicht einer mehr, und wir haben uns
vier Tage gegen zwölftausend Araber gehalten ... Ja,
und während dieser langen Jahre drunten in Afrika
bei Maskara, bei Biskra, bei Dellys und später in
Großkabylien und noch später in Laghuat, ja, wenn
Sie mit uns gewesen wären, Herr, da hätten Sie diese
schmutzigen Mohrenkerle sehen können, wie sie davon=
liefen wie die Hasen, sobald wir erschienen. Und

bei Sebastopol, Herr, verdammt, man kann nicht
sagen, daß das bequem war. Unwetter, um einem
die Haare zu entwurzeln, eine Bärenkälte und dazu
der ewige Alarm und dann diese Kannibalen, die
schließlich alles in die Luft sprengten! Was nicht
hindert, daß auch wir sie selbst mit Musik in den
großen Bratofen springen ließen. Und bei Solferino
waren Sie auch nicht, Herr, also wozu sprechen
Sie davon? Ja, bei Solferino, wo's so heiß
herging, wiewohl an jenem Tage mehr Wasser
vom Himmel fiel, als sie vielleicht Zeit Ihres Lebens
gesehen haben. Bei Solferino, wo die Oesterreicher
so riesig verhauen wurden — Sie hätten sie vor
unseren Bajonetten galoppiren sehen sollen, wie sie
Purzelbäume schlugen, als ob sie Feuer unter dem
Hintern hätten."

Er lachte behaglich; die alte französische Soldaten=
lustigkeit klang aus seinem triumphirenden Lachen
hervor. Das war die Legende, der französische Soldat,
der die Welt durchzog, an der einen Hand sein Lieb=
chen, in der andern ein Glas guten Weines, der die
Welt eroberte, indem er übermütige Schnurren dazu
erzählte. Ein Korporal mit vier Mann, und unermeß=
liche Armeen bissen ins Gras . . .

Plötzlich rief er mit zornig grollender Stimme aus:

„Geschlagen, Frankreich geschlagen! . . . Diese
Schweine von Preußen uns schlagen! Uns, uns
Franzosen!"

Er rückte Weiß ganz nahe auf den Leib und
packte ihn heftig an seinem Rockkragen. Sein ganzer,

großer, magerer Leib, der dem eines fahrenden Ritters glich, drückte, wie erhaben über Zeit und Ort, die vollständige Verachtung gegen den Feind aus, wer er auch sei.

„Hören Sie wohl, Herr, wenn diese Preußen zu kommen wagen, dann wollen wir sie mit Fußtritten nach Hause jagen, hören Sie wohl, mit Fußtritten bis nach Berlin!"

Er machte eine stolze Handbewegung, die heitere Ruhe eines Kindes, die durch nichts getrübte Ueberzeugung des Unschuldigen, der nichts weiß und nichts fürchtet, leuchtete aus seinen Augen.

„Donnerwetter, das ist so, weil's nun 'mal so ist."

Weiß, verblüfft, beinahe überzeugt, beeilte sich, zu erklären, daß er nichts Besseres wünsche. Maurice, der schwieg, da er vor seinem Vorgesetzten nicht wagte, sich ins Gespräch zu mischen, stimmte schließlich in das Lachen des letzteren ein: Dieser Teufelsmensch, welchen er im übrigen für sehr dumm hielt, machte ihm warm ums Herz; ebenso hatte Jean, eifrig mit dem Kopfe nickend, den Worten des Lieutenants zugestimmt. Auch er war bei Solferino gewesen, wo's so stark geregnet hatte; das nannte er reden! Wenn alle Führer so gesprochen hätten, würde man sich wenig darum geschoren haben, daß es an Kochkesseln und Flanellbinden mangelte.

Die Nacht war längst hereingebrochen, und Rochas fuchtelte immerzu mit seinen langen Armen in dem lichten Schatten umher. Er hatte zeitlebens nur einen Band über die Siege Napoleons durch=

studirt, der zufällig aus dem Kasten eines Kolporteurs in seinen Tornister geraten war, und er konnte sich nicht beruhigen, und seine ganze militärische Wissenschaft machte sich in einem heftigen Aufschrei Luft:

„Ah, Oesterreich bei Castiglione, bei Marengo, bei Austerlitz, bei Wagram verhauen, Preußen bei Eylau, Jena und Lützen verhauen, Rußland bei Friedland, Smolensk und an der Moskwa, Spanien und England überall verhauen, die ganze Welt verhauen von unten nach oben, der Länge und der Breite nach, und heute sollten wir verhauen werden? Warum und wieso? Sollte sich die Welt so geändert haben?"

Und er richtete sich noch höher auf und hob seinen Arm empor wie eine Fahnenstange:

„Seh'n Sie, man hat sich heute da unten geschlagen, man wartet auf die Nachrichten; wohlan, diese Nachrichten, ich will sie Ihnen geben, ich! Die Preußen sind geklopft worden, daß kein Stückchen von ihnen ganz geblieben ist, geklopft, daß man sie wie die Brosamen zusammenkehren könnte!"

Unter dem düsteren Himmel zog in diesem Augenblick ein banger, schmerzlicher Schrei vorüber. War es die Klage eines Nachtvogels, war es eine fernhergekommene, geheimnisvolle, schwer mit Thränen beladene Stimme? Das ganze in Finsternis getauchte Lager erschauerte davon. Und das angstvoll beklommene Warten auf die langsam anlangenden Depeschen wurde noch fieberhafter und größer. Und fern im

Gehöfte brannte die Kerze, welcher der unruhvollen Nachtwache des Generalstabes leuchtete, noch höher mit der aufrechten und unbeweglichen Flamme eines Wachslichtes.

Aber es war zehn Uhr, Gaude erhob sich von dem schwarzen Boden, wo er verschwunden war, und gab das Signal zum Auslöschen des Feuers. Die anderen Hornisten antworteten, und ihre Fanfaren verklangen und erstarben allmälich, als wären sie im Schlafe selbst erstarrt. Und Weiß, der gar nicht an die späte Stunde gedacht hatte, schloß Maurice innig in die Arme: „Frohe Hoffnung und guten Mut," sagte er; er werde Henriette für ihren Bruder umarmen und dem Onkel Fouchard freundliche Grüße vermelden. Da, als er endlich fortgegangen war, erhob sich ein Lärm und eine fieberhafte Bewegung. Es war ein großer Sieg, den Marschall Mac Mahon errungen hatte: der Kronprinz von Preußen mit fünfundzwanzigtausend Mann gefangen, die feindliche Armee zurückgetrieben, vernichtet, nachdem sie ihre Kanonen und ihre Bagage in unseren Händen gelassen!

„Na, also," rief Rochas mit seiner Donnerstimme; und dann lief er ganz glückselig Weiß nach, der eiligst nach Mülhausen zurückkehrte.

„Mit Fußtritten, Herr, mit Fußtritten," rief er ihm nach.

Eine Viertelstunde später kam eine andere Depesche, die sagte, daß die Armee Wörth aufgeben und den Rückzug habe antreten müssen. Ach, welche Nacht! Rochas, den der Schlaf niedergeworfen, hüllte

sich in seinen Mantel und schlummerte auf der Erde,
ohne an ein Obdach zu denken, wie ihm das häufig
widerfuhr. Maurice und Jean waren in das Zelt
geschlüpft, wo schon Loubet, Chouteau, Pache und
Lapoulle sich ausstreckten, den Kopf auf ihre Tor=
nister gestützt. Es war für sechs Platz unter der
Bedingung, daß man die Beine hübsch einzog. Zuerst
hatte Loubet die anderen trotz ihres Hungers belustigt,
indem er Lapoulle weismachte, daß es am nächsten
Morgen bei der Proviantverteilung Hühner geben
werde; aber sie waren zu müde, und sie schnarchten
bald. Die Preußen hätten ruhig kommen können.
Einen Augenblick lang blieb Jean, ohne sich zu rühren,
dicht an Maurice gepreßt. Trotz seiner großen Er=
müdung floh ihn der Schlaf; alles was dieser Herr
gesagt hatte, wirbelte ihm im Kopf herum: Deutsch=
land in Waffen mit seinem zahllosen, alles ver=
schlingenden Heere!

Und er fühlte wohl, daß sein Nachbar ebenso
wenig schlief und an dieselben Dinge dachte. Da
machte dieser eine ungeduldige Bewegung und rückte
zurück, und der andere verstand, daß er ihm unan=
genehm war.

Die instinktive, aus dem Standes= und Bildungs=
unterschied entspringende Abneigung erfüllte den
Studirten mit einem physischen Widerwillen gegen
den Bauer. Jean empfand brennende Scham darüber
oder vielmehr Traurigkeit; er machte sich ganz klein
und bemühte sich, der feindseligen Verachtung, die er
ahnte, auszuweichen. Während die Nacht draußen

recht kühl wurde, ward es im Zelte durch die zu=
sammengepferchten Leiber so heiß, daß Maurice, wie
vom Fieber geschüttelt, plötzlich auffprang und sich
einige Schritte vom Zelte draußen niederlegte. Der
arme Jean wälzte, vom Alp gedrückt, sich in einem un=
ruhigen Halbschlaf umher, in welchem sich das traurige
Gefühl, von niemand geliebt zu sein, und die Angst
vor einem ungeheuren Unglück vermischten, dessen
heraneilenden Schritt er zu hören glaubte, dort unten
aus der unbekannten Ferne her.

Stunden mußten vergangen sein, und das ganze
Lager, schwarz und unbeweglich, schien ins Nichts
gesunken zu sein unter dem Drucke der weiten, bösen
Nacht, auf welcher ein furchtbares, noch namenloses
Etwas lastete. Aus dem Schattenmeere fuhr hie
und da einer der Schlafenden jäh auf, ein plötzliches
Röcheln drang aus einem unsichtbaren Zelte hervor,
der qualvolle Traum eines Soldaten. Dann erhoben
sich Geräusche, die man nicht recht erkannte, das
Schnauben eines Pferdes, das Klirren eines Säbels,
das rasche Dahineilen eines verspäteten Bummlers
alle diese Geräusche schienen sich in drohenden Lärm
umzuwandeln. Plötzlich aber blitzte bei der Kantine
ein heller Schein auf. Die Feldstandarte war davon
grell beleuchtet, man sah die aneinander gereihten
Gewehrpyramiden, die geraden, glänzenden Flinten=
läufe, auf welchen ein roter Abglanz flimmerte
gleich frischem, fließendem Blut, und die Schildwachen
tauchten finster und aufrecht in dem plötzlichen
Feuerschein auf. War das der Feind, welchen die

Führer seit zwei Tagen ankündigten, und dem zu begeg=
nen man von Belfort nach Mühlhausen marschirt war?

Dann inmitten des Sprühregens kleiner Funken
erlosch die Flamme. Es war der so lange von
Lapoulle und Loubet gepeinigte Haufen Grünholz,
welcher, nachdem er stundenlang geglommen, wie ein
Strohfeuer aufgeflackert war.

Jean, durch den mächtigen Lichtschein erschreckt,
stürzte aus dem Zelt heraus. Er stolperte beinahe
über Maurice, der, auf den Ellbogen gestützt, vor sich
hinblickte. Die Nacht war noch finsterer geworden
und die beiden Männer blieben ausgestreckt auf dem
nackten Boden, wenige Schritte von einander entfernt.
Ihnen gegenüber aus dem dichten Dunkel leuchtete
nur das Fenster des Gehöftes, das einsame Kerzen=
licht, welches einen Toten zu bewachen schien. Wie
spät mochte es sein? Zwei Uhr, drei Uhr vielleicht.
Der Generalstab hatte sich gewiß noch nicht nieder=
gelegt. Man hörte die großmäulige Stimme des
Generals Bourgain=Desfeuilles, der über die Nacht=
wache wütend war, während welcher er sich nur mit
Hilfe von Grog und Cigarren aufrecht erhalten
konnte. Neue Telegramme kamen an, die Dinge
mußten schlimmer stehn, die verschwommenen Schatten
der Estafetten galoppirten wie toll dahin. Sie
rannten schlafende Soldaten über den Haufen, man
hörte Flüche gleich einem erstickten Todesschrei, welchen
entsetzliche Stille folgte. Was war das doch? War's
das Ende? Ein eisiger Lufthauch zog über das in
Schlaf und Angst zu nichts erstarrte Lager.

In diesem Augenblicke erkannten Jean und Maurice den Obersten von Vineuil in dem mageren, langen Schatten, welcher rasch vorüberging; er mußte in Begleitung des Majors Bouroche sein, eines dicken Menschen mit einem Löwenhaupt. Beide tauschten zusammenhangslose, unvollständige Worte aus, im Flüsterton, wie man sie in bösen Träumen vernimmt:

„Sie kommt von Basel ... unsere erste Division aufgerieben ... zwölfstündiger Kampf ... ganze Armee auf dem Rückzug ...“

Der Schatten des Obersten blieb stehen und rief einem andern Schatten von feinen und korrekten Umrissen, der vorüber eilte, zu:

„Sind Sie's, Beaudouin?“

„Ja, Herr Oberst!“

„Ach, mein Freund! Mac Mahon bei Frösch=weiler, Frossard bei Spicheren geschlagen, de Failly unnütz zwischen beiden festgenagelt. ... Bei Frösch=weiler ein einziges Corps gegen eine ganze Armee ... Wunder an Tapferkeit ... und alles dahin, alles in wilder Flucht, Panik! Frankreich dem Feinde geöffnet.“

Thränen schnürten ihm die Kehle zusammen, halb=erstickte Worte drangen noch hervor, und die drei Schatten verschwanden und verschwammen in der Nacht.

Maurice erhob sich, am ganzen Leibe erschauernd:

„Mein Gott“, stammelte er.

Und er fand kein anderes Wort, während Jean mit zu Eis erstarrtem Herzen murmelte:

„Ja, verdammt, dieser Herr, Ihr Verwandter,

hatte also doch recht, als er sagte, daß sie stärker sind als wir."

Maurice, außer sich, hätte ihn gern erwürgt. Die Preußen stärker als die Franzosen! Das schlug seinem Stolz eine blutende Wunde. Aber der Bauer fügte langsam und fest hinzu:

„Doch das macht nichts, auch wenn man einen Klaps bekommen hat, muß man trotzdem zuhauen."

Vor ihnen aber richtete sich eine lange Gestalt auf. Sie erkannten Rochas, der noch in seinen Mantel gehüllt war und welchen die verworrenen Geräusche, der beklemmende Hauch der Niederlage vielleicht, aus seinem tiefen Schlaf emporgescheucht hatte. Er fragte, wollte alles wissen.

Als er endlich mühsam verstanden hatte, malte sich in seinen ausdruckslosen Kinderaugen ein unge= heures, starres Staunen aus.

Mehr als zehnmal wiederholte er

„Geschlagen? Wieso geschlagen? Warum ge= schlagen?"

Das war das Unglück, welches die angstvolle Nacht in ihrem Schoße getragen. Jetzt im Osten stieg bleich der Tag, ein grauer Tag voll unendlicher Traurigkeit, über den schlummernden Zelten empor, in welchen man allmälich die fahlen Gesichter von Loubet, Lapoulle, Chouteau und Pache zu unterscheiden begann, die noch mit offenem Munde schnarchten. Ein trübes Morgen= rot erhob sich inmitten der rußfarbenen Nebel, die da unten aus dem fernen Flusse aufgestiegen waren.

Zweites Kapitel.

Es war gegen acht Uhr. Die Sonne zerstreute die schweren Wolken, und ein heißer, klarer August=sonntag leuchtete über Mülhausen inmitten der weiten, fruchtbaren Ebene. Im Lager, welches jetzt erwacht war, summte lautes Leben, und von allen Pfarrkirchen ringsum hörte man die Glocken lustig in der hellen Luft erschallen. Dieser schöne und dabei so unglücksvolle Sonntag hatte seine Fröhlichkeit, seinen strahlenden Festtagshimmel.

Plötzlich blies Gaude zur Proviantverteilung, worüber Loubet baß erstaunte. Was? Gab's wirk=lich etwas? War das vielleicht das Huhn, das er abends zuvor Lapoulle versprochen hatte? Loubet, der im Hallenviertel in der Rue de la Cossonnerie als das Kind der Liebe einer kleinen Grünzeug=händlerin geboren war und sich, nachdem er alle möglichen Geschäfte versucht, als Ersatzmann gestellt hatte, — um der paar Knöpfe willen, wie er sagte, — war der Küchenmeister des Zuges, immer auf dem Ausflug nach Leckerbissen. Und während er

nachsehen ging, machte sich Chouteau, der Künstler,
der Zimmermaler von Montmartre, ein schöner
Mensch und Revolutionär, der wütend darüber war,
daß man ihn, nachdem er ausgedient, wieder ein=
berufen hatte, grausam über Pache lustig, den er
eben dabei überraschte, wie er hinter dem Zelte knieend
sein Gebet verrichtete:

„Seht ’mal den Pfaffen an! Könnte er nicht
gleich von seinem lieben Herrgott hunderttausend
Franken Rente verlangen?“

Pache jedoch, ein schwächlicher, spitzköpfiger Bursche,
der geradewegs aus einem weltverlorenen Dorfe
der Picardie gekommen war, ließ sich mit der stum=
men Sanftmut eines Märtyrers verspotten. Er
diente dem ganzen Zuge zum Stichblatt, gemeinsam
mit Lapoulle, dem Riesen, dem den Sümpfen der
Sologne entsprossenen Ungetüm, der so unwissend in
allem war, daß er am Tage seiner Ankunft beim
Regiment gefragt hatte, ob er den König sehen könne.
Und trotzdem die Unglücksnachricht von Fröschweiler
schon seit dem frühen Morgen bekannt war, lachten
die vier Leute und verrichteten ihre gewohnten Ar=
beiten mit der Gleichgiltigkeit einer Maschine.

Ein Gemurmel wie beim Anblick einer angeneh=
men Ueberraschung wurde laut: Jean, von Maurice
begleitet, kam mit Brennholz von der Verteilung
zurück. Endlich teilte man das Holz aus, auf das
die Truppen am Abend vorher vergeblich zum
Abkochen gewartet hatten. Nur zwölf Stunden Ver=
zögerung.

„Hoch die Intendanz!“ schrie Chouteau.

„Was liegt daran, jetzt ist's da,“ sagte Loubet. „Paßt auf, ich werde euch ein feines Suppenfleisch bereiten.“

Gewohnheitsmäßig und gern nahm er's auf sich, für das Essen zu sorgen, und man war ihm dankbar dafür, denn er kochte ganz ausgezeichnet. Aber er überhäufte dann auch Lapoulle mit persönlichen außerordentlichen Aufträgen:

„Hol' Champagner; schaff Trüffeln herbei ...“

An jenem Morgen aber durchzuckte ein ganz absonderlicher Einfall sein Gehirn, der Einfall eines richtigen Pariser Gassenbuben, der einen harmlosen Menschen foppen will.

„Nun rasch! Wird's? Das Huhn her!“

„Woher soll ich denn ein Huhn kriegen?“

„Nun dort, auf dem Boden! Siehst Du's nicht? — das Huhn, das ich Dir versprochen habe; das Huhn, das der Korporal eben gebracht hat!“

Er wies dabei auf einen großen weißen Kieselstein zu ihren Füßen. Lapoulle, ganz verblüfft, hob den Stein schließlich auf und drehte ihn zwischen den Fingern.

„Himmeldonnerwetter! Willst Du das Huhn waschen! Noch einmal! Wasch ihm die Füße, den Hals! Nimm mehr Wasser, fauler Kerl!“

Und um des puren Spaßes willen, weil ihn der Gedanke an die Suppe lustig und ausgelassen gemacht, warf er den Stein mit samt dem Fleisch in den mit Wasser gefüllten Kochkessel.

„Ah, das wird der Suppe einen feinen Geschmack geben! Das hast Du nicht gewußt? Du weißt aber doch gar nichts, verflixter Dickwanst ... Du sollst den Bürzel haben, wirst sehen, wie das zart ist!"

Der Zug kugelte sich vor Lachen über das Gesicht Lapoulles, der nunmehr vollständig überzeugt, sich die Lippen leckte. Ein Mordskerl, dieser Loubet, — er sorgte immer für Kurzweil.

Und als das Feuer im Sonnenschein knisterte, als der Kochkessel zu summen anfing, scharten sich alle andachtsvoll ringsum, sahen verklärt das Fleisch in der Suppe tanzen und atmeten den guten Duft ein, der sich rings verbreitete. Sie hatten einen Wolfshunger seit dem gestrigen Abend. Der Gedanke ans Essen begeisterte alle.

Man hatte Prügel bekommen, aber das hinderte nicht, daß man den Magen stopfen mußte.

Von einem Ende des Lagers zum andern flackerten die Kochfeuer, brodelten die Kessel, und die Soldaten sangen eßbegierig und lustig inmitten des hellen Glockengeläutes, das noch immer von allen Pfarrkirchen Mülhausens ertönte.

Doch plötzlich — es ging auf neun Uhr — machte sich eine lebhafte Unruhe bemerkbar, die Offiziere liefen, und Lieutenant Rochas, dem Kapitän Beaudouin eben einen Befehl gegeben hatte, kam zu den Zelten seiner Abteilung:

„Vorwärts, legt alles zusammen, packt alles ein, wir marschiren!"

„Aber die Suppe?"

„Die Suppe ein andermal, wir marschiren
sofort!"

Die Trompete Gaudes erscholl gebieterisch; das
war eine Bestürzung, ein dumpfer Zorn! Was!
Marschiren ohne zu essen? Nicht einmal eine Stunde
warten, bis das Abkochen möglich war! Der Zug
wollte gleichwohl die Suppe trinken, aber es war
noch nichts als warmes Wasser, und das ungekochte
Fleisch widerstand den Zähnen wie Leder. Chouteau
brummte wütende Worte. Jean mußte einschreiten,
damit seine Leute die Vorbereitungen zum Abmarsch
beschleunigten. — Was war denn so eilig, daß man
so davonlief, so die Leute hetzte, ohne ihnen Zeit zu
lassen, sich ein wenig zu stärken? Und als jemand
vor Maurice sagte, daß man gegen die Preußen
marschire, um Revanche zu nehmen, zuckte er un-
gläubig die Achseln. In weniger als einer Viertelstunde war das Lager abgebrochen, waren die Zelte
zusammengefaltet, auf die Tornister geschnürt, die
Gewehrpyramiden auseinandergenommen, und auf
der nackten Erde blieb nichts als die erlöschenden
Kochfeuer zurück.

Es waren schwerwiegende Gründe, welche General
Douay zu einem sofortigen Rückzug bestimmt hatten.
Die bereits vor drei Tagen eingetroffene Depesche
des Unterpräfekten von Schlettstadt fand ihre Be-
stätigung: der General hatte ein Telegramm erhalten,
daß man neuerdings die Wachtfeuer der Preußen
gesehen habe, die Markolsheim bedrohten. Andererseits meldete ein Telegramm, daß ein feindliches

Armeecorps den Rhein bei Hüningen überschritten
habe. In Hülle und Fülle liefen dann genaue
Einzelheiten ein. Man hatte die Kavallerie und
Artillerie bemerkt, die auf dem Marsch befindlichen
Truppen zogen von allen Seiten nach ihren Ver-
einigungspunkten. Wenn man eine Stunde zögerte,
so war die Rückzugslinie auf Belfort sicher abgeschnitten. Unter der Rückwirkung der Niederlagen
bei Weißenburg und Fröschweiler blieb dem General,
der isolirt und in der Vorhut wie verloren war,
nichts anderes übrig, als sich eilig zurückzuziehen,
um so mehr, als die morgens eingetroffenen Nachrichten
die der Nacht noch ernster erscheinen ließen.

Zunächst war der Generalstab aufgebrochen, in
raschem Trabe die Reitpferde mit den Sporen an-
treibend, in der Furcht, überholt zu werden, und die
Preußen bereits in Altkirch zu finden. Der General
Bourgoin-Desfeuilles, der einen harten Marschtag
ahnte, war so vorsichtig, über Mülhausen zu marschiren, um dort ein reichliches Frühstück zu nehmen,
wobei er weidlich über diese Hetzjagd schimpfte.
Mülhausen bot beim Durchzug der Offiziere einen
trostlosen Anblick; die Bewohner liefen bei der Nachricht vom Rückzug auf die Straßen und jammerten
über den plötzlichen Abmarsch der Truppen, die
sie so dringend herbeigefleht hatten: man ließ sie
also im Stich; die unermeßlichen Reichtümer, die
auf dem Bahnhofe aufgespeichert lagen, sollten dem
Feinde preisgegeben werden, und ihre Stadt selbst
sollte noch vor dem Abend nichts anderes als eine

eroberte Stadt sein? Dann, längs der Straßen, als
man über das flache Land marschirte, hatten sich die
Bewohner der Dörfer und der einzeln stehenden
Gehöfte erstaunt und erschreckt vor ihren Thüren
aufgestellt. Was! Die Regimenter, die sie tags
zuvor hatten vorbeiziehen sehen, auf dem Marsche in
den Kampf, zogen sich schon zurück? Flüchteten, ohne
gekämpft zu haben? Die Offiziere waren in düsterer
Stimmung, und ohne auf die Fragen zu antworten,
trieben sie ihre Pferde an, als ob das Unglück ihnen
auf den Fersen folgte. War es also doch wahr, daß
die Preußen die Armee niedergeschmettert hatten,
daß sie von allen Seiten nach Frankreich herein-
brachen wie der Wasserschwall eines ausgetretenen
Flusses? Und schon glaubte die Bevölkerung, von
wachsender Panik erfaßt, in der stillen Luft das ferne
Dröhnen des feindlichen Einfalls zu vernehmen, das
von Minute zu Minute lauter und lauter ergrollte.
Und schon füllten sich die Karren mit Möbeln, die
Häuser leerten sich, die Familien flüchteten scharen-
weise auf den Straßen, wo der erschreckende Galopp
vorbeizog.

In der Verwirrung des Rückzuges längs des
Kanales von der Rhone zum Rhein, in der Nähe
der Brücke, mußte das hundertundsechste Regiment nach
dem ersten Kilometer des Marsches anhalten. Die
Marschbefehle, schlecht erteilt und noch schlechter aus-
geführt, hatten die ganze zweite Division zusammen-
gedrängt. Der Uebergang — er war kaum fünf
Meter — war so eng, daß der Zug ganz endlos wurde.

Zwei Stunden verflossen, das hundertundsechste Regiment wartete noch immer unbeweglich angesichts des unaufhörlichen Menschenstromes, der an ihnen vorüberzog.

Die Leute, die in der Sonnenglut, den Tornister auf dem Rücken, Gewehr bei Fuß standen, empörten sich schließlich vor Ungeduld.

„Scheint, daß wir in der Nachhut sind," sagte die spöttische Stimme Loubets.

Aber Chouteau wurde wild:

„Sie treiben ihren Spaß mit uns, daß sie uns da braten lassen; wir waren die ersten hier, wir hätten zuerst hinüber kommen müssen."

Und als man von der andern Seite des Kanals in der weiten, fruchtbaren Ebene, auf den flachen Straßen, zwischen den Hopfenfeldern und dem reifen Getreide die Truppen denselben Weg, den sie tags zuvor gemacht hatten, in entgegengesetzter Richtung zurücklegen sah, war man sich völlig über die Rückzugsbewegung klar; Hohngelächter ging durch die Reihen, und wütende Spottrufe wurden laut.

„Ah!" rief Chouteau, „wir kommen ja großartig vorwärts; dieser Marsch gegen den Feind, mit dem man uns seit dem Tage der Kriegserklärung in den Ohren gelegen hat, ist zu lustig, nein, wahrhaftig, das ist zu schneidig; man kommt an, und dann schiebt man wieder ab, ohne auch nur Zeit zu haben, seine Suppe hinunter zu würgen."

Das zornige Gelächter wurde noch lauter, und Maurice gab Chouteau, neben dem er stand,

recht. Wenn sie nun schon gleich Klötzen dastanden,
um zwei geschlagene Stunden zu warten, warum
hatte man sie nicht ruhig abkochen lassen? Der
Hunger packte sie wieder; mit finsterem Groll dachten
sie an ihre so voreilig ausgeschütteten Feldkessel;
sie konnten die Notwendigkeit dieser Ueberstürzung
nicht begreifen, die ihnen feige und dumm erschien.
Famose Hasenfüße das!

Lieutenant Rochas fuhr den Sergeanten Sapin
dem er die Schuld an der schlechten Haltung
seiner Leute zuschrieb, grob an. Durch den Lärm
angelockt, war auch Hauptmann Beaudouin, korrekt
wie immer, hinzugetreten.

„Stillgestanden!" kommandirte er.

Jean, der richtige alte, an Mannszucht gewöhnte
Soldat des italienischen Feldzuges, sah Maurice
stumm an, welchen die schlechten, hetzerischen
Spottreden Chouteaus zu unterhalten schienen; er
wunderte sich darüber, daß ein Herr, ein Bursch, der
so viel Unterricht genossen hatte, derartige Dinge
gutheißen konnte, die vielleicht richtig waren, die
man aber gewiß nicht sagen durfte. Wenn jeder
Soldat sich beifallen ließe, die Führer zu tadeln und
seine eigene Meinung zu äußern, dann käme man
sicherlich nicht weit.

Endlich, nach einer weiteren Stunde Wartens erhielt das hundertundsechste Regiment Befehl zum Vor-
rücken; doch war die Brücke vom Nachtrab der Division noch immer so verrammelt, daß die schlimmste
Unordnung eintrat. Mehrere Regimenter vermengten

sich unter einander, einzelne Compagnien marschirten, im Gewühl mit fortgerissen, gleichwohl vorwärts; andere wieder wurden an den Straßenrand gestoßen und mußten den Schritt markiren. Und damit die Verwirrung den Gipfelpunkt erreiche, setzte sich's eine Kavalleriedivision in den Kopf, vorzureiten, und drängte dabei die Nachzügler, welche die Infanterie bereits zurückzulassen begann, rechts und links in die Aecker. Am Ende der ersten Marschstunde schleppte sich ein ganzer aufgelöster Haufe dahin, streckte sich aus und blieb zurück, wie es ihm beliebte.

So war's gekommen, daß Jean sich weit hinten befand, in einem tiefen Hohlweg, mit samt seinem Zuge, den er nicht hatte verlassen wollen. Das hundert=undsechste Regiment war verschwunden, nicht ein Mann, nicht einmal ein Offizier der Compagnie war mehr zu sehen; nur noch vereinzelte Soldaten waren da, ein Durcheinander von Leuten, die sich nicht kannten, die, schon zu Beginn des Marsches ermattet, Wege und Fußpfade wählten, die ihnen am bequemsten schienen.

Die Sonne war drückend heiß und der Tornister, beschwert und aufgebläht von der Zeltleinwand und den verschiedenartigen Geräten, lastete schrecklich auf den Schultern. Viele waren gar nicht gewöhnt, ihn zu tragen, und schon durch den dicken Feldmantel, der wie von Blei, arg belästigt. Plötzlich blieb ein kleiner Soldat, bleich, die Augen mit Wasser gefüllt, stehen und warf seinen Tornister in einen Graben, dabei laut aufseufzend und tief Atem holend wie ein Mensch, der mit dem Tode gerungen hat und wieder zu sich kommt.

„Da ist 'mal einer, der das Richtige getroffen hat," murmelte Chouteau.

Gleichwohl setzte er den Marsch mit von der Last gekrümmtem Rücken fort. Aber als zwei andere sich gleichfalls ihrer Bürde entledigten, konnte er sich nicht mehr halten.

„Fahr hin!" rief er, und schleuderte mit einer Schulterbewegung seinen Tornister gegen die Böschung. Fünfundzwanzig Kilo auf dem Rückgrat — ich danke! Er hatte genug davon. Man war doch schließlich kein Vieh, um so was zu schleppen.

Beinahe unmittelbar darauf folgte Loubet seinem Beispiel und zwang Lapoulle das Gleiche zu thun. Pache, welcher vor jedem Steinkreuz an der Straße sich fromm bekreuzigte, machte die Tornisterriemen auf und legte seinen Pack behutsam am Fuß einer niedrigen Mauer hin, als ob er ihn wieder holen müßte. Nur Maurice hatte seinen Tornister behalten, als Jean sich umdrehte und seine Leute mit leerem Rücken sah.

„Nehmt eure Tornister wieder! Man würde mich beim Kragen packen, mich allein!"

Aber die Leute, ohne sich noch zu empören, gingen mit finsterer, stummer Miene vorwärts, den Korporal in dem engen Wege vor sich hindrängend.

„Wollt Ihr wohl eure Tornister nehmen, oder ich mache meinen Rapport!"

Maurice war's, als hätte er einen Peitschenhieb

quer über das Gesicht bekommen. Seinen Rapport! Dieser Lümmel von Bauer wollte seinen Rapport machen, weil arme, tobmüde Burschen sich's ein bißchen erleichterten! Und fiebernd vor blindem Zorn riß er die Tragriemen herunter und ließ seinen Tornister an den Rand des Weges niedersinken, trotzig die Augen gegen Jean richtend.

„Es ist gut," sagte mit seiner ruhigen Miene Jean, der keinen Streit beginnen konnte. „Wir werden das heute Abend in Ordnung bringen."

Maurice schmerzten die Füße furchtbar. Die dicken, harten Schuhe, an die er nicht gewöhnt war, rieben ihm die Haut blutig. Er war von ziemlich schwacher Gesundheit und spürte längs der Wirbel- säule wie eine frische Wunde noch immer den un- erträglichen Druck des Tornisters, wiewohl er sich seiner schon entledigt hatte, und das Gewicht des Gewehres — er wußte kaum mehr, mit welchem Arm er es tragen sollte — genügte allein, um ihm den Atem zu benehmen. Aber noch elender machte ihn die moralische Gebrochenheit, die ihn in solchen Verzweiflungsfällen, denen er oft unterworfen war, erfaßte. Plötzlich, ohne Widerstand leisten zu können, mußte er dann die Vernichtung seiner Willenskraft mitansehen; er fiel schlechten Instinkten, dem voll- ständigen Vergessen seiner selbst anheim, über das er bald darauf vor Scham schluchzte. Seine Pariser Verirrungen waren stets die Thorheiten des „andern" gewesen, wie er zu sagen pflegte, jenes schwachen, der ärgsten Niedrigkeiten fähigen Menschen, der er in feigen Stunden wurde. Und seit er sich so dahinschleppte unter der vernichtenden Sonnenglut, in diesem Rückzug, der einer wilden Flucht ähnelte, war er nichts als ein Stück Vieh i n dieser Herde, die verspätet und über die Wege zerstreut dahintrottete.

Es war der Rückstoß der Niederlage, des Un= gewitters, das meilenweit entfernt losgebrochen war, und dessen verirrtes Echo an die Fersen dieser Leute schlug, die, von Panik ergriffen, flohen, ohne einen Feind gesehen zu haben. Was sollte man auch zur Stunde hoffen? War nicht alles zu Ende? Man war geschlagen; es blieb nichts mehr übrig, als sich hinzulegen und zu sterben.

„Das macht nichts," rief Loubet überlaut, mit dem frechen Lachen eines Sprößlings des Hallen= viertels, „nur ist's leider nicht nach Berlin, wohin wir gehen!"

„Nach Berlin! Nach Berlin!" Maurice hörte noch diesen Schrei, den die auf den Boulevards wimmelnde Menge heulend ausstieß, damals in jener Nacht des tollen Enthusiasmus, der ihn bestimmt hatte, ins Heer zu treten. Der Wind hatte sich wie durch einen Wettersturz gedreht; ein furchtbarer Um= schwung erfolgte, und das ganze Temperament des Volksstammes sprach sich in diesem überhitzten Selbst= vertrauen aus, das sich beim ersten Ungemach jählings in solche Verzweiflung verwandelte, die wie im Sturmesritt den Sieg davontrug unter diesen herumirrenden, ohne Kampf bezwungenen und zer= sprengten Soldaten.

„Ah, wie mir der Kuhfuß die Pfoten quetscht!"
fuhr Loubet fort, und legte sein Gewehr noch=
mals auf die andere Schulter. „Was, eine richtige
Rohrpfeife das für einen Ausflug?"

Und indem er auf das Geld anspielte, das er
als Ersatzmann eingestrichen:

„Wahr ist's! Fünfzehnhundert Franken für solch
ein Handwerk! Da hab' ich mich ordentlich an=
geschmiert! Der mag jetzt in seinen vier Pfählen
gemütlich sein Pfeifchen rauchen, der Geldprotz, an
dessen Stelle ich mir hier den Schädel einhauen
lasse."

„Und ich," murrte Chouteau, „ich hatte meine
Zeit abgedient und sollte meiner Wege gehen! Meiner
Treu, Glück kann man das nicht nennen, in eine
solche Schweinerei hineinzugeraten!"

Er schwenkte sein Gewehr mit wütender Hand,
dann schleuderte er es heftig hinter eine Hecke.

„Fort mit dir, miserables Zeug!"

Das Gewehr drehte sich zweimal um sich selbst,
schlug in einer Ackerfurche auf und blieb dann liegen,
langgestreckt, unbeweglich, gleich einem Toten. Und
schon flogen andere ihm nach; bald war das Feld
voll von Waffen, die traurig, starr und verlassen
unter der drückenden Sonne dalagen.

Es war, als ob eine ansteckende Verrücktheit alle
erfaßt hätte: der Hunger, der den Magen peinigte,
diese Schuhe, welche die Füße wund rieben, dieser
qualvolle Marsch, die unerwartete Niederlage, deren
Dräuen die Leute hinter sich zu hören glaubten.

Nichts Gutes mehr zu hoffen! Die Führer, die davon-
liefen, die Intendanz, die ihnen nicht einmal zu
essen gab, die Ermüdung, der Aerger, die Lust, mit
allem gleich ein Ende zu machen, bevor man noch
angefangen hatte. Also wozu das alles? Das Gewehr konnte dem Tornister Gesellschaft leisten. Und
inmitten der unsinnigen Wut der Soldaten, unter
dem schrillen Gelächter von Tollhäuslern, die sich
einen Spaß machen, flogen die Gewehre dahin,
längs der endlosen Schar der Nachzügler, die sich
in voller Auflösung durchs Gefilde fortschleppten.

Loubet drehte sein Gewehr, bevor er es wegwarf,
einigemal im Kreise herum wie den Stock eines
Tambourmajors, und Lapoulle, als er alle Kameraden ihre Waffen fortschleudern sah, glaubte, daß
das zu den Uebungen gehöre, und machte die Bewegung nach. Aber Pache in seinem verworrenen
Pflichtbewußtsein, das er seiner religiösen Er-
ziehung verdankte, weigerte sich, das Gleiche zu thun;
Chouteau überhäufte ihn mit Schimpfworten und
nannte ihn ein Pfaffenkind.

„Da seht 'mal den Duckmäuser! Das kommt davon, daß ihn seine Mutter, das alte Bauernweib,
jeden Sonntag mit dem lieben Herrgott fütterte!
Geh' doch bei der Messe ministriren! Das ist eine
Feigheit, nicht mit den Kameraden zu halten!“

Düster und schweigend marschirte Maurice mit
gesenktem Haupte unter dem glühenden Himmel. Er
schritt dahin, unaufhörlich vom Alp furchtbarer Erschlaffung bedrückt, gepeinigt von Wahngebilden, als

ob er einem dort unten vor ihm liegenden Abgrund
entgegenginge. Seine ganze Bildung, sein ganzes
Wissen war wie zusammengeschrumpft, eine Nieder-
geschlagenheit erfaßte ihn, die ihn zur Niedrigkeit der
Elenden rings um ihn herabzog.

„Wahrhaftig," sagte er auffahrend zu Chouteau
„Sie haben recht."

Und Maurice hatte bereits sein Gewehr auf einen
Steinhaufen gelegt, als Jean, der vergebens ver-
suchte, dieser schmählichen Preisgebung der Waffen
Einhalt zu thun, ihn bemerkte. Er stürzte auf
Maurice los:

„Nehmen Sie Ihr Gewehr sofort wieder auf;
sofort, hören Sie?"

Eine Flut furchtbaren Zornes war Jean plötzlich
ins Gesicht gestiegen; die Augen des sonst so ruhigen,
stets zur Versöhnlichkeit geneigten Mannes flammten,
und seine Stimme donnerte befehlend. Seine Leute,
die ihn niemals so gesehen hatten, blieben überrascht stehen.

„Nehmen Sie Ihr Gewehr sofort wieder auf,
oder Sie haben es mit mir zu thun!"

Vor Wut bebend stieß Maurice nur ein einziges
Wort heraus, mit dem er Jean tief beleidigen wollte:

„Bauer!"

„Ganz recht, ich bin ein Bauer, während Sie ein
Herr sind, Sie! Und gerade deshalb sind Sie ein
Hund, ja ein gemeiner Hund, das sage ich Ihnen!"

Drohendes Geschrei erhob sich, doch Jean fuhr
unbekümmert mit außerordentlicher Kraft fort:

„Wenn man Bildung hat, so läßt man sie sehen.
Wenn wir Bauern und Lümmel sind, so sollten Sie
uns allen zum Beispiel dienen, der Sie mehr gelernt
haben als wir. Nehmen Sie Ihr Gewehr wieder
auf oder, Gott verdammm' ich, ich lasse Sie erschießen,
sobald wir nach dem Rastort kommen!"

Gebändigt hob Maurice sein Gewehr auf. Thränen
der Wut verschleierten ihm die Augen. Er setzte den
Marsch fort, schwankend wie ein Trunkener, inmitten
der Kameraden, die ihn nunmehr verhöhnten, weil
er nachgegeben hatte.

O, dieser Jean, wie er ihn haßte, mit einem
unauslöschlichen Hasse, ins Herz getroffen von dieser
harten Lektion, die er als eine gerechte empfand!

Und als Chouteau neben ihm murmelte, daß
man für solche Korporäle nur auf den Schlachttag
warte, um ihnen eine Kugel durch den Kopf zu jagen,
da schwamm es ihm rot vor den Augen, und er sah
sich selbst ganz deutlich, wie er Jean hinter einer
Mauer den Schädel zerschmetterte.

Die Leute wurden durch einen anderen abgelenkt. Loubet bemerkte, daß auch Pache während
des Wortwechsels sich seines Gewehres entledigt hatte,
indem er es ganz sacht an einer Böschung niederlegte. Warum? Er versuchte gar nicht, sich darüber
klar zu werden, er lachte nur verstohlen, selbstgefällig
und dabei ein wenig verschämt wie ein gescheiter
Junge, der auf seiner ersten Sünde ertappt wird.
Sehr munter und guter Dinge marschirte er einher,
lustig mit den Armen schlenkernd.

Und auf den langen, sonnigen Straßen, zwischen den reifen Getreideäckern und den Hopfenfeldern, die sich einander immer gleichend folgten, schleppten sich die ungeordneten Maſſen dahin; die Nachzügler ohne Tornister und ohne Gewehr waren nichts als ein verirrter, planlos trabender Haufe, ein Miſchmaſch von Vagabunden und Bettlern, bei deren Nahen die Thüren der erſchreckten Dörfer ſich ſchloſſen.

In dieſem Augenblicke machte eine Begegnung Maurice vollends wütend. Ein dumpfes, andauerndes Rollen drang aus der Ferne an ſein Ohr; es war die zuletzt aufgebrochene Reſerveartillerie, deren Spitze plötzlich an einer Straßenbiegung erſchien; die Nachzügler ſtoben auseinander und hatten kaum Zeit, ſich in die benachbarten Felder zu werfen. Die Artillerie marſchirte kolonnenweiſe, zog in ſtolzem Trab vorüber, in ſchöner, vollendeter Ordnung, ein ganzes Regiment von ſechs Batterien, der Oberſt außerhalb in der Mitte und die Offiziere alle an ihrem Platze. Die Geſchütze dröhnten vorbei, in gleichen, genau eingehaltenen Zwiſchenräumen, jedes von ſeinem Munitionswagen begleitet, mit den zugehörigen Pferden und Leuten. Und Maurice erkannte in der fünften Batterie deutlich das Geſchütz ſeines Vetters Honoré. Der Quartiermeiſter ſaß ſtolz und ſtramm auf ſeinem Pferde links vom Vorderreiter, einem ſchönen blonden Menſchen, Adolf mit Namen, der ein kräftiges Sattelpferd ritt, einen Fuchſen, wunderbar mit dem Handpferd zuſammengekoppelt, das an ſeiner Seite trabte. Unter den ſechs Leuten von der

Bedienungsmannschaft, die je zu zweien auf den Protzen des Geschützes und des Munitionswagens saßen, befand sich der Richtunteroffizier Louis, ein kleiner brauner Bursch, der Kamerad Adolfs, — das Paar, wie man sagte — weil es hergebrachte Sitte war, einen Mann zu Pferde mit einem Mann zu Fuß zu „verheiraten". Sie erschienen Maurice, der im Lager ihre Bekanntschaft gemacht hatte, wie gewachsen; und das Geschütz mit seinen vier Pferden bespannt, gefolgt von seinem Munitionswagen, den sechs andere Pferde zogen, schien ihm glänzend wie eine Sonne, sorgfältig gehalten, geputzt, von allen geliebt, von Tieren und Menschen, die sich eng darum scharten mit der Zucht und Zärtlichkeit einer braven Familie. Und besonders schrecklich litt Maurice unter dem verachtenden Blicke, den Vetter Honoré auf die Nachzügler warf, plötzlich erstaunt zusammenzuckend, als er Maurice unter dieser Herde waffenloser Leute bemerkte. Schon ging der Zug zu Ende, das Batteriematerial, die Pulver= und Fouragewagen und die Feldschmieden rollten vorüber, dann erschienen in einem letzten Staubwirbel die überzähligen Offiziere, die Ersatzmannschaft und die Reservepferde, deren Trab an einer andern Straßenbiegung inmitten des allmälich abnehmenden Dröhnens der Hufe und Räder verhallte.

„Weiß Gott," erklärte Loubet, „da ist es kein Kunststück, schneidig zu thun, wenn man im Wagen fährt!"

Der Generalstab hatte Altkirch frei vorgefunden. Es waren noch keine Preußen da, und General

Douay, stets in der Furcht, daß sie ihm auf den
Fersen folgen, und von einer Minute zur andern da
sein könnten, hatte gewollt, daß man bis nach Dannemarie marschire, wo die Spitzen der Kolonne erst
gegen fünf Uhr abends eingezogen waren. Es war acht
Uhr und bereits Nacht, als man mit Müh' und Not
das Bivouac bezog mitten in der Verwirrung der
um die Hälfte verringerten Regimenter. Die Leute
fielen vollständig entkräftet vor Hunger und Ermüdung nieder. Bis gegen zehn Uhr sah man ver-
einzelt oder in kleinen Gruppen Soldaten ankommen,
die ihre Compagnien suchten und nicht wiederfanden,
kurz, den ganzen jammervollen, endlosen Nachtrab der
Zurückgebliebenen und Widerspenstigen, die längs des
Weges zerstreut waren.

Jean machte sich, sobald er sein Regiment erreicht
hatte, auf die Suche nach dem Lieutenant Rochas,
um ihm seinen Rapport abzustatten. Er fand ihn,
ebenso wie Hauptmann Beaudoiun, in einer Unter-
redung mit dem Obersten, alle drei vor dem Thor
eines kleinen Wirtshauses, sehr besorgt wegen des
Appells und unruhig über den Verbleib ihrer Leute.
Schon nach den ersten Worten, die der Korporal an
den Lieutenant richtete, rief der Oberst von Vineuil,
der zugehört hatte, Jean zu sich und zwang ihn,
alles zu sagen.

Sein langes gelbes Gesicht, in dem die Augen
tiefschwarz geblieben waren, mit dem schneeweißen,
dichten Haupthaar und dem langen, hängenden
Schnurrbart, drückte eine stumme Trostlosigkeit aus.

„Herr Oberst," rief Hauptmann Beaubouin aus,
ohne erst die Ansicht seines Vorgesetzten abzuwarten,
„man muß ein halbes Dutzend dieser Elenden erschießen!"

Und Lieutenant Rochas stimmte mit dem Kinne
bei. Aber eine Geberde des Obersten zeigte, daß er
sich machtlos fühlte.

„Es sind zu viele. Wie soll man das anfangen?
An siebenhundert! Wen soll man da heraus-
greifen? Und selbst wenn man's schon wüßte! Der
General will es nicht. Er ist den Leuten väterlich
gesinnt; er sagt, daß er in Afrika niemals einen
Mann bestraft hat... Nein, nein, ich kann da
nichts thun, es ist furchtbar."

Der Hauptmann wagte zu wiederholen:

„Es ist furchtbar! — Es ist das Ende."

Und Jean zog sich zurück, als er den Stabsarzt
Bouroche vernahm, den er nicht gesehen hatte und
der, auf der Schwelle des Wirtshauses stehend, dumpfe
Worte murmelte:

„Keine Disziplin mehr, keine Strafen mehr, die
Armee futsch... In acht Tagen werden die Vorgesetzten Fußtritte bekommen. Hätte man einem von
diesen Kerlen sofort den Schädel eingehauen, die
anderen hätten sich die Sache vielleicht überlegt."

Niemand wurde bestraft. Die Offiziere der Nachhut, die den Proviantwagen eskortirten, hatten
den glücklichen Einfall gehabt, die Tornister und
Gewehre zu beiden Seiten der Straßen aufheben zu
lassen. Es fehlte nur eine kleine Anzahl; die Leute

wurden bei Tagesanbruch, fast heimlich, wieder bewaffnet, damit die Sache vertuscht werde. Es war Befehl gegeben, das Lager um fünf Uhr abzubrechen; aber schon um vier Uhr weckte man die Soldaten, man beschleunigte den Rückzug auf Belfort in der Gewißheit, daß die Preußen nicht mehr wie zwei bis drei Meilen entfernt seien. Man mußte sich nochmals mit dem Zwieback begnügen. Die Leute blieben wie zerschlagen von dieser zu kurzen und fieberhaften Nachtruhe und ohne etwas Warmes im Magen. Wiederum ward an diesem Morgen die gute Marschhaltung durch den übereilten Abzug geschädigt.

Es war ein noch schlimmerer Tag, voll unendlicher Traurigkeit. Der Anblick der Landschaft hatte sich geändert, man war in eine gebirgige Gegend gekommen, die Straßen stiegen empor und senkten sich nieder über tannenbewachsene Abhänge, und die engen Thäler mit ihrem dichten Ginstergestrüpp waren mit goldenen Blüten bedeckt. Aber durch diese in der herrlichen Augustsonne erstrahlenden Gefilde stürmte die Panik seit dem gestrigen Tage immer toller mit jeder Stunde.

Eine neue Depesche, die den Bürgermeistern empfahl, den Bewohnern mitzuteilen, daß sie gut thäten, was sie an Kostbarkeiten besäßen, in Sicherheit zu bringen, hatte den Schrecken aufs höchste gesteigert. Der Feind war also da? Hatte man wenigstens noch Zeit, sich zu retten? Und alle glaubten, das Getöse des feindlichen Einfalls immer näher und näher zu hören, das dem dumpfen Rollen eines ausgetretenen

Flusses ähnliche Brausen, das von Mülhausen an
wuchs und das nunmehr in jedem neuen Dorfe durch
ein neues Entsetzen unter Wehgeschrei und Klagerufen
anschwoll.

Maurice marschirte mit den Schritten eines
Nachtwandlers, mit blutenden Füßen, den vom Tornister und Gewehr erdrückten Schultern. Er dachte
nicht mehr, er schritt nur vorwärts, und alles, was er
sah, drückte wie ein Alp auf ihn. Und er hörte
die Schritte der Kameraden ringsum nicht mehr, er
empfand nur, daß Jean neben ihm ging, von derselben Ermüdung und vom selben Schmerz erschöpft.

Die Dörfer, die man durchzog, boten einen
erbarmungswürdigen Anblick; das war ein Jammer,
um einem das Herz vor Mitleid zusammenzuschnüren.
Sobald die Truppen auf ihrem Rückzuge erschienen,
diese aufgelösten Haufen entkräfteter, mühselig sich
hinschleppender Soldaten, steigerte sich die Erregung
der Bewohner, und sie beschleunigten ihre Flucht.
Sie, die vierzehn Tage vorher so ruhig gewesen,
dieses ganze Elsaß, das den Krieg mit einem
Lächeln erwartete, überzeugt, daß man sich in Deutschland schlagen werde! Und nun war der Feind in
Frankreich eingedrungen und bei ihnen. Um ihre
Häuser, auf ihren Feldern brach das Gewitter los
gleich einem jener furchtbaren Orkane voll Hagel-
schauer und Blitzschlägen, die eine ganze Provinz
in zwei Stunden vernichten.

Vor den Thüren, inmitten wutvoller Verwirrung,
beluden die Leute ihre Wagen, häuften sie ihre Möbel

zusammen, auf die Gefahr hin, alles zu zertrümmern.
Von oben warfen die Frauen durch die Fenster noch
eine letzte Matratze, reichten sie die Wiege herunter,
die man vergessen hatte. Man schnürte den Säug-
ling hinein und befestigte die Wiege hoch oben
zwischen den Beinen der Stühle und der umgestürzten
Tische. Auf einem andern Wagen, weiter dahinten,
band man den alten, kranken Großvater an einem
Schranke fest und führte den Greis gleich einem
Möbelstück fort. Jene, die keinen Wagen hatten,
schichteten ihren Hausrat auf Schubkarren auf, andere zogen mit einer Last von allerhand Gerümpel
im Arme davon, und wieder andere hatten nur daran gedacht, ihre Stutzuhr zu retten, und preßten
diese an ihr Herz wie ein Kind. Man konnte nicht
alles mitnehmen, und die zurückgelassenen Möbel, die
allzu schweren Wäschebündel blieben in der Gosse
liegen.

Manche sperrten vor dem Abzug alles zu, und
die Häuser mit den geschlossenen Fenstern und Thüren sahen wie ausgestorben aus. Die meisten jedoch,
in ihrer Hast in ihrer verzweifelten Gewißheit, daß
alles zerstört würde, ließen ihre alten Heimstätten
offen, die Fenster und Thüren der ausgeräumten
Wohnstuben weit und leer klaffend; und sie erschienen
am trübseligsten, von der entsetzlichen Traurigkeit einer
eroberten, von der Furcht entvölkerten Stadt, diese
armen, dem Winde geöffneten Häuser, aus denen
selbst die Katzen sich geflüchtet hatten, erschauernd
vor dem, was kommen sollte.

In jedem Dorfe wurde dieses bemitleidenswerte
Schauspiel noch schlimmer; die Zahl der mit ihrem
Hausrat Fortziehenden und der Flüchtigen vergrößerte
sich unter wachsendem Gedränge, unter Thränen und
von geballten Fäusten begleiteten Flüchen.

Aber Maurice fühlte vor allem eine erstickende
Angst auf der Hauptstraße, auf freiem Felde. Je
mehr man sich Belfort näherte, desto enger schloß
sich die Schar der Flüchtigen zusammen, so daß sie
zuletzt nur einen ununterbrochenen Zug bildete. Ach,
die armen Leute, die ein Asyl unter den Mauern
der Festung zu finden glaubten!

Der Mann trieb das Pferd an, die Frau folgte,
ihre Kinder nachziehend. Ganze Familien eilten
dahin, unter der Bürde gebeugt, in Unordnung, da
die Kleinen nicht nachkommen konnten, auf dem
blendendweiß schimmernden Wege, welchen die bleierne
Sonne wärmte. Viele hatten ihre Schuhe ausgezogen und schritten barfuß, um schneller laufen zu
können. Und die Mütter, halb bekleidet, und ohne
ihre raschen Schritte zu hemmen, gaben den weinen-
den Säuglingen die Brust. Die erschreckten Gesichter
wandten sich nach rückwärts, mit zitternden Händen
fuhren sie in der Luft umher, als wollten sie den
Horizont umfassen in dem Schreckenssturme, der
ihre Köpfe zerzauste und ihre hastig angelegten Ge-
wänder peitschte.

Gutspächter mit allen ihren Dienstleuten eilten
quer über die Felder und jagten die losgelassenen
Herden vor sich hin, die Hammel, die Kühe, die

Ochsen, die Pferde, welche sie mit Stockschlägen aus
den Hürden und Ställen herausgetrieben hatten.
Diese Flüchtlinge wollten die Bergschluchten, die
Hochebenen und die öden Wälder erreichen, und
sie wirbelten Staubwolken auf gleich jenen großen
Wanderzügen, die sich bildeten, als die überfallenen
Völker den erobernden Barbaren ihre Wohnplätze ab-
traten. Bald werden sie unter Zelten leben, in
einem von Felsen umschlossenen Kessel, so fern von
den gebahnten Wegen, daß nicht ein feindlicher Soldat
sich dorthin getrauen dürfte.

Und der fliegende Dunst, der sie einhüllte, verlor
sich hinter den Tannenbüschen, das Gebrüll und die
Hufschläge der Tiere verhallten; auf der Straße aber
zog der Strom der Wagen und Fußgänger noch immer
vorbei, den Marsch der Truppen behindernd, und er
wurde in der Nähe von Belfort so dicht und mächtig,
so ganz von der unwiderstehlichen Kraft eines die Ufer
überschäumenden Wildbachs, daß wiederholt Halt gemacht werden mußte.

Während einer dieser kurzen Marschpausen wohnte
Maurice einem Auftritt bei, der ihm im Gedächtnis
haften blieb, wie die Erinnerung an einen Schlag
ins Gesicht.

Am Rande des Weges stand ein vereinzeltes
Haus, die Heimstätte irgend eines armen Land-
manns, dessen mageres Gütchen sich dahinter erstreckte.
Dieser hatte sein Grundstück nicht verlassen wollen;
er war mit zu tiefgreifenden Wurzeln mit seiner
Scholle verbunden, und er blieb, da er nicht weg-

gehen konnte, ohne Stücke seines Fleisches dort zu
lassen. In einer niedrigen Stube saß er zusammen-
gebrochen auf einer Bank und sah mit leerem Blicke
die Soldaten vorbeimarschiren, deren Rückzug sein
reifes Getreide dem Feinde preisgab. Neben ihm
stand sein noch junges Weib und hielt ein Kind,
während ein zweites sich an ihre Röcke hing, und alle
drei jammerten laut. Plötzlich erschien in dem Rah-
men der heftig aufgerissenen Thüre die Großmutter,
eine steinalte, große, hagere Frau, welche mit ihren
nackten Armen, die knotigen Stricken glichen, grimmig
umherfuhr. Ihre grauen Haare, welche unter der
Haube hervorquollen, flatterten um ihren mageren
Kopf, und ihre Wut war so groß, daß die Worte,
die ₁sie schrie, ihr in der Kehle unverständlich
und unter einem ohnmächtigen Schluchzen stecken
blieben.

Zuerst lachten die Soldaten. Sie hatte einen zu
drolligen Kopf, die verrückte Alte! Dann aber
drangen die Worte zu ihnen. Die Alte schrie:

„Hundsfötter! Räuber! Feiglinge! Feiglinge!"

Mit immer schneidenderer Stimme spie sie ihnen
den Schimpf der Feigheit unaufhörlich ins Gesicht.
Und das Lachen hörte auf, ein Frösteln ging durch
die Reihen. Die Leute senkten die Köpfe und blickten
anderwärts hin.

„Feiglinge! Feiglinge! Feiglinge!"

Jählings schien die Alte noch zu wachsen. Ihre
magere, in ein zerlumptes Kleid gehüllte Gestalt
erhob sich zu tragischer Größe, und sie bewegte ihren

langen Arm von West nach Oft mit einer unermeßlichen Geberde, als wollte sie den Himmel umfassen:

„Feiglinge! Der Rhein ist nicht da ... Der
Rhein ist dort unten!"

Doch die Leute marschirten weiter, und Maurice,
dessen Blick dem Antlitz Jeans begegnete, sah, daß
dessen Augen voll dicker Thränen waren.

Maurice war davon tief ergriffen; seine Pein
ward noch größer bei dem Gedanken, daß selbst diese
rohen Burschen die Beschimpfung empfunden hatten,
welche man nicht verdiente, aber doch über sich ergehen
lassen mußte. Ihm war's, als ob alles in seinem
armen, schmerzhaften Kopfe zusammenbräche; niemals
konnte er sich erinnern, wie er, vernichtet von
körperlicher und seelischer Qual, den Marsch über-
standen hatte.

Das siebente Corps hatte den ganzen Tag dazu
verwendet, um die breiundzwanzig Kilometer zwischen
Dannemarie und Belfort zurückzulegen. Neuerdings
sank die Nacht hernieder; es war sehr spät, als die
Truppen ihre Bivouacs beziehen konnten, unter den
Mauern der Festung, am selben Platze, von dem
sie vier Tage vorher abmarschirt waren, um gegen
den Feind zu gehen. Trotz der vorgerückten Stunde
und der unsäglichen Müdigkeit bestanden die Soldaten darauf, Feuer anzuzünden und abzukochen.
Seit ihrem Abmarsch war es das erstemal, daß sie
etwas Warmes zu schlucken bekamen.

Und in der kühlen Nacht, rings um die Feuer
gelagert, steckten sie ihre Nasen tief in die Feldkessel;

ein behagliches Gemurmel wurde laut, als ein Gerücht, das umlief, allmälich wuchs, wie der Blitz
einschlug und im ersten Augenblick das Lager in Betäubung versetzte.

Zwei neue Depeschen waren Schlag auf Schlag
eingetroffen: Die Preußen hatten keineswegs den
Rhein bei Markolsheim überschritten, und in Hüningen
gab es keinen einzigen Preußen mehr. Der Uebergang über den Rhein bei Markolsheim, die Schiffbrücke, welche im Lichte großer elektrischer Flammen
geschlagen worden war — alle diese alarmirenden
Gerüchte waren einfach ein böser Traum, ein un-
erklärliches Wahngebilde des Präfekten von Schlettstadt gewesen. Und was das Armeecorps anbelangte,
welches Hüningen bedrohte, das famose Armeecorps
des Schwarzwaldes, vor welchem das Elsaß zitterte,
so war es nur eine geringfügige Abteilung Württem-
berger, zwei Bataillone und eine Eskadron, die mit
ihrer geschickten Taktik, ihren Märschen und wiederholten
Gegenmärschen, ihrem unerwarteten und plötzlichen
Erscheinen glauben gemacht hatten, daß dreißig- bis
vierzigtausend Mann da wären. Und zu denken,
daß man noch am Morgen beinahe den Viadukt von
Dannemarie in die Luft gesprengt hätte! Zwanzig
Meilen einer reichen Gegend waren verwüstet worden
ohne jede Ursache, durch die dümmste aller Paniken;
und bei der Erinnerung an das, was sie an diesem
jammervollen Tag gesehen hatten: die entsetzt fliehenden Bewohner, die ihr Vieh in die Berge trieben,
die Flut der möbelbeladenen Wagen, die sich gegen

die Stadt ergoß, dazwischen die Schar der Kinder und Weiber, wurden die Soldaten vom Zorn erfaßt, und stießen erbitterte höhnische Rufe aus.

„Nein, das ist zu spassig!" laute Loubet mit vollem Munde, indem er den Löffel schwang. „Wie! Dort war der Feind, gegen den man uns führte? Kein Mensch war dort ... Zwölf Meilen nach vorwärts, zwölf Meilen nach rückwärts, und keine Katze vor uns! Das alles für nichts und wieder nichts, für das Vergnügen, sich gefürchtet zu haben!"

Chouteau, welcher geräuschvoll seinen Eßnapf aus= löffelte, maulte gegen die Generale, ohne sie zu nennen.

„Was? Sind das Kerle! Sind das Kretins! Schöne Hasenfüße, die man uns da als Führer gegeben hat. Wenn sie schon so gelaufen sind, wie niemand dort war, wie hätten sie ihre Beine untern Arm genommen, wenn sie einer wirklichen Armee gegenüber gestanden wären!"

Sie warfen ein neues Bündel Holz ins Feuer zur hellen Freude der großen Flamme, die hoch emporstieg, und Lapoulle, der sich glückselig die Beine wärmte, lachte einfältig auf, ohne zu wissen, wes= halb, als Jean, der anfänglich gethan, als ob er nichts hörte, sich in väterlichem Tone zu sagen erlaubte:

„So schweigt doch ... Wenn man uns hörte, könnte das schlimm werden."

Er selbst mit seinem einfachen Menschenverstand war außer sich über die Dummheit der Führer. Aber man mußte sie doch wohl respektiren, und als Chou= teau weiter brummte, fiel er ihm abermals in das Wort:

„Schweigen Sie! Da ist der Lieutenant, wenden
Sie sich an den, wenn Sie Bemerkungen zu machen
haben."

Maurice, der schweigend abseits saß, hatte den
Kopf gesenkt. Ach, das war wohl das Ende vom
Ganzen! Kaum hatte man begonnen, so war's
schon beendigt. Die Zuchtlosigkeit, diese Auflehnung
der Leute beim ersten Mißgeschick machten schon aus
der Armee einen Haufen ohne jedes Band, demoralisirt und reif für alle Katastrophen. Sie hatten
nicht e i n e n Preußen gesehen, und da, unter den
Mauern Belforts, waren sie geschlagen.

Die Tage, die folgten, waren bei aller Eintönig-
keit von einem Schauer der Erwartung und des
Unbehagens erfüllt. Um seine Truppen zu beschäftigen, ließ sie General Douay an den sehr unvollständigen Befestigungen der Stadt arbeiten. Mit
wahrer Leidenschaft warfen sie die Erde auf, spalteten
sie die Felsen. Und keine Nachricht! Wo war die
Armee Mac Mahons? Was that man vor den
Mauern von Metz? Die abenteuerlichsten Gerüchte
liefen um; kaum daß einige Pariser Zeitungen kamen,
um durch ihre Widersprüche das beklemmende Dunkel
zu vermehren, in dem man umhertappte. Zweimal hatte der General geschrieben und Befehle verlangt, ohne auch nur eine Antwort zu erhalten.
Inzwischen — es war bereits der zwölfte August —
hatte sich das siebente Corps durch die dritte Division,
die aus Italien eingetroffen war, vervollständigt.
Aber es waren noch immer nur zwei Divisionen

da, denn die erste, bei Fröschweiler geschlagen, war von der wilden Flucht mitgerissen worden, und man wußte zur Stunde nicht, wohin sie versprengt war.

Endlich nach einer Woche dieser Verlassenheit, dieser vollständigen Trennung vom übrigen Frankreich, brachte ein Telegramm den Befehl zum Abmarsch.

Das war eine große Freude. Man zog alles diesem Mauerleben vor, das man führte. Und während der Marschvorbereitungen begann man von neuem sich in Vermutungen zu ergehen; niemand wußte, wohin man sich begab, die einen sagten, daß man Straßburg verteidigen gehe, die anderen sprachen sogar von einem kühnen Ausfall nach dem Schwarzwald, um den Preußen die Rückzugslinie abzuschneiden.

Am nächsten Morgen ging das hundertundsechste Regiment als eines der ersten ab, in Viehwagen eingepfercht. Der Wagen, in dem sich der Zug Jeans befand, war ganz besonders vollgepfropft, so sehr, daß Loubet erklärte, er habe keinen Platz, um sich auszustrecken. Da die Proviantverteilung wieder einmal in der größten Unordnung vor sich gegangen war und die Soldaten in Branntwein erhalten hatten, was sie in Lebensmitteln hätten fassen sollen, waren fast alle betrunken, von einer wilden und lärmen= den Trunkenheit, die sich in gemeinen Liedern Luft machte. Der Zug rollte dahin, man sah nichts mehr im Wagen, den der Tabakqualm wie in Nebel hüllte. Es herrschte eine unerträgliche Hitze darin, und die Ausdünstung der zusammengepreßten Leiber verpestete die Luft; aus dem schwarzen, dahineilenden

Wagen aber drangen die brüllenden Stimmen her=
vor, das Dröhnen der Räder übertönend und in der
Ferne in der düfteren Landschaft allmälich verhallend.
Erst in Langres erfuhren die Truppen, daß man sie
nach Paris zurück bringe.

„Donnerwetter!" rief Chouteau, der, dank seiner
Allgewalt als großer Redner, in seinem Winkel
bereits als unbestrittener Herr regierte, „man wird
uns sicher in Charentonneau abladen, damit wir Bis=
marck verhindern, sich in den Tuilerien schlafen zu
legen."

Die anderen krümmten sich vor Lachen und fanden
das sehr lustig, ohne zu wissen warum. Im übrigen
veranlaßten die unbedeutendsten Vorkommnisse der
Reise Hohnrufe und betäubendes Schreien und Lachen:
die am Rande des Geleises stehenden Bauern . . .
die Gruppen angstvoller Menschen, die an den kleinen
Stationen die Vorbeifahrt der Züge abwarteten in
der Hoffnung, Neuigkeiten zu erlangen, dieses ganze
erschreckte und vor der Invasion erzitternde Frankreich.
Die herbeigeeilten Bewohner bekamen aber, während
die Lokomotive gleich einem Windstoß vorüberfuhr
und der Zug, in Rauch und Lärm gehüllt, wie eine
Erscheinung verschwand, nichts als das Heulen des
ganzen als Eilgut verfrachteten Kanonenfutters zu
Gesicht. Auf einem Bahnhof jedoch, wo der Zug
hielt, hatten drei feingekleidete Damen, reiche Bürgers=
frauen aus der Stadt, die unter die Soldaten Suppe
verteilten, einen wirklichen Erfolg. Die Leute dank=
ten ihnen mit Thränen in den Augen und küßten

ihnen die Hand. Aber ein wenig weiter begannen die abscheulichen Lieder und das wilde Geschrei von neuem. Da geschah es, daß der Zug, nicht weit von Chamont, einen andern kreuzte, der Artillerie nach Metz führte; die Züge fuhren langsam, und die Soldaten fraternisirten unter schrecklichem Geschrei. Uebrigens trugen die Artilleristen, die ohne Zweifel noch betrunkener waren und aufrecht stehend die Fäuste zu den Wagen hinausstreckten, den Sieg davon, indem sie mit einer so verzweifelten Wildheit diesen Ruf ausstießen, daß er alles übertönte:

„Zur Schlachtbank! Zur Schlachtbank! Zur Schlachtbank!"

Es schien als ob eine große Kälte, die eisige Luft einer Fleischkammer, vorüberstreiche. Ein jähes, kurzes Schweigen trat ein, in dem man das Grinsen Loubets hörte:

„Nicht gerade lustig, die Kameraden!"

„Aber sie haben recht," erklärte Chouteau mit seiner Wirtshausrednerstimme, „das ist ekelhaft, einen Haufen braver Burschen dahin zu schicken, damit sie sich den Schädel einhauen lassen wegen gemeiner Geschichten, von denen sie kein Wort verstehen."

Und er fuhr in diesem Tone fort. Das war der Verderber, der schlechte Arbeiter von Montmartre, der bummelnde und lumpende Zimmermaler, der die Brocken aus den Reden in den Volksversammlungen schlecht verdaut hatte und empörende Eseleien mit den großen Grundsätzen der Gleichheit und Freiheit vermengte. Er wußte alles, er trug den Kameraden

seine Weisheit vor, besonders Lapoulle, aus dem
er einen ganzen Kerl zu machen versprochen hatte.

„Was, Alter, das ist doch sehr einfach . . . Wenn
Badinguet *) und Bismarck einen Streit haben, dann
sollen sie's unter einander ausmachen mit den Fäusten,
ohne hunderttausende von Menschen aus ihrer Ruhe zu
stören, die sich nicht einmal kennen und keine Lust
haben, sich zu schlagen."

Der ganze Wagen lachte, belustigt und gläubig,
und Lapoulle, der nicht wußte, wer Badinguet war,
und nicht einmal zu sagen vermochte, ob er sich für
einen Kaiser oder für einen König schlug, wiederholte
mit der einfältigen Miene eines Riesenkindes:

„Sicherlich! Mit den Fäusten! — und nachher
trinkt man eins zusammen."

Aber Chouteau hatte sich zu Pache gewendet, den
er nun in die Arbeit nehmen wollte:

„Da schau 'mal Dich an, der Du an den lieben
Gott glaubst. Er hat verboten, sich zu schlagen,
Dein lieber Herrgott. Also — wozu bist Du denn
hier, Gimpel."

„Sapperment!" antwortete Pache verdutzt, „ich
bin nicht zu meinem Spaß hier; aber die Gendarmen . . ."

„Die Gendarmen! O jeh! Man schert sich
den Teufel um sie! Ihr wißt's nicht, kein einziger
von euch, was wir thäten, wenn wir Mordskerle

---

*) Spitzname Napoleons III. Badinguet hieß der
Maurergehilfe, in dessen Kleidern Louis Napoleon aus dem Ge-
fängnis in Ham entfloh.

wären? Im Augenblicke, wo man uns absetzt, würden
wir durchbrennen, ja, ruhig durchbrennen, und dieses
dicke Schwein von Badinguet und seine ganze Bande
von Pfennigbazar-Generalen sollen dann zusehen, wie
sie mit ihren schäbigen Preußen wieder ins reine
kommen."

Bravorufe erschollen; die Verhetzung begann zu
wirken, und Chouteau fuhr triumphirend fort, indem
er seine Theorien hervorholte, in welchen in verwor=
renem Durcheinander die Republik, die Menschen=
rechte, die Fäulnis des Kaiserreichs umherwirbelten,
dieses Kaiserreich, das man niederwerfen mußte, und
der Verrat aller Befehlshaber, die jeder für eine
Million gekauft waren, wie das ja bewiesen war.
Er erklärte sich dann als Revolutionär; die anderen
wußten nicht einmal, ob sie Republikaner seien, noch
auch auf welche Art man's sein könne, Loubet, den Koch
ausgenommen, der gleichfalls seine Meinung über die
Sache hatte, wie er ja nur „für die Suppe"
diente; alle aber schimpften, mit fortgerissen, nicht
weniger auf den Kaiser, die Offiziere und die ganze
verdammte Boutique, aus der sie beim ersten
Aerger stramm durchbrennen wollten. Und indem
Chouteau die Leute in ihrer wachsenden Trunkenheit
weiter aufwiegelte, schielte er mit halbem Auge nach
Maurice, dem Herrn, den er belustigte und den
auf seiner Seite zu haben ihn stolz machte;
und um auch diesen aufzustacheln, kam ihm
der Gedanke, über Jean herzufallen, der bisher
unbeweglich, wie eingeschlafen, mit halbgeschlosse=

nen Augen inmitten des Lärms dagelegen war.
Wenn der Freiwillige nach der bitteren Lektion,
die ihm der Korporal gegeben, noch ein wenig
Groll gegen seinen Vorgesetzten hegte, dann war
jetzt eine günstige Gelegenheit, die beiden auf einander zu hetzen.

· „Da kenne ich welche, die davon gesprochen haben,
uns erschießen zu lassen," nahm Chouteau wieder
das Wort. „Lumpen, die uns schlimmer behandeln
als das Vieh, die nicht begreifen, daß man, wenn man
Tornister und Kuhfuß genug hat, das ganze Zeug
ins Feld schmeißt, um zu sehen, ob dann andere
wachsen werden. Was würden wohl die Kameraden
dazu sagen, wenn wir die Kerle jetzt, wie wir sie da
in der Ecke haben, aufs Geleise werfen würden? . . .
Wär' ihnen wohl recht? 's ist ein Exempel notwendig, damit man uns mit diesem schäbigen Krieg
ungeschoren läßt. Nieder mit den Wanzen Badinguets!
Nieder mit den Lumpen, die verlangen, daß man
sich schlägt!"

Jean war feuerrot geworden, es waren die zornigen
Blutwellen, die ihm manchmal in seinen seltenen Anfällen von Leidenschaft ins Gesicht emporstiegen.
Wiewohl er von seinen Nachbarn wie in einen leben-
digen Schraubstock gepreßt war, erhob er sich und
ging mit seinen geballten Fäusten und seinem flammenden Antlitz, mit so furchtbarer Miene auf Chouteau los, daß dieser erblaßte.

„Da schlag doch das Donnerwetter drein! Willst
Du endlich schweigen, Du Schwein! Stundenlang

hör' ich das schon an und sage nichts, weil's keine
Vorgesetzten mehr gibt, und weil ich nicht allein euch
krummschließen lassen kann. Gewiß, ich hätte dem
Regiment einen großen Dienst erwiesen, wenn
ich's von einem solchen Lumpenhund, wie Du einer
bist, befreit hätte ... Aber höre, von dem Augenblick an,
wo die Strafen nur Schwindel sind, hast Du's mit
mir zu thun. Da bin ich nicht mehr der Korporal,
sondern der anständige Kerl, den Du wild machst
und der Dir schon das Maul stopfen wird ...
Verdammter Feigling, Du willst Dich nicht schlagen
und suchst zu hindern, daß die anderen sich schlagen!
Sag's nochmals, und Du wirst sehen, wie ich Dich
durchkeile."

Und schon wendeten sich alle Leute im Wagen,
gepackt von der wackern Schneidigkeit Jeans, von
Chouteau ab, der stammelnd vor den mächtigen
Fäusten seines Gegners zurückwich.

„Ich schere mich den Teufel um Badinguet, eben
so wenig wie Du, verstehst Du? Ich habe mich um
die Politik, um Republik oder Kaiserreich, niemals
auch nur einen Pfifferling gekümmert ... und heute
wie damals, wo ich meine Aecker bestellte, habe
ich stets nur eins gewünscht, das Wohlergehen aller,
gute Ordnung und guten Verdienst ... Gewiß, es
ist jedem zu dumm, sich zu schlagen. Aber das hin=
dert nicht, daß man sie an die Mauer drücken muß,
die Hundsfötter, die euch den Mut benehmen wollen,
wenn man schon selbst genug Mühe hat, um sich
ordentlich aufzuführen. Herrgott! Freunde, bleibt

denn euer Blut wirklich ruhig, wenn man euch sagt,
daß die Preußen bei euch sind, und daß man sie
hinausschmeißen muß!"

Und mit jener Leichtigkeit, mit der die Menge
den Gegenstand ihrer Leidenschaft wechselt, jubelten
die Soldaten dem Korporal zu, der nochmals schwur,
dem ersten aus seinem Zuge den Schädel einzu-
hauen, der davon spräche, sich nicht zu schlagen.

„Bravo, Korporal! Man wird schon die Geschichte mit Bismarck in Ordnung bringen!"

Inmitten dieser wilden Huldigung sagte Jean,
wieder ruhig geworden, zu Maurice höflich, als ob
er sich nicht an einen seiner Leute gewandt hätte:

„Herr, Sie können nicht mit den Feiglingen sein!
Noch sind wir nicht geschlagen, sehen Sie, schließlich
werden wir sie eines Tages hauen, die Preußen!"

In dieser Minute hatte Maurice das Gefühl,
als ob ihm ein warmer Sonnenstrahl bis ins Herz
dränge. Er blieb verwirrt, beschämt. War dieser
Mann also doch mehr als ein Bauer? Und er erinnerte sich an den schrecklichen Haß, der in ihm
entbrannt war, als er sein Gewehr aufhob, das er
in einem unbedachten Augenblick weggeworfen. Aber
er erinnerte sich auch, wie er beim Anblick der zwei
dicken Thränen in den Augen des Korporals ergriffen war, damals, als die alte Großmutter mit
ihren im Winde flatternden grauen Haaren sie be-
schimpfte, indem sie nach dem Rhein dort unten,
hinter dem Horizont wies. Waren es dieselben
Mühsale, dieselben gemeinsam erduldeten Schmerzen,

die dieses brüderliche Gefühl erweckten und über
den Groll den Sieg davontrugen? Er, der aus
einer bonapartistischen Familie stammte, hatte niemals anders als in der Theorie von der Republik
geträumt, und er hatte eher die Empfindung der
Liebe für die Person des Kaisers; er war für den
Krieg, diese wirkliche Lebensbedingung der Völker.
Und plötzlich kam ihm die Hoffnungsfreude wieder
in einem jener Sprünge seiner Phantasie, die ihm
eigentümlich waren; die Begeisterung, die ihn eines
Abends dazu getrieben hatte, ins Heer zu treten, erfaßte ihn aufs neue und schwellte sein Herz mit
Siegeszuversicht.

„Ja, gewiß, Korporal," sagte er lustig, „wir
werden sie hauen."

Der Wagen rollte und rollte immer weiter und trug
seine Ladung Menschen dahin, die im dicken Tabaks-
qualm und in der erstickenden Hitze der zusammen-
gepferchten Leiber in den angsterfüllten Stationen,
an denen man vorbeifuhr, den furchtsam längs der
Bahnhecken stehenden Landleuten mit trunkenem Lärm
ihre gemeinen Lieder zubrüllten.

Am zwanzigsten August waren die Truppen in
Paris, im Bahnhof von Pantin; am selben Abend
noch fuhren sie wieder ab; am folgenden Tage trafen
sie in Rheims ein, um nach dem Lager von Châlons
zu marschiren.

Drittes Kapitel.

Zu seiner großen Ueberraschung sah Maurice, daß das hundertundsechste Regiment nach Rheims hinuntermarschirte und den Befehl erhielt, dort zu kampiren. Man ging also nicht nach Chalons, um sich der Armee anzuschließen? Und als zwei Stunden später sein Regiment eine Meile von der Stadt bei Courcelles in der weiten Ebene, die sich längs des Aisne=Marne=Kanals erstreckt, die Gewehrpyramiden aufstellte, wuchs sein Erstaunen noch, da er erfuhr, daß die ganze Armee von Chalons seit dem Morgen sich zurückzog und am selben Orte die Bivouacs beziehen sollte. Und in der That erhoben sich dort bald von einem Ende des Gesichtskreises zum andern bis nach Saint=Thierry und Meuvillette, sogar jenseits der Straße von Laon die Zelte, und am Abend sollten die Feuer der vier Armeecorps emporflammen. Offenbar hatte der Plan, vor Paris Stellung zu nehmen und dort die Preußen zu erwarten, das Uebergewicht bekommen. Und er war darüber sehr glücklich. War das nicht der vernünftigste Plan?

Maurice verbrachte den ganzen Nachmittag, es
war der einundzwanzigste August, damit, im
Lager umherzustreifen auf der Suche nach Neuigkeiten.
Man genoß viel Freiheit, die Disziplin schien noch
lockerer geworden zu sein, die Mannschaft ging und
kam nach Gutdünken. Er konnte ruhig nach Rheims
zurückkehren, wo er einen Bon von hundert Franken
einlösen wollte, den ihm seine Schwester Henriette
geschickt hatte. In einem Kaffeehaus hörte er einen
Sergeanten über den schlechten Geist der achtzehn
Mobilgardenbataillone des Seinedepartements wet-
tern, die man eben nach Paris zurückgeschickt hatte:
das sechste Bataillon hätte beinahe seine Offiziere
umgebracht. Dort im Lager waren die Generale
fast täglich beleidigt worden, und die Soldaten grüßten
den Marschall Mac Mahon seit Fröschweiler nicht
mehr. Laute Stimmen erfüllten das Kaffeehaus, ein
heftiger Wortwechsel erhob sich zwischen zwei friedlichen Bürgern wegen der Truppenzahl, die der
Marschall unter seinem Befehl haben sollte. Der
eine sprach von dreimalhunderttausend; das war
verrückt. Der andere, verständiger, zählte die vier
Corps auf: das zwölfte, mühselig im Lager vervollständigt, mit Hilfe der Marschregimenter und
einer Division Marine-Infanterie; das erste, dessen
Trümmer aufgelöst und ungeordnet seit dem vierzehnten zurückkamen, und aus denen man, so gut es
ging, die Cadres wieder herstellte; endlich das fünfte
Corps, das geschlagen war, ohne gekämpft zu haben,
von der Deroute mit fortgerissen und zerstreut, das

siebente Corps, das gleichfalls demoralisirt eintraf,
um seine erste Division verringert, die es erst in
Rheims stückweise wiederfand; höchstens hundertund=
zwanzigtausend Mann, die Reservekavallerie und die
Divisionen Bonnemain und Marguerite mit inbegriffen.
Aber da sich der Sergeant in den Streit mischte und
über diese Armee mit grimmiger Verachtung herfiel,
als einen Haufen Menschen ohne jedes innere Band,
als eine Herde von Einfältigen, die von Dumm=
köpfen ins Gemetzel geführt würden, zogen die beiden
Bürger unruhig und aus Furcht, bloßgestellt zu werden,
von dannen.

Draußen trachtete Maurice sich Zeitungen zu
verschaffen. Er stopfte sich die Taschen mit allen
Nummern voll, die er zu kaufen bekam; und er las
sie im Gehen, unter den großen Bäumen der präch=
tigen Spaziergänge, welche die Stadt umsäumen.
Wo waren doch die deutschen Armeen? Es schien, daß
man sie aus den Augen verloren hatte. Zwei befanden
sich unzweifelhaft in der Gegend von Metz: die erste, die
General Steinmetz befehligte, überwachte die Festung,
die zweite, die des Prinzen Friedrich Karl, war be=
müht, das rechte Moselufer hinauf zu marschiren, um
Bazaine die Straße nach Paris abzuschneiden. Aber
die dritte Armee, die des Kronprinzen von Preußen,
die siegreiche Armee von Weißenburg und Frösch=
weiler, die das erste und das fünfte Corps ver=
folgte, wo war sie eigentlich zu suchen, inmitten dieses
Wirrwarrs widerspruchsvoller Nachrichten? Lagerte sie
noch in Nancy? War sie vor Châlons eingetroffen,

daß man das Lager in solcher Haft verlassen hatte, nachdem man die Magazine mit den großen Ausrüstungsvorräten und der Fourage, den ganzen unermeßlichen Reichtum, in Brand gesteckt? Und auch sonst begann die Verworrenheit; man erging sich in vollständig entgegengesetzten Vermutungen über die Pläne der Befehlshaber. Maurice, bis dahin wie von der Welt abgeschieden, erfuhr erst jetzt von den Pariser Ereignissen: wie die Niederlage gleich einem Blitzschlag auf ein ganzes siegessicheres Volk niedergefahren war; von der furchtbaren Aufregung in den Straßen, von der Einberufung der Kammern und dem Sturz des liberalen Ministeriums, welches das Plebiszit veranstaltet hatte; schließlich die Nachricht, daß der Kaiser seines Titels als Generalissimus entkleidet und gezwungen worden war, das Oberkommando an Marschall Bazaine zu übergeben. Seit dem sechzehnten August war der Kaiser im Lager von Chalons, und alle Zeitungen sprachen von einem großen Kriegsrat, der am siebenzehnten abgehalten worden und dem Prinz Napoleon und die Generale beigewohnt hatten. Aber niemand wußte etwas Genaues über die wirklich gefaßten Beschlüsse, nur die Tragweite der darauf eingetretenen Thatsachen fühlte jeder: General Trochu war zum Gouverneur von Paris ernannt und Marschall Mac Mahon an die Spitze der Armee von Chalons gestellt worden; das bedeutete die völlige Verdrängung des Kaisers. Man hatte allgemein die Empfindung der Bestürzung, maßloser Unentschlossenheit, beständigen Schwankens zwi-

schen entgegengesetzten Plänen, die sich bekämpften
und von Stunde zu Stunde ablösten. Und immer
diese Frage: Wo waren die deutschen Armeen? Wer
hatte recht, jene, die behaupteten, daß Bazaine frei sei
und seinen Rückzug mit Hilfe der Festungen des Nordens vollziehe, oder jene, die erklärten, daß er bereits
vor Metz blockirt sei? Hartnäckig aufrecht erhaltene Gerüchte liefen um, die von gigantischen Schlachten, helden-
mütigen Kämpfen erzählten, die während einer ganzen
Woche vom vierzehnten bis zwanzigsten August bestanden worden seien, ohne daß etwas anderes von
diesen Gerüchten zurückblieb als das ferne, verlorene
Echo furchtbaren Waffenlärms.

Maurice, dessen Beine von Müdigkeit wie zerschlagen waren, setzte sich auf eine Bank. Die Stadt
rings um ihn her schien ihr alltägliches Leben zu
leben; die Kindermädchen bewachten unter den schönen
Bäumen ihre Schutzbefohlenen; die kleinen Rentiers
machten mit langsamem Schritt ihren gewöhnlichen
Spaziergang. Maurice hatte seine Zeitungen wieder
hervorgeholt, als sein Blick auf einen Artikel fiel, der
ihm entgangen war, den Artikel eines hitzigen Blattes
der republikanischen Opposition. Mit einem Schlag
wurde ihm alles klar. Die Zeitung bestätigte, daß
in dem am siebenzehnten August im Lager von Châlons
gehaltenen Kriegsrate der Rückzug der Armee auf
Paris beschlossen worden und die Ernennung des
Generals Trochu zum Gouverneur nur zu dem Zweck
geschehen war, um die Rückkehr des Kaisers vorzu-
bereiten. Aber das Blatt fügte hinzu, daß die Ent-

schlüsse angesichts der Haltung der Kaiserin=Regentin
und des neuen Ministeriums zunichte geworden waren.
Der Kaiserin schien eine Revolution unausbleiblich,
wenn der Kaiser wieder käme. Man schrieb ihr das
Wort zu: „Er würde nicht lebend in die Tuilerien
kommen." So wollte sie denn auch mit ihrem ganzen
starrsinnigen Willen den Marsch nach vorwärts. Sie
wollte die Verbindung mit der Armee von Metz um
jeden Preis, eine Ansicht, die übrigens vom General
Palikao, dem Kriegsminister, unterstützt wurde, der
den Plan hatte, einen blitzschnellen und siegreichen
Marsch zu unternehmen, um Bazaine die Hand zu
reichen. Maurice, dem die Zeitung auf die Kniee
gefallen war, glaubte jetzt, verloren vor sich hin=
blickend, alles zu verstehen: die beiden Pläne, die
einander bekämpften, das Schwanken des Marschalls
Mac Mahon, diesen gefährlichen Flankenmarsch mit
wenig tüchtigen Truppen zu unternehmen, die ungedul=
digen, immer gereizteren Befehle, die von Paris an
ihn kamen und die ihn zu diesem tollverwegenen
Abenteuer antrieben. Dann inmitten dieses tragi=
schen Kampfes sah er plötzlich die Gestalt des Kaisers
klar vor sich, entkleidet seines kaiserlichen Ansehens,
das er den Händen der Kaiserin=Regentin anvertraut
hatte, entkleidet des Oberkommandos, das er dem
Marschall Bazaine übertragen, den Kaiser, der nun
ein reines Nichts war, der verschwommene, wesenlose
Schatten eines Kaisers, ein unnützes, im Wege stehendes,
namenloses Ding, mit dem man nichts anzufangen
wußte, den Paris zurückstieß, der keinen Platz in der

Armee mehr hatte, seitdem er sich verpflichtet hatte,
nicht einmal mehr einen Befehl zu geben.

Am andern Morgen nach einer stürmischen Nacht,
die er außerhalb des Zeltes, in seine Decke gehüllt,
verbracht hatte, war es eine wahre Erquickung für
Maurice, als er erfuhr, daß der Plan des Rückzuges auf Paris durchgedrungen war. Man sprach
von einem neuen Kriegsrat, der abends zuvor im
Beisein des früheren Vizekaisers, Herrn Rouher, abgehalten worden sei, den die Kaiserin gesandt hatte,
damit er den Marsch auf Verdun beschleunige, und
den der Marschall von der Gefahr einer solchen
Bewegung überzeugt zu haben schien. Hatte man
schlimme Nachrichten von Bazaine erhalten? Man
wagte es nicht zu bejahen. Aber das Ausbleiben der
Nachrichten war schon bezeichnend genug, und alle
einigermaßen vernünftigen Offiziere sprachen sich
dafür aus, daß man unter den Mauern von Paris
warten müsse, für das man so die Hilfsarmee
bilden sollte. Und überzeugt, daß man sich am
nächsten Tag zurückziehen werde, da man schon die
gegebenen Befehle mitteilte, wollte Maurice ganz
glückselig ein kindisches Gelüste, das ihn quälte, befriedigen: das Gelüste, einmal dem Feldkessel zu
entwischen und irgendwo auf einem Tischtuch zu
frühstücken, eine Karaffe, eine Weinflasche, einen
Teller vor sich zu haben, Dinge, deren er seit
Monaten wie beraubt schien. Er hatte Geld, und
mit pochendem Herzen, als hätte er einen kecken
Streich vor, zog er aus, um ein Gasthaus zu suchen.

Jenseits des Kanals, am Eingang des Dorfes Courcelles, fand er das geträumte Frühstück. Tags zuvor hatte man ihm erzählt, daß der Kaiser in einem bürgerlichen Hause dieses Dorfes abgestiegen sei; und er war, neugierig umherstreifend, dorthin gekommen und erinnerte sich, an einer Straßenecke diese Schenke gesehen zu haben mit ihrer Laube, von der schöne, goldgreife Weintrauben niederhingen. Unter dem rankenden Weinstock gab es grün angestrichene Tische; in der geräumigen Küche aber konnte man durch die weitgeöffnete Thüre die kräftig schlagende Standuhr, die an die Wand geklebten buntfarbigen Epinaler Bilderbogen und die mit dem Bratspieß hantirende umfangreiche Wirtin wahrnehmen. Dahinter erstreckte sich eine Kegelbahn. Das war alles so gemütlich, nett und lustig, die richtige alte französische Dorf-schenke.

Ein hübsches Mädchen mit brallem Busen kam nach seinen Wünschen zu fragen, indem sie dabei ihre weißen Zähne zeigte.

„Will der Herr frühstücken?"

„Freilich will ich frühstücken . . . Geben Sie mir Eier, ein Kotelett, Käse und Weißwein."

Er rief sie zurück.

„Sagen Sie, ist der Kaiser nicht in einem dieser Häuser abgestiegen?"

„Hier, Herr, in diesem da vor uns. Sie sehen das Haus nicht, es ist hinter der großen Mauer, über welche die Bäume hinausragen."

Dann trat er in die Laube ein, schnallte seinen

Gurt ab, um sich's bequem zu machen, suchte sich einen Tisch aus, auf den die Sonne durch die Weinranken hindurch goldene Scheibchen warf. Immer wieder mußte er aber nach der großen gelben Mauer sehen, die den Kaiser barg. Es war in der That ein verstecktes, geheimnisvolles Haus, von dem man draußen nicht einmal die Dachziegel sah. Das Einfahrtsthor ging auf die andere Seite, auf die Dorfstraße, eine enge Straße ohne Läden, selbst ohne Fenster, die sich zwischen düstern Mauern dahinwand. Dahinter, inmitten benachbarter Baulich= keiten bildete der kleine Park ein Inselchen von dichtem Grün. Und dort auf der andern Seite der Straße bemerkte er einen breiten, von Schuppen und Ställen umgebenen Hof, den eine Menge von Kutschen und Frachtwagen vollständig ausfüllte; und zwischen= durch gab es ein unaufhörliches Kommen und Gehen von Menschen und Pferden.

„Ist das alles für den Kaiser?" fragte er scherz= weise die Kellnerin, die ein schimmernd weißes Tisch= tuch vor ihm ausbreitete.

„Für den Kaiser ganz allein," erwiderte das Mädchen mit seiner frischen, lustigen Miene, glücklich, seine hübschen Zähne zeigen zu können.

Und sie begann, offenbar von den Stallknechten, die seit gestern in die Schenke kamen, über alles unterrichtet, genau aufzuzählen:

„Der Generalstab, aus fünfundzwanzig Offizieren bestehend, die sechzig Mann von der Leibwache, der Zug vom Eskortedienst, die sechs Gendarmen, dann

der Hausstaat, der dreiundsiebenzig Personen um=
faßte, die Kämmerer, die Kammerdiener, die Tafel=
wärter, die Köche, die Küchenjungen; dann vier
Sattelpferde und zwei Wagen für den Kaiser, und
zehn Pferde für die Stallmeister, acht für die Vor=
reiter und die Grooms, außerdem siebenundvierzig
Postpferde. Dann ein Gesellschaftswagen, zwölf Gepäck=
wagen, darunter zwei ausschließlich für die Köche,
die durch die Menge von Küchengerät, von Tellern
und Flaschen, die man darin in schönster Ordnung
sah, das Mädchen in Bewunderung versetzt hatten.

„Herr, Sie haben keine Idee von diesen Kasse=
rolen; das leuchtet wie lauter Sonnen. Und alle
Arten von Schüsseln und sonstigem Geschirr, von
welchen ich nicht einmal weiß, wozu sie dienen ...
Und einen Weinkeller! Bordeaux, Burgunder, Cham=
pagner, genug für manche lustige Nacht!"

In seiner Freude über das schneeweiße Tisch=
tuch, und von dem Weißwein, der in seinem Glase
glänzte, ganz entzückt, aß Maurice zwei weiche Eier
mit einem Heißhunger, daß er sich selbst kaum er=
kannte. Als er den Kopf wandte, hatte er zur Linken
durch eine der Thüren der Laube einen Blick auf die
weite mit Zelten übersäte Ebene, eine ganze von
Leben wimmelnde Stadt, die dort auf den Stoppel=
feldern zwischen dem Kanal und Rheims in die Höhe
geschossen war. Kaum daß einiges magere Baum=
gestrüpp die graue Fläche mit grünen Flecken spren=
kelte. Drei Windmühlen streckten ihre mageren Arme
aus. Ueber dem Dächergewirr von Rheims jedoch,

das aus den Gipfeln der Kastanienbäume heraus=
sah, hob sich in der blauen Luft das gewaltige Schiff
der Kathedrale ab, trotz der Entfernung riesengroß
neben den niedrigen Häusern. Und Schulerinnerungen,
auswendig gelernte und verlegen gestammelte Lektionen
kamen ihm ins Gedächtnis: die Salbung unserer Kö=
nige, die heilige Ampel, Chlodwig, Jeanne d'Arc, das
ganze ruhmvolle alte Frankreich.

Dann, als Maurice neuerdings der Gedanke an
den Kaiser ergriff, der in diesem bescheiden bürger=
lichen, stillverschlossenen Hause weilte, richtete er seine
Blicke auf die große gelbe Mauer, und er war über=
rascht, dort mit Kohle in riesengroßen Lettern ge=
schrieben zu lesen: „Es lebe Napoleon!" Daneben,
von ungeschickter Hand hingezeichnet, maßlos ver=
größerte Unzüchtigkeiten. Der Regen hatte die Buch=
staben verwaschen, die Inschrift war offenbar schon
alt; wie seltsam dieser Schrei der alten kriege=
rischen Begeisterung auf diesem Gemäuer, die ohne
Zweifel dem Onkel, dem Eroberer, zujubelte und
nicht dem Neffen! Und schon erstand ihm seine ganze
Jugend wieder, und sie sang in seinen Erinnerungen;
er dachte der Zeit, als er dort in Chêne=le=populeux
von der Wiege an den Geschichten seines Großvaters,
eines Soldaten der Großen Armee, lauschte. Seine
Mutter war tot, sein Vater hatte das Amt eines
Steuereinnehmers annehmen müssen in diesem Banke=
rott des Ruhmes, der nach dem Sturz des Kaiser=
reiches auch den Sohn des Helden betroffen hatte.
Und der Großvater lebte da von einer geringfügigen

Penſion in dem dürftigen Haushalt eines kleinen
Beamten, ohne andern Troſt als den, ſeinen Enkel=
kindern von ſeinen Feldzügen zu erzählen, den Zwil=
lingen, dem Knaben und dem Mädchen mit dem=
ſelben blonden Haar, denen er ein wenig die Mutter
erſeßte. Er nahm Henriette auf ſein linkes, Maurice
auf ſein rechtes Knie, und ſtundenlang hörten ſie ſo
ſeinen homeriſchen Schlachtenſchilderungen zu.

Die Zeiten ſchwammen ineinander; es ſchien,
als ob alles außerhalb geſchichtlicher Epochen ſich er=
eignet hätte, unter einer furchtbaren Erſchütterung
aller Völker; die Engländer, die Oeſterreicher, die
Preußen, die Ruſſen, alle zogen nach einander und
mit einander vorüber, wie ſie gerade ihre Bündniſſe
zuſammenführten, ohne daß es immer möglich war,
zu ſagen, warum die einen früher als die anderen
geſchlagen wurden; aber zum Schluſſe waren alle
geſchlagen, unausweichlich im voraus geſchlagen unter
dem Anſturme der Heldenhaftigkeit und des Genies,
das die Armeen gleich Stroh hinwegfegte. Da
war Marengo, die klaſſiſche Schlacht in der Ebene,
mit ihren großen, klug entwickelten Linien, ihrem
fehlerloſen, wie auf dem Schachbrett von den ſchweigend
und ruhig im Feuer marſchirenden Bataillonen aus=
geführten Rückzug, die legendenumwobene Schlacht,
die um drei Uhr verloren und um ſechs Uhr gewonnen
war, wo die achthundert Grenadiere der Konſular=
garde den Anprall der ganzen öſterreichiſchen Kavallerie
brachen, wo Deſaix ankam, um zu ſterben und die
beginnende Deroute in einen unſterblichen Sieg zu

verwandeln. Da war Austerlitz mit seiner schönen
Ruhmessonne im Winternebel, Austerlitz, das mit
der Einnahme des Plateaus von Pratzen anfing und
mit dem furchtbaren Zusammenbruch der gefrorenen
Teiche endete, wo ein ganzes russisches Armeecorps,
Menschen und Tiere, im Eise unter entsetzlichem
Krachen versank, während der Gott Napoleon, der
natürlich alles vorausgesehen, die Niederlage mit
einem Kugelregen rasch vollendete. Da war Jena,
das Grab der preußischen Macht; zuerst das Feuer
der Plänkler im Oktobernebel; die Ungeduld Neys,
die alles zu gefährden droht, dann Augereaus Eintritt in die Schlacht, der ihn befreit; der gewaltige
Stoß, dessen Heftigkeit die ganze feindliche Armee
mit fortreißt, endlich die Panik, die kopflose Flucht
einer allzu sehr gerühmten Kavallerie, die unsere
Husaren wie reifen Hafer niedersäbeln, indem
sie das romantische Thal mit zusammengemähten
Menschen und Pferden besäen. Da war Eylau,
das scheußliche Eylau, das blutigste von allen, diese
Schlachtbank, wo entsetzlich verstümmelte Körper über
einander aufgeschichtet wurden, das unter dem Schnee-
sturme rot vor Blut war, mit seinem düsteren,
heroischen Friedhofe, das noch widerhallte von dem
vernichtenden Angriff der achtzig Eskadronen Murats,
welche die russische Armee durchstürmten und dabei
den Boden mit einer so dicken Schichte von Leichnamen bedeckten, daß Napoleon selbst darüber weinte.
Da war Friedland, die große, furchtbare Falle, in
welche die Russen wiederum wie ein Haufen hirn-

loser Spatzen gingen, dieses Meisterwerk der Feld=
herrnkunst des Kaisers, der alles wußte und alles
konnte. Unser linker Flügel unerschütterlich dastehend,
während Ney, nachdem er die Stadt Straße für
Straße erobert, die Brücken zerstörte; wie dann aber
unser linker Flügel sich auf den rechten feindlichen
Flügel warf, ihn gegen den Fluß drängte und in
dieser Sackgasse niederschmetterte: eine solche Metzelei,
daß man noch um zehn Uhr abends tötete. Da war
Wagram, wo die Oesterreicher uns von der Donau
abschneiden wollten, indem sie immer ihren linken
Flügel verstärkten, um Massena zu schlagen, der ver=
wundet in offener Kutsche kommandierte; wo Napoleon,
schlau und titanenhaft zugleich, sie gewähren ließ,
bis plötzlich das schreckliche Feuer von hundert Ge=
schützen ihr ungedecktes Zentrum durchbrach und es
über eine Meile weit zurückwarf, während der linke
Flügel, erschreckt über seine isolirte Stellung vor dem
wieder siegreichen Massena zurückwich und den Rest
der Armee mit sich fortriß, gleich dem verheerenden
Wasserschwall, der über einen Dammbruch nieder=
braust. Da war endlich die Moskwa, wo die helle
Sonne von Austerlitz das letztemal wieder erschien;
ein erschreckendes Handgemenge, ein Durcheinander
der an Zahl überlegenen Russen und der Unsern,
mit ihrer hartnäckigen Tapferkeit; die Hügel, die
unter unaufhörlichem Gewehrfeuer erstürmt, Ver=
schanzungen, die im Laufschritt mit blanker Waffe
genommen wurden, die ununterbrochen wiederkehren=
den Angriffe, wo um jeden Zollbreit gestritten wurde;

dann die verbissene Tapferkeit der russischen Garde, so daß nur die wütenden Reiterangriffe Murats, der Donner der dreihundert gleichzeitig schießenden Kanonen und die Tüchtigkeit Neys, des triumphirenden Helden des Tages, den Sieg ermöglichten. Und wie immer die Schlacht war, die Fahnen flatterten abends im selben glorreichen Schauer in der Luft, dieselben Rufe: „Es lebe Napoleon!" erschollen zur Stunde, da die Wachfeuer in den eroberten Stellungen aufflackerten. Wo immer es war, Frankreich war bei sich, war zu Hause, indem es erobernd seine unbesiegbaren Adler von einem Ende Europas zum andern trug und nur den Fuß in die Königreiche zu setzen hatte, um die gebändigten Völker zu Boden zu werfen.

Maurice hatte sein Kotelett zu Ende gegessen; er war wie berauscht, nicht so sehr von dem Weißwein, der in seinem Glase perlte, als von der Fülle der ruhmreichen Erinnerungen, die in seinem Kopfe summten und sangen, als sein Blick auf zwei Soldaten fiel, die in Lumpen gehüllt und kotbedeckt Banditen glichen, die es müde waren, auf den Landstraßen umherzustrolchen; er hörte, wie sie die Kellnerin um genaue Auskunft darüber baten, wie die längs des Kanals lagernden Regimenter aufgestellt seien.

Er rief sie an:

„He, Kameraden, hieher ... Aber ihr seid ja vom siebenten Corps!"

„Freilich, von der ersten Division! Gott verdamm mich, Sie können mir's glauben, daß ich bei

ihr bin! Zum Beweis dafür war ich bei Fröschweiler;
es war nicht gerade gemütlich dort, das kann ich
sagen. Und da sehen Sie ’mal, der Kamerad da
ist vom ersten Corps, er war bei Weißenburg, auch
eine miserable Gegend!“

Sie erzählten ihre Geschichte; wie sie, von der
Panik und der wilden Flucht mitgerissen, halb tot
vor Müdigkeit in einem Graben liegen blieben, beide
leicht verwundet, wie sie dann im Nachtrab der Armee sich dahinschleppten, von aufreibenden Fieber-
anfällen gezwungen, in den Städten Halt zu machen,
und wie sie erst jetzt mit so großem Verzug ein wenig
hergestellt eintrafen und ihren Zug suchten.

Das Herz schnürte sich Maurice zusammen, als
er, im Begriff, ein Stück Schweizerkäse anzuschneiden,
ihre gierig an seinem Teller haftenden Blicke bemerkte.

„Hören Sie, Fräulein! Bringen Sie noch Käse
und Brot und Wein! Nicht wahr, Kameraden, ihr
thut da mit? Ich halt’ euch frei. Sollt leben!“

Sie setzten sich freudig erregt an den Tisch. Und
Maurice betrachtete sie, von kaltem Schauer erfaßt,
wie sie, in der jammervollen Verkommenheit waffenloser Soldaten, die roten Hosen und die Kapuze-
mäntel mit Bindfaden und bunten Lappen zusammen-
gestickt, Plünderern und Zigeunern glichen, die ihre
auf irgend einem Schlachtfeld aufgelesenen Kleider
bereits abgetragen hatten.

„Ah, Teufel!“ fuhr der Größere mit vollem Mund
fort, „es war nicht spaßig dort! Das muß man
gesehen haben! Erzähl doch, Coutard!“

Und der Kleine erzählte, mit lebhaften Hand=
bewegungen sein Brot schwingend:

„Ich wusch mein Hemd, während gerade abgekocht
wurde ... Stellen Sie sich ein elendes Loch vor,
einen wahren Trichter, rings ganz mit Gehölz be=
wachsen, das es diesen Schweinen von Preußen er=
möglicht hatte, auf allen vieren heranzukriechen, ohne
daß wir eine Ahnung davon hatten. Da, um sieben
Uhr, fangen die Granaten an, in unsere Kochtöpfe
zu fallen. Himmel Herrgott, wir nicht faul, springen
nach unseren Kuhfüßen, und bis elf Uhr glaubten wir,
daß sie ausgiebige Keile gekriegt haben. Aber Sie
müssen wissen, daß wir keine fünftausend waren, und
daß diese Schweine immer mehr wurden. Ich für
mein Teil lag auf einem kleinen Abhang hinter
einem Busch, und da sah ich sie mir gerade gegen=
über und links und rechts herausrücken, wie die
Ameisenhaufen, ganze Reihen von schwarzen Ameisen,
so daß, wenn wir glaubten, es könnten ihrer nicht
mehr sein, noch immer welche dazu kamen. Man
sollt's nicht sagen, aber wir dachten, daß unsere
Offiziere rechte Gimpel waren, uns in ein solches
Wespennest zu stecken, fern von den Kameraden, und
uns dort ohne Hilfe zusammenpfeffern zu lassen.
Dazu bekommt noch unser General, der General
Douay, der arme Kerl, wahrhaftig kein Dummkopf
und keine Memme, eine blaue Bohne zu schlucken, daß
er alle viere von sich streckt. Alles wie weggeputzt!
Aber 's macht nichts, wir hielten uns trotz alledem.
Doch ihrer waren zu viele, und wir mußten schließlich

ausreißen. Wir schlagen uns hinter eine Mauer,
wir verteidigen den Bahnhof inmitten eines Spektakels, um taub zu werden. Und dann, genau weiß
ich's nicht, mußte die Stadt genommen worden sein;
wir befanden uns auf einem Berg, Geisberg, glaub'
ich, heißt er. Und nachher verschanzten wir uns in
einer Art von Schloß; was haben wir ihrer da tot-
geschossen von diesen Schweinen! Sie hüpften in die
Luft, und 's war ein Spaß, zu sehen, wie sie auf die
Nase herabfielen. Aber dann, was wollten wir thun?
Es kamen immer wieder neue, zehn gegen einen, und
Kanonen, so viel sie nur begehrten. Ah, wenn es so
steht, taugt die Courage zu nichts anderem, als daß
sie einen auf die Strecke wirft. Zuletzt, nachdem wir
zu Mus zusammengehauen waren, mußten wir uns
zum Teufel scheren. Na, sie haben gezeigt, daß sie
famose Gimpel sind, unsere Offiziere. Ist's wahr,
Picot?"

Eine kurze Pause trat ein. Picot, der größere,
schüttete ein Glas Wein hinunter, und nachdem er
sich mit dem Handrücken den Mund gewischt, sagte er:

„Und ob! Ganz wie bei Fröschweiler; mußten
dumm sein zum Heu fressen, um sich in solcher Lage
zu schlagen. Mein Hauptmann, ein kleiner Kerl,
aber ein Pfiffikus, hat's auch gesagt. Die Wahrheit
ist, daß sie nichts gewußt haben. Eine ganze Armee
von diesen Schmutzfinken ist uns da in den Rücken
gefallen, während wir unser kaum vierzigtausend
waren. Und man war gar nicht darauf vorbereitet,
sich zu schlagen, an dem Tag da; die Schlacht begann

so ganz allmälich, ohne daß die Kommandanten,
scheint mir, es wollten . . . Ich hab' natürlich nicht
alles gesehen. Aber was ich gut weiß, ist, daß der
Tanz vom Morgen bis Abend immer wieder von
neuem angefangen hat, und als man glaubte, es wär'
zu Ende, war's damit nichts, die Musik spielte von
frischem auf. Zuerst bei Wörth, einem netten Dorf,
mit einem putzigen Glockenturm, der aussieht wie ein
Ofen, wegen der Steingutkacheln, die man oben drauf
gelegt hat. Ich weiß — hol mich der Teufel — nicht,
warum wir am Morgen dort weg mußten, denn wir
haben uns dann mit Händen und Füßen bemüht,
es wieder zu kriegen, ohne es durchzusetzen. Ah,
Kinder, wie man sich da gehauen hat, was es da
für offene Leiber und herausgequollene Gehirne gab,
's ist nicht zum glauben! Und dann haben wir uns
wieder um ein anderes Dorf geschlagen; Elsaßhausen,
ein Name, um sich die Zunge herauszukegeln. Wir
wurden von einem Haufen Kanonen zusammengefeuert,
die ganz bequem von oben auf uns herunterzielten,
von einem verdammten Hügel, den wir gleichfalls in
der Früh hatten fahren lassen. Und da war's, wo
ich, ja, ich, wie ich's euch hier sage, die Attake der
Kürassiere gesehen habe. Was sich die totschießen
ließen, die armen Kerle! Ein wahrer Jammer,
Pferde und Menschen auf ein solches Terrain zu
jagen: ein Abhang mit Gestrüpp bedeckt und von
Gräben durchschnitten! Und bei alle dem, Himmel=
sapperment, konnte die Geschichte zu nichts, zu rein
nichts taugen! Aber was liegt dran, 's war schneidig,

's war ein Vergnügen, das anzusehen . . . Nachher
schien's, daß nichts mehr übrig blieb, als abzuziehen
und weit davon auszuschnaufen. Das Dorf brannte
wie ein Zündhölzchen, die Badenser, die Württem=
berger, die Preußen, die ganze Bande, mehr als
hundertundzwanzigtausend dieser Schufte, wie man's
hinterdrein gezählt hat, hatten uns vollständig um=
zingelt. Und da fängt der Tanz abermals an, bei
Fröschweiler; denn, das muß man sagen, Mac Mahon
ist vielleicht ein Gimpel, aber er ist tapfer. Mußtet ihn
sehen auf seinem großen Pferd, inmitten der Granaten.
Ein anderer wäre gleich zu Beginn davongelaufen,
hätte gemeint, 's ist keine Schande, sich nicht schlagen
zu wollen, wenn man nicht stark genug ist. Er aber,
weil man angefangen hatte, er wollte sich bis zum letzten
Mann zusammendreschen lassen. Und 's ist ihm ge=
lungen. Bei Fröschweiler, versteht ihr, das waren
keine Menschen mehr, das waren wilde Tiere, die sich
auffraßen. Durch fast zwei Stunden waren die Bäche
ganz blutig . . . Zuletzt, Gott verdamm mich, mußten
wir trotz alledem ausreißen. Und nachher kommt
man noch und erzählt uns, daß wir am linken Flügel
die Bayern über den Haufen geschmissen hätten!
Himmel Herrgott, ja, wenn wir unserer auch hundert=
undzwanzigtausend gewesen wären, wenn wir genug
Kanonen gehabt hätten und ein bißchen weniger
schwachköpfige Kommandanten!"

Und heftig, noch immer erbittert, in ihren zer=
lumpten und staubbedeckten Uniformen, schnitten sich
Coutard und Picot vom Brot ab und würgten große

Stücke Käs hinunter, indem sie den Alpdruck ihrer Erinnerungen unter dem freundlichen Weinlaub mit den reifen Trauben, auf denen die goldenen Sonnenpfeile zitterten, von sich warfen. Jetzt erzählten sie von der schrecklichen Deroute, die gefolgt war, wie die Regimenter in voller Auflösung, demoralisirt und hungrig über die Felder flohen; wie auf den Heerstraßen in greulicher Verwirrung Menschen, Pferde, Wagen, Kanonen sich dahinwälzten, kurz, die ganze Zerrüttung einer vernichteten, vom tollen Sturm der Panik gepeitschten Armee. Da man es nicht verstanden, sich vernünftig zurückzuziehen und die Uebergänge der Vogesen zu vertheidigen, wo zehntausend Mann ihrer hunderttausend aufgehalten haben würden, so hätte man wenigstens die Brücken in die Luft sprengen, die Tunnels verrammeln müssen. Aber die Generale galoppirten wie entsetzt weiter, und als ob ein Orkan der Betäubung gleichzeitig Besiegte und Sieger mit fortgerissen, hatten sich die beiden Armeen einen Augenblick verloren, wie wenn der Feind bei der Verfolgung am helllichten Tag im Finstern getappt hätte; während Mac Mahon nach Luneville zu flüchtet, sucht ihn der Kronprinz von Preußen in der Gegend der Vogesen.

Am siebenten August marschirten die Ueberreste des ersten Corps durch Zabern, gleich einem schlammigen, angeschwollenen Flusse Trümmer des Heeres mit sich nehmend. Am achten August ergoß sich, wie ein ausgetretener Sturzbach in den andern fällt, das fünfte Corps in das erste, gleich diesem in voller

Flucht, geschlagen, ohne gekämpft zu haben, seinen Führer mitschleppend, den trübseligen General Failly, der wie toll vor Schreck war, daß man seiner Un-thätigkeit die Verantwortung für die Niederlage zu-schob. Am neunten und zehnten August dauerte der wilde Galopp fort, ein rasendes: „Rette sich, wer kann!", das nicht einmal nach rückwärts blickte. Am elften August stieg man unter klatschendem Regen nach Bayon hinunter, um Nancy auszuweichen, das man infolge eines falschen Gerüchts in den Händen der Feinde glaubte. Am zwölften August lagerte man in Haroué, am dreizehnten August in Bicherey; und am vierzehnten August traf man in Neufchâteau ein, wo die Eisenbahn die sich heranwälzende Menschenmasse aufnahm, die man wie mit Schaufeln drei Tage lang auf die Züge lud, um sie nach Châlons zu transportiren. Vier-undzwanzig Stunden nach Abfahrt des letzten Zuges kamen die Preußen an.

„War eine verdammte Geschichte," schloß Picot; „wie mußte man die Beine unter den Arm nehmen! Und wir, die man in den Spitälern zurückgelassen hatte!"

Coutard leerte den Rest der Flasche in sein Glas und in das seines Kameraden.

„Ja, wir haben unsere Siebensachen zusammen-gepackt, und wir laufen noch immer ... Pah! es geht uns trotz alledem besser so, da man doch einen Schluck auf die Gesundheit jener trinken kann, denen der Schädel nicht eingehauen worden ist."

Maurice begriff nun alles. Nach der dummen Ueberraschung von Weißenburg war die Vernichtung

bei Fröschweiler der Blitzschlag, dessen unheilvoller
Schein die schreckliche Wahrheit klar beleuchtete. Wir
waren nicht bereit, wir hatten weder Kanonen noch
Soldaten noch Generale; und der so sehr mißachtete
Feind erschien stark und fest und zahllos, mit vollendeter Mannszucht und Taktik. Die schwache Wand
unserer sieben von Metz bis Straßburg zerstreuten
Corps war von den drei deutschen Armeen wie von
mächtigen Keilen eingestoßen worden. Mit einemmale
blieben wir allein, weder Oesterreich noch Italien
gingen mit uns, der Plan des Kaisers war zu-
sammengebrochen unter der Langsamkeit der Ope-
rationen und unter der Unfähigkeit der Führer. Und
das Verhängnis arbeitete gegen uns, indem es schlimme
Zufälle und gleichzeitig eintretende Widerwärtigkeiten
anhäufte und so den geheimen Plan der Preußen
verwirklichte, der darin bestand, unsere Armeen entzwei zu schneiden, einen Teil derselben nach Metz
zurück zu werfen und von Frankreich zu trennen,
während sie selbst gegen Paris marschiren würden,
nachdem sie den Rest vernichtet hätten. Nunmehr
schien das alles eine mathematische Aufgabe. Wir
mußten besiegt werden aus allen diesen Ursachen,
deren unausweichliches Ergebnis in die Augen sprang.
Es war der Zusammenstoß der einsichtslosen Bravour
mit der großen Zahl und der kühl überlegenden Me-
thode. Man hatte später leicht streiten, die Niederlage war gleichwohl und trotz alledem vom Verhängnis
im voraus bestimmt, gleich dem Gesetz der Kräfte,
welche die Welt regieren.

Plötzlich las Maurice mit träumerischen, verloren
blickenden Augen den Ruf: „Es lebe Napoleon!",
der auf die große gelbe Mauer gemalt war. Eine
Empfindung unerträglichen Unbehagens erfaßte ihn,
er fühlte einen brennenden Stich, der ihm das Herz
durchbohrte. War's also doch wahr? Dieses Frank=
reich mit seinen legendenhaften Siegen, das einst
unter Trommelwirbel durch Europa gezogen war,
auf den ersten Hieb von einem kleinen, verachteten
Volk zu Boden geworfen? Fünfzig Jahre hatten
genügt, die Welt hatte sich geändert, und die Nieder=
lage prasselte furchtbar nieder auf die ewig Siegreichen. Und er erinnerte sich alles dessen, was Weiß,
sein Schwager, in jener angstvollen Nacht vor Mül=
hausen gesagt hatte. Ja, er allein sah damals klar,
er erriet die langsam wirkenden und verborgenen
Ursachen unserer Schwächung, er empfand den neuen
Hauch der Jugend und der Kraft, der von Deutsch=
land her wehte. Ging nicht ein kriegerisches Zeitalter
zu Ende, begann nicht ein anderes neues? Weh dem,
der in dem beharrlichen Wettstreit der Nationen inne=
hält! Der Sieg gehört jenen, die in der Vorhut mar=
schiren, den weisesten, den gesündesten, den kräftigsten.

Aber in diesem Augenblick ertönte das Lachen
und Schreien eines Mädchens, dem man einen Kuß
rauben will und das sich scherzend wehrt. Es war
Lieutenant Rochas, der in der alten, rauchigen,
mit den Epinaler Bilderbogen geschmückten Küche
als kühner Eroberer die hübsche Kellnerin in seinen
Armen hielt. Er trat in die Weinlaube, wo er sich

einen Kaffee geben ließ, und da er die letzten Worte
von Coutard und von Picot gehört hatte, sagte er in
lustigem Tone zu ihnen: „Pah, Kinder, das alles macht
nichts! Das ist der Anfang vom Tanz. Ihr werdet
bald die höllische Revanche sehen! Teufel, bis jetzt
waren's fünf gegen einen. Aber das wird sich ändern,
ich geb's euch schriftlich. Wir sind hier dreimalhundert=
tausend. All die Bewegungen, die wir da machen und
die kein Mensch versteht, haben nur den Zweck, die
Preußen an uns heran zu locken, während Bazaine,
der sie überwacht, sie hinten packen wird. Und dann
schlagen wir sie platt, wie diese Fliege da, klatsch!"

Mit einem lauten Klatsch hatte er zwischen den
beiden Händen eine Fliege im Fluge zerquetscht. Und
seine Lustigkeit wurde noch lauter; er glaubte mit
seiner ganzen Unschuld an diesen so bequemen Plan
und hatte vollständig das feste Vertrauen auf den
unbesiegbaren Mut wiedergefunden. Gefällig zeigte
er den beiden Soldaten genau den Lagerplatz ihres
Regiments; dann ließ er sich glückselig, eine Cigarre
im Munde, vor seiner Tasse nieder.

„Das Vergnügen war ganz meinerseits, Kame=
raden," sagte Maurice zu Coutard und Picot, die,
nachdem sie ihm für seinen Käse und seinen Wein
gedankt, sich entfernten.

Er ließ sich gleichfalls eine Tasse Kaffee geben und
sah Lieutenant Rochas an, dessen gute Laune es ihm
angethan hatte, wenn er auch ein wenig überrascht war
von den dreimalhunderttausend Mann, während sie
ihrer ja nicht mehr als hunderttausend waren, und

von dieser sonderbaren Leichtigkeit, mit der man
die Preußen zwischen der Armee von Châlons und
der Armee von Metz zermalmen wollte. Aber auch er
hatte ein solches Bedürfnis nach Illusionen! Warum
sollte er nicht noch hoffen, da die glorreiche Vergangenheit so laut in seiner Erinnerung sang? Die
alte Schenke sah so fröhlich aus mit ihren Weinranken,
aus denen die hellen Trauben Frankreichs, von der
Sonne vergoldet, niederhingen. Wieder hatte er seine
Stunde der Zuversicht, die ihn über die große dumpfe
Traurigkeit, die sich allmälich in ihm angesammelt
hatte, hinweghob.

Einen Augenblick lang war er mit den Augen einem
Offizier von den Chasseurs d'Afrique gefolgt, der
von einer Ordonnanz begleitet war, und die alle beide
im raschen Trabe an der Ecke des stillen Hauses verschwanden, in dem der Kaiser wohnte. Dann,
als die Ordonnanz allein wieder erschien und mit
zwei Pferden vor dem Thore des Wirtshauses stehen
blieb, stieß Maurice einen Schrei der Ueberraschung aus:

„Prosper! Und ich habe Euch vor Metz geglaubt!"
Es war ein Mann aus Remilly, ein gewöhnlicher
Hofknecht, den er als Kind gekannt hatte, als er
die Ferien beim Onkel Fouchard verbrachte. Der
Mann hatte eine niedrige Losnummer gezogen und
war seit drei Jahren in Afrika gewesen, als der Krieg
ausgebrochen war. Und er sah gut aus in seiner
himmelblauen Jacke, seinen breiten roten Hosen mit
den blauen Streifen und dem rotwollenen Gürtel,
mit seinem langen, dürren Gesicht, seinen geschmei-

bigen, starken Gliedern, die eine außerordentliche
Geschicklichkeit verrieten.

„Da schau 'mal! Diese Begegnung! ... Herr
Maurice!"

Aber er eilte nicht auf Maurice zu, sondern führte
erst die dampfenden Pferde in den Stall und musterte
vor allem das seine mit väterlichem Blicke. Die Liebe
zu den Pferden, die ihm zweifellos von der Kindheit
her eigen war, hatte ihn bestimmt, in die Kavallerie
einzutreten.

„Wir kommen von Monthois," sagte er, als er
zurückkam; „mehr als zehn Meilen in einem Zuge;
Zephir wird gern etwas nehmen."

Zephir, das war sein Pferd. Für sein Teil lehnte
er's ab, zu essen, und nahm bloß einen Kaffee an.
Er wartete auf seinen Offizier, der wieder auf den
Kaiser wartete. Das konnte fünf Minuten, das konnte
auch zwei Stunden dauern. Da hatte ihm denn sein
Offizier gesagt, die Pferde in den Schatten zu führen.
Und als Maurice, von Neugierde getrieben, wissen
wollte, worum sich's handle, zuckte er mit den Achseln:

„Weiß nicht ... Gewiß ein Auftrag ... Wohl
Papiere zu übergeben."

Rochas jedoch blickte mit zärtlichen Augen auf den
Kavalleristen, dessen Uniform in ihm seine Erinne=
rungen an Afrika wiedergeweckt hatte.

„He, mein Junge, wo wart Ihr da unten?"

„In Medeah, Herr Lieutenant."

Medeah! Und sie plauderten, einander trotz des
Rangunterschiedes nahegerückt. Prosper hatte sich

an dieses Leben gewöhnt, wo man immer auf der Hut,
beständig zu Pferde sein mußte, wo man in die Schlacht
wie zu einer Jagd zog — zu einer Treibjagd auf
Araber. Ein Zug von sechs Mann hatte einen einzigen
Feldkessel; jeder Zug bildete eine Familie; der eine
besorgte die Küche, der zweite wusch die Wäsche, die
anderen schlugen das Zelt auf, hielten die Tiere in stand
und putzten die Waffen. Man ritt des Morgens und
Nachmittags aus, mit ungeheurem Gepäck beladen
und unter bleierner Sonnenglut. Abends zündete man
große Feuer an, um die Moskitos zu verscheuchen,
lagerte sich ringsum und sang Frankreichs Lieder.
Häufig mußte man in der hellen, sternenübersäten Nacht
aufstehen und unter den Pferden Frieden schaffen,
die, von dem lauen Winde gepeitscht, einander plötzlich
bissen und unter wütendem Gewieher die Pflöcke her=
ausrissen. Dann kam der Kaffee dran, der köstliche
Kaffee, den man auf dem Boden eines Feldkessels
zerrieb und dann durch einen roten Uniformgürtel
seihte. Aber es gab auch schwarze Tage, fern von
jedem bewohnten Ort, im Angesichte des Feindes.
Da gab's keine Feuer, keine Lieder und keine Gelage
mehr. Man litt manchmal furchtbar unter dem Mangel
an Schlaf, unter Hunger und Durst. Aber gleichviel!
Man liebte dieses Leben voll unvorhergesehener Aben=
teuer, diesen Scharmützelkrieg, wo jeder seine persön=
liche Tapferkeit so glänzend zeigen konnte, der dabei
so lustig war wie die Eroberung einer wilden Insel,
in dem Raubzüge, Plünderungen und Diebstähle
im großen Stil eine angenehme Abwechslung bildeten,

und dann die kleinen Diebstähle der Schnapphähne unter den Soldaten, deren gelungene Streiche in aller Mund waren und die jeder bis zum General hinauf herzhaft belachte.

„Ach." sagte Prosper, ernst geworden, „hier ist's nicht so wie dort unten, hier schlägt man sich anders."

Und auf eine neuerliche Frage von Maurice erzählte er von ihrer Landung in Toulon und von ihrem langen und mühseligen Marsche nach Luneville. Dort hatten sie die Niederlagen von Weißenburg und Frösch= weiler erfahren, dann ging's — er wußte es nicht mehr genau und verwechselte die Städte — von Nancy nach Saint=Michel, von Saint=Michel nach Metz; den 14. August mußte eine große Schlacht stattgefunden haben, der ganze Horizont war in Feuer; aber er habe nur vier Ulanen hinter einer Hecke gesehen. Am 16. schlug man sich noch, und die Kanonen don= nerten wütend seit sechs Uhr morgens; und man hatte ihm gesagt, daß der Tanz am 18. noch schrecklicher wieder begonnen hatte. Nur die Chasseurs waren nicht mehr da, weil sie am 16., als sie bei Gravelotte der Straße entlang darauf warteten, in die Schlacht= linie einzutreten, vom Kaiser, der in einer Kalesche davonfuhr, mitgenommen worden waren, um ihn nach Verdun zu begleiten. — Ein hübscher Ritt, zweiund= vierzig Kilometer im Galopp unter der beständigen Furcht, von den Preußen abgefangen zu werden!

„Und Bazaine?" fragte Rochas.

„Bazaine? Er soll damit sehr zufrieden sein, daß ihn der Kaiser in Frieden läßt."

Aber Lieutenant Rochas wollte wissen, ob Bazaine eintreffen werde. Prosper zuckte mit den Achseln. Konnte man das wissen? Seit dem 16. hatten sie alle Tage mit Märschen und Gegenmärschen im Regen verbracht, mit Rekognoszirungen und Vorposten, ohne einen Feind zu sehen. Jetzt gehörten sie zur Armee von Châlons. Sein Regiment, zwei andere Regimenter französischer Chasseurs und ein Husaren= regiment bildeten eine Division der Reservereiterei, die erste Division, die General Margueritte befehligte, von dem er mit begeisterter Liebe sprach.

„Ah, das ist ein Kerl, das ist ein schneidiger Patron! Aber was nützt das, da man ja doch nichts anderes weiß, als uns im Kot herumpatschen zu lassen."

Ein kurzes Stillschweigen trat ein. Dann plau= derte Maurice einen Augenblick von Remilly, vom Onkel Fouchard, und Prosper bedauerte, daß er Honoré nicht sehen könne, den Wachtmeister, dessen Batterie über eine Meile von hier, auf der andern Seite der Straße von Laon liegen mußte. Aber das Schnauben eines Pferdes drang aus dem Stalle, er spitzte die Ohren, erhob sich und verschwand, um nachzusehen, ob seinem Zephir nichts mangle. All= mälich — es war die Stunde, wo man den schwarzen Kaffee und ein Schnäpschen zu nehmen pflegt — füllte sich die Dorfschenke mit Soldaten aller Waffengat= tungen und aller Chargen. Nicht ein Tisch blieb frei, und unter dem grünen, von hellen Sonnenflecken bedeckten Weinlaub breitete sich der fröhliche Glanz der Uniformen aus. Stabsarzt Bouroche hatte sich

eben neben Rochas gesetzt, als Jean sich als Ueber=
bringer eines Befehls meldete:

„Herr Lieutenant, der Herr Hauptmann wird Sie
um drei Uhr in einer dienstlichen Angelegenheit er=
warten."

Mit einem Kopfnicken gab Rochas zu verstehen,
daß er pünktlich sein werde. Jean ging jedoch nicht
sogleich, er lächelte Maurice zu, der sich eine Cigar=
rette anzündete. Seit der Scene im Eisenbahnwagen
herrschte zwischen den beiden Männern ein stillschwei=
gender Waffenstillstand; sie suchten einander mit
immer wachsendem Wohlwollen kennen zu lernen.

Prosper, den die Ungeduld gepackt hatte, war
zurückgekommen:

„Ich geh' essen, wenn mein Alter nicht aus der
Baracke herauskommt... Eine unangenehme Geschichte;
der Kaiser ist im stande, nicht vor Abend zurückzu=
kommen."

„Sag doch," fragte Maurice, dessen Neugierde
wieder rege geworden war, „es sind vielleicht Nach=
richten von Bazaine, die ihr da überbracht habt."

„Möglich! Man hat davon in Monthois ge=
sprochen."

Eine plötzliche unruhige Bewegung machte sich
bemerkbar. Jean, der in einer Thüröffnung der
Weinlaube stand, drehte sich um und sagte:

„Der Kaiser!"

Alle erhoben sich alsbald.

Zwischen den Pappeln, auf der großen weißen
Straße erschien ein Zug der Leibwache; die Pracht

ihrer Uniformen war noch tabellos, und die große
goldene Sonne glänzte von ihren Küraffen. Dann
kam sofort der Kaiser zu Pferde, von seinem Generalstab
begleitet, dem ein zweiter Zug der Leibwache folgte.

Die Häupter entblößten sich, einige Rufe wurden
laut. Und der Kaiser hob im Vorbeireiten den Kopf;
er war ganz bleich, sein Gesicht schon spitzig, die Augen
unstät zitternd, trübe und feucht. Er schien wie aus
einem schlafsüchtigen Zustand zu erwachen, ein schwaches
Lächeln überflog sein Antlitz, als er die sonnige Schenke
sah, und er salutirte.

Da hörten Jean und Maurice hinter sich den
Stabsarzt Bouroche, der den Kaiser mit dem durch=
dringenden Blick eines alten Praktikus förmlich sondirt
hatte, deutlich murmeln:

„Ganz gewiß, er hat einen miserablen Stein
in seiner Blase."

Dann stellte er mit einem einzigen Wort seine
Diagnose:

„Futsch!"

Jean mit seinem schlichten, gesunden Menschen=
verstande schüttelte sorgenvoll den Kopf: Ein ver=
dammtes Pech für eine Armee, ein solcher Führer!
Und Maurice, der zehn Minuten später, nachdem er,
glücklich über sein feines Frühstück, Prosper die Hand
gedrückt hatte, wegging, um bummelnd ein paar Cigar=
retten zu rauchen, trug dieses Bild des Kaisers mit sich
fort, wie dieser im kurzen Trabe bleich und schwan=
kend vorübergeritten war. Das war der Verschwörer,
der Träumer, dem im Augenblick des Handelns die

Thatkraft fehlte. Man sagte, daß er sehr gut, daß
er eines großen und hochherzigen Gedankens fähig
und im übrigen auch, wie die meisten schweigsamen
Menschen, sehr willensfest war; und er war auch sehr
tapfer, da er als Fatalist, stets bereit, sich dem Geschick
zu unterwerfen, die Gefahr verachtete. Aber er schien
in den großen Entscheidungen wie von Betäubung befallen, wie gelähmt, wenn es galt, die That zu vollbrin-
gen, ohnmächtig, — gegen das Schicksal anzukämpfen,
wenn es sich gegen ihn wandte. Und Maurice fragte
sich, ob da nicht ein besonderer physiologischer Zustand
vorliege, verschlimmert durch das Leiden, wenn nicht
die Krankheit allein, unter der der Kaiser sichtlich
litt, die Ursache dieser wachsenden Unentschlossenheit
und Unfähigkeit war, die er seit Beginn des Feldzuges offenbarte. Das würde alles erklärt haben:
ein Steinchen im Fleische eines Menschen, und Kaiser-
reiche stürzen zusammen.

Abends nach dem Appell entstand im Lager eine
plötzliche Bewegung; Offiziere eilten durch die Zeltreihen und überbrachten die Weisungen für den Abmarsch, der für den kommenden Morgen um fünf Uhr
angesetzt war. Eine Aufwallung der Ueberraschung
und der Unruhe ergriff Maurice, als er erfuhr, daß
wieder einmal alles geändert worden war: man zog
sich nicht auf Paris zurück, sondern sollte gegen Verdun
marschiren, um mit Bazaine zusammenzutreffen. Es
verbreitete sich das Gerücht, daß eine Depesche des
letzteren im Verlaufe des Tages eingetroffen war,
die meldete, daß er seine Rückzugsbewegung bewerk-

stellige; Maurice erinnerte sich an Prosper und den
Offizier, die von Monthois gekommen waren und
vielleicht diese Depesche überbracht hatten. Also die
Kaiserin=Regentin und der Ministerrat hatten doch
triumphirt angesichts des beständigen Zauberns des
Marschalls Mac Mahon, .in ihrer Furcht vor der
Rückkehr des Kaisers nach Paris, in ihrer hartnäckigen
Entschlossenheit, die Armee trotz alledem vorwärts zu
drängen, um eine letzte Rettung der Dynastie zu ver=
suchen. Und dieser jammervolle Kaiser, dieser arme
Mensch, der in seinem Reiche keinen Platz mehr
hatte, sollte nun mitgeführt werden wie ein unnützes
und lästiges Gepäckstück mit der Bagage seiner Truppen,
dazu verdammt, wie eine beißende Ironie auf seine
kaiserliche Würde, seine Leibgarden, seine Wagen,
seine Pferde, seine Köche, seine Küchenwagen mit den
silbernen Kasserolen und dem Champagner nach sich
zu schleppen und mit seinem pomphaften, mit Bienen
bestickten Krönungsmantel auf der Bahn der Nieder=
lage durch Blut und Kot zu fegen.

Um Mitternacht schlief Maurice noch immer nicht.
In fieberhaft unruhigem Schlummer, von bösen Träu=
men gequält, wälzte er sich unter seinem Zelte umher.
Schließlich ging er ins Freie; es war ihm eine Er=
quickung, aufrecht zu stehen und, von kräftigem Winde
umweht, die frische Luft einzuatmen. Der Himmel
war mit schweren Wolken bedeckt, die Nacht war sehr
düster geworden, ins Unendliche dehnte sich die Finster=
nis, aus der nur die verlöschenden Feuer vor der
Feldstandarte gleich vereinzelten Sternen hervorleuch=

teten. Und in diesem dunklen, leblos schweigenden Frie=
den empfand man den langsamen Atem der hundert=
tausend Menschen, welche da lagerten. — Maurice,
dessen Beklommenheit sich beruhigte, ward von einem
brüderlichen Gefühl erfaßt, voll von nachsichtiger Liebe
für all diese Schlummernden, von denen bald Tau=
sende den Schlaf des Todes schlafen sollten. Brave Leute
troß alledem! Wohl war keine Mannszucht mehr unter
ihnen, sie stahlen und tranken. Aber welche Leiden
hatten sie auch schon erduldet, und welche Entschuldi=
gung lag nicht für sie in dieser Niederschmetterung
der ganzen Nation! Die glorreichen Veteranen von
Sebastopol und Solferino waren nur noch in kleiner
Zahl da, eingereiht unter ganz junge, zu langem
Widerstande unfähige Truppen. Diese vier Corps,
hastig formirt und ohne jedes feste Band zusammen=
gestellt, das war die Armee der Verzweiflung, die
Sühnherde, die man zum Opfer brachte, um viel=
leicht den Zorn des Geschickes zu beugen. Sie sollten
ihren Passionsweg bis zu Ende gehen und, groß
selbst im Schrecken des Unglücks, mit der roten Flut
ihres Blutes die Fehler aller bezahlen.

Und Maurice hatte in diesem Augenblicke, im
Schauer des nächtlichen Schattens, das Bewußtsein
einer großen Pflicht. Er gab sich nicht mehr der
prahlerischen Hoffnung auf legendenhafte Siege
hin; dieser Marsch auf Verdun war ein Marsch
in den Tod, den er mit ruhig leichter und tapferer
Entsagung annahm, da er nun doch sterben mußte.

Viertes Kapitel.

———

Am 23. August, — es war ein Dienstag — um sechs Uhr morgens wurde das Lager abgebrochen, und die hunderttausend Mann der Armee von Châlons erhoben sich marschbereit; ein unendlicher Zug wogte alsbald dahin gleich einem Strome von Menschen, der einen Augenblick zum See sich gestaut hat und dann seinen Lauf wieder aufnimmt. Trotz der Gerüchte, die abends zuvor im Umlauf gewesen, war es für viele eine große Ueberraschung, als sie sahen, daß man, anstatt die Rückzugsbewegung fort= zusetzen, Paris den Rücken kehrte und gegen Osten ins Unbekannte marschirte.

Um fünf Uhr morgens hatte das siebente Corps noch keine Patronen. Seit zwei Tagen boten die Artilleristen alle Kräfte auf, um auf dem Bahnhof, der mit den massenhaft von Metz herbeigeströmten Vorräten angefüllt war, Pferde und Kriegsmaterial abzuladen. Und erst im letzten Augenblicke wurden in dem unentwirrbaren Durcheinander der Bahnzüge die Wagen mit den Patronen entdeckt. Eine zu

dieſer Arbeit kommandirte Compagnie, der auch Jean
angehörte, vermochte mit Hilfe raſch requirirter
Wagen zweimalhundertvierzigtauſend Patronen herbei-
zuſchaffen. Jean teilte die vorſchriftsmäßigen hundert
Patronen jedem einzelnen Mann ſeines Zuges gerade
in dem Augenblicke zu, als Gaude, der Compagnie-
horniſt, zum Aufbruch blies.

Das 106. Regiment durfte nicht durch Rheims
gehen, da der Marſchbefehl lautete, vor der Stadt
im Bogen abzuſchwenken, um auf die große Straße
nach Châlons zu gelangen. Aber auch diesmal war
verabſäumt worden, die Abmarſchzeit ſtaffelweiſe feſt-
zuſetzen, ſo daß, da die vier Armeecorps miteinander
aufgebrochen waren, gleich beim Eintritt in die ge-
meinſamen Straßen eine ungeheure Verwirrung ent-
ſtand.

Die Artillerie und die Kavallerie durchſchnitten
und hemmten jeden Augenblick die Marſchlinie der
Fußtruppen. Ganze Brigaden mußten eine Stunde
lang Gewehr bei Fuß in den Ackerfeldern warten,
bis die Wege frei wurden. Und das ſchlimmſte war,
daß kaum zehn Minuten nach dem Abmarſch ein
furchtbares Unwetter losbrach, ein ſintflutartiger
Regen, der länger als eine Stunde die Leute bis
auf die Knochen durchnäßte und dabei den Torniſter
und die Kapuze auf ihren Schultern noch ſchwerer
machte. Immerhin konnte ſich das 106. Regiment
in Bewegung ſetzen, als der Regen aufhörte, während
in einem nahen Feld Zuaven, die gezwungen waren,
noch zu warten, ſich die Zeit damit vertrieben, daß

sie einander mit Lehmkugeln und Kotklumpen be=
warfen, deren Flecken auf den Uniformen ungeheures
Gelächter erregte.

Fast unmittelbar darauf erschien die Sonne wie=
der, die glänzende Sonne eines heißen Augustmorgens.
Und auch die Fröhlichkeit kehrte wieder; die Leute
dampften wie eingeweichte Wäsche, die in freier Luft
ausgebreitet wird; rasch waren sie trocken, schmutzigen
Hunden gleich, die man aus dem Morast herausge=
zogen hatte, und machten sich über die erstarrten
Kotspritzer lustig, die sie an ihren roten Hosen trugen.
An jeder Straßenkreuzung mußte man noch immer
warten. Ganz am Ende einer Vorstadt von Rheims
wurde vor einer Schenkstube, die nicht leer werden
wollte, ein letzter Halt gemacht.

Da hatte Maurice den Einfall, seinen Zug zu
bewirten, wie um allen noch ein Glückauf zu sagen.

„Korporal, wenn Sie erlauben..."

Nach kurzem Zaudern nahm Jean ein Gläschen
an. Loubet und Chouteau standen dabei, der letztere
mit einem gewissen geheimen Respekt, seitdem der
Korporal ihn seine Faust hatte fühlen lassen; und
ebenso Pache und Lapoulle, zwei brave Burschen, so
lange man ihnen nichts in den Kopf setzte.

„Auf Ihr Wohl, Korporal," sagte Chouteau mit
salbungsvoller Stimme.

„Auf das Eure, und möge jeder trachten, seinen
Kopf und seine Füße nach Hause zurückzubringen,"
erwiderte Jean in höflichem Tone unter dem bei=
fälligen Lachen seiner Leute.

Aber nun ging es weiter; Hauptmann Beaudoin hatte sich mit ärgerlicher Miene genähert, zu einer Rüge bereit, während Lieutenant Rochas, voll Nachsicht gegen den Durst seiner Leute, that, als ob er nichts sähe. Und schon zog man über die Straße von Châlons dahin, die einem endlosen, von Bäumen umsäumten Bande glich, geradeaus sich ins Unendliche erstreckte, inmitten der unermeßlichen Ebene zwischen den Stoppelfeldern, auf den sich hie und da hohe Heuschober und hölzerne Windmühlen, ihre Flügel drehend, erhoben. Weiter im Norden kündigten Reihen von Telegraphenstangen andere Straßen an, auf denen man die dunklen Linien der anderen marschirenden Regimenter erkannte. Viele durchschnitten sogar in in dichten Massen die Felder. Ganz vorne zur Linken trabte eine Kavalleriebrigade im blendenden Sonnenlicht. Und der ganze verlassene, traurig öde, grenzenlose Horizont belebte sich und bevölkerte sich so mit diesen von überall her sich ergießenden Menschenströmen, mit diesen unaufhörlich daherziehenden, riesigen Ameisenhaufen.

Gegen neun Uhr verließ das 106. Regiment die Straße von Châlons, um links die von Suippe zu nehmen, ein anderes sich geradeaus ins Unendliche erstreckendes Band. Man marschirte in zwei getrennten Reihen, welche die Mitte der Straße frei ließen, dort schritten und ritten Offiziere allein bequem vorwärts; und Maurice hatte ihre sorgenvolle Miene bemerkt, die von der guten Laune und der lustigen Zufriedenheit der Soldaten abstach, die wie Kinder

glücklich waren, endlich marschiren zu können. Er erblickte sogar — sein Zug befand sich fast an der
Spitze — von weitem den Obersten von Vineuil, der
ihm, wie er so mit seinem langen steifen Leib auf
seinem Pferde balancirte, wegen seines düsteren Aus-
sehens auffiel.

Man hatte die Musikkapelle mit den Marketenderwagen nach hinten beordert. Dann kamen die
Sanitätswagen und der Train, dem der Troß des
ganzen Armeecorps folgte, ein endloser Zug von
Hökerwagen, geschlossene Wagen für die Lebensmittel,
Karren für das Gepäck, Fuhrwerk aller Art, das
mehr als fünf Kilometer einnahm, und dessen ins
Grenzenlose sich erstreckendes Ende man an den wenigen Biegungen der Straßen sehen konnte. Endlich,
ganz zuletzt schlossen sich Herden dem Zuge an, eine
wirre Schar von großen Rindern, die in einem Staubwirbel einhertrotteten, wie von einem auf der Wan-
derung begriffenen kriegerischen Volksstamme, mit
Peitschenschlägen vorwärts getrieben.

Inzwischen schob sich Lapoulle von Zeit zu Zeit
mit einem Achselruck seinen Tornister zurecht. Unter
dem Vorwande, daß er der stärkste sei, belud man
ihn mit den dem ganzen Zuge gemeinsam angehören-
den Geräten: mit dem großen Kochkessel und der
Kanne für den Wasservorrat. Diesmal hatte man
ihm sogar die Compagnieschaufel anvertraut, indem
man ihm einredete, daß das eine Ehre sei. Und
er beklagte sich nicht und lachte über ein Lied, mit
dem Loubet, der Tenor des Zuges, die Länge des

Weges vergessen machte. Loubet selbst hatte einen
berühmten Tornister, in dem man alles fand:
Wäsche, Reserveschuhe, Nähzeug, Bürsten, Schokolade,
ein Eßbesteck, einen Fleischtopf und außerdem die
vorschriftsmäßigen Lebensmittel, Zwieback und Kaffee;
und wiewohl auch die Patronen noch dabei waren
und er auf dem Tornister noch die zusammengerollte
Decke, das Schutzzelt und die Pflöcke hatte, schien
das alles so leicht, so gut verstand er zu packen, wie
er oft mit Stolz sagte.

„Gottverlassene Gegend das," brummte Chouteau
alle paar Minuten und warf dabei verachtungsvolle
Blicke auf die düsteren Flächen dieses unfruchtbaren Teils
der Champagne, der sogenannten Lause=Champagne.

Unaufhörlich und endlos folgten einander die
weiten Strecken kreidigen Erdreichs; kein Gehöfte,
keine lebende Seele; nur Scharen von Raben, die
das unermeßliche Grau mit schwarzen Flecken unter=
brachen. Zur Linken, weit in der Ferne, krönten
Fichtenwälder mit dunklem Grün die sanften Hügel=
wellen, die den Himmel umsäumten; zur Rechten
wiederum erkannte man aus einer ununterbrochenen
Linie von Bäumen den Lauf der Vesle. Und dort
sah man auch hinter den Abhängen seit einer Marsch=
meile ungeheuren Rauch aufsteigen, der sich in so
dichten Massen ansammelte, daß er schließlich den
Horizont mit einer furchtbaren Wolke absperrte.

„Was brennt denn dort unten?" fragte man auf
allen Seiten.

Die Erklärung lief bald von einem Ende der

Kolonne zum andern. Es war das Lager von Châ=
lons, das seit zwei Tagen brannte; es war, so sagte
man, auf Befehl des Kaisers angezündet worden, damit
die dort angehäuften Reichtümer nicht den Preußen in
die Hände fielen. Die Kavallerie der Nachhut war damit
beauftragt worden, an einem großen Holzbau, dem
sogenannten gelben Magazin, das mit Zelten, Pflöcken
und Matten angefüllt war, und an dem neuen Ma=
gazin Feuer anzulegen, einem riesigen geschlossenen
Schuppen, der mit Feldkesseln, Schuhen und Decken
vollgepfropft war, genug, um noch hunderttausend
Mann damit auszurüsten. Auch die Futterschober
waren angezündet worden und qualmten wie gigan=
tische Fackeln. Und angesichts dieses Schauspiels,
vor diesen bleifarbenen Rauchwolken, die über die
fernen Hügel emporwirbelten und den Himmel mit
trostloser Trauer erfüllten, war die Armee auf dem
Marsche durch die große trübselige Ebene in dumpfes
Schweigen versunken. Man hörte unter der Sonnen=
glut nichts als den Takt der Schritte; die Soldaten
aber wendeten ihre Köpfe wider Willen immer wieder
nach dem wachsenden Qualm, dessen unheilvolle Wolke
der Kolonne noch während einer ganzen Stunde zu
folgen schien.

Während der großen Rast in einer Bauernhütte,
wo die Soldaten sich auf ihren Tornistern nieder=
setzten und einen Bissen essen konnten, kehrte die
Fröhlichkeit wieder. Die groben viereckigen Zwiebacke
wurden in der Suppe aufgeweicht, die kleinen runden
aber, leicht und knusprig, waren eine wirkliche Leckerei,

die nur den einzigen Fehler hatte, furchtbar durftig
zu machen. Von den Kameraden aufgefordert, stimmte
Pache ein Kirchenlied an, welches der ganze Zug im
Chor mitfang. Jean lächelte gutmütig und ließ die
Leute gewähren. In Maurice erwachte neuerdings die
Zuversicht, als er die Luftigkeit, die gute Ordnung
und die gute Laune aller an diesem ersten Marsch=
tage sah. Und der Rest des Weges wurde mit dem=
selben flotten Schritt zurückgelegt. Immerhin schienen
die letzten acht Kilometer recht hart. Man hatte das
Dorf Prosnes rechts gelassen und war von der Heer=
straße abgeschwenkt, um unbekannte Landstriche quer
zu durchschneiden, sandiges, mit kleinen Fichtenwäl=
dern bewachsenes Heideland. Und die ganze Division,
welcher der ganze Troß folgte, wand sich inmitten
dieser Waldungen, in diesem Sande dahin, in dem
man bis zu den Knöcheln einsank. Die öde Fläche
erweiterte sich noch, und man begegnete nur einer
mageren Hammelherde, die ein großer schwarzer Hund
bewachte.

Endlich gegen vier Uhr machte das 106. Regi=
ment in Dontrien, einem gut gebauten Dorf am
Ufer der Suippe, Halt. Der kleine Fluß läuft dort
zwischen Baumbüschen dahin, und die alte Kirche steht
in der Mitte des Friedhofs, den ein ungeheurer
Kastanienbaum ganz mit seinem Schatten bedeckt.
Am linken Ufer, auf einem Wiesenabhang, schlug
das Regiment seine Zelte auf. Die Offiziere sagten,
daß die vier Armeecorps am Abend auf der Linie
der Suippe von Auberive nach Heutrégiville über

Dontrien, Béthiniville und Pont-Faverger bivouakiren
würden, in einer an fünf Meilen langen Front.

Sofort blies Gaude zur Verteilung der Rationen,
und Jean machte sich unverzüglich auf die Beine, denn
der Korporal war stets der vorsorgliche Mann, immer
flink und auf alles bedacht. Er hatte Lapoulle mit=
genommen, und nach einer halben Stunde kamen sie
zurück, mit einer blutigen Rinderlende und einem
Scheit Holz beladen. Man hatte bereits unter einer
Eiche die Tiere aus der Herde, die nachgefolgt
war, geschlachtet und zerstückt. Lapoulle mußte um=
kehren, um das Brot zu holen, das man seit
Mittag in Dontrien in den Backöfen des Dorfes
selbst buk. Und an diesem ersten Tage gab es alles
wirklich im Ueberfluß, außer Wein und Tabak, die,
nebenbei gesagt, überhaupt niemals verteilt werden
sollten.

Als Jean zurückkehrte, sah er, wie Chouteau mit
Paches Hilfe im Begriffe war, das Zelt aufzuschlagen.
Er betrachtete sie einen Augenblick mit der Miene
eines vielerfahrenen Soldaten, der für ihre Arbeit
keinen roten Heller geben würde.

„Es ist ganz gut, wenn diese Nacht schön' Wetter
ist," sagte er endlich, „sonst aber, wenn sich ein Wind
erhebt, fegt's uns alle in den Bach hinunter ...
muß euch das 'mal zeigen."

Und er wollte Maurice mit der großen Kanne
nach Wasser schicken. Dieser aber saß im Grase,
hatte sich seiner Schuhe entledigt und sah prüfend
seinen rechten Fuß an.

„Was haben Sie denn?"

„Das Afterleder hat mir die Fersen aufgeschunden.
Meine anderen Schuhe waren hin, und ich beging
in Rheims die Dummheit, diese hier auszusuchen, die
mir gut saßen. Ich hätte größere nehmen sollen."

Jean ließ sich auf die Kniee nieder, erfaßte Maurices Fuß, wandte denselben vorsichtig nach allen
Seiten wie den Fuß eines Kindes und schüttelte
dabei den Kopf.

„Hören Sie, das ist kein Spaß, so 'was . . .
Geben Sie nur recht acht. Ein Soldat, der seine
Füße nicht mehr hat, der ist nicht mehr wert, als
daß man ihn auf einen Steinhaufen schmeißt. Mein
Hauptmann sagte in Italien immer, daß man die
Schlachten mit den Beinen gewinne."

Er kommandirte nunmehr Pache dazu, aus dem
fünfzig Meter entfernten Flusse Wasser zu holen.
Inzwischen hatte Loubet das Holz in dem Loche, das
er gegraben, angezündet, und er konnte sofort das
Suppenfleisch zubereiten, indem er in den großen mit
Wasser gefüllten Kessel das kunstvoll zusammengeschnürte
Fleisch hineinwarf. Das war nun eine Glückseligkeit,
zu sehen, wie die Suppe kochte.

Der ganze Zug hatte sich, von jeder Dienstleistung
befreit, im Grase ausgestreckt, rings um das Feuer,
gleich einer einzigen Familie, und betrachtete mit
zärtlicher Sorge das Fleisch. Nur Loubet rührte,
ernsthaft dreinblickend, mit dem Löffel im Topfe
herum. Auf diesem Wege ins Unbekannte, auf dem
es für sie vielleicht kein Morgen gab, hatten die Leute,

gleich Kindern und Wilden, keine anderen Triebe,
als die, zu essen und zu schlafen.

Doch da fand Maurice in seinem Tornister eine
Zeitung, die er in Rheims gekauft hatte, und Chouteau wandte sich an ihn mit der Frage:

„Gibt's was Neues über die Preußen? Sie müssen
uns das vorlesen!"

Dank dem wachsenden Ansehen Jeans vertrugen
sich die Leute bereits sehr gut. Gefällig las Maurice
die interessanten Neuigkeiten vor, während Pache, die
Schneiderin des Zuges, ihm seine Kapuze flickte und
Lapoulle sein Gewehr putzte. Zuerst kam ein großer
Sieg Bazaines, der in den Steinbrüchen von
Chaumont ein ganzes preußisches Corps über den
Haufen geworfen hatte; und dieser erfundene Bericht
war mit dramatischen Einzelheiten ausgestattet worden: die Menschen und Pferde erdrückten sich zwischen
den Felsen, es war eine vollständige Vernichtung,
nicht einmal ganze Leichname konnten bestattet werden. Sodann kamen ausführliche Schilderungen über
den erbärmlichen Zustand der deutschen Armee, seitdem sie sich in Frankreich befanden: die Soldaten,
schlecht genährt und schlecht bekleidet, vom Notwendig-
sten entblößt, starben, so hieß es, auf den Straßen an
scheußlichen Krankheiten. Ein anderer Artikel sagte,
daß der König von Preußen die Ruhr, und daß
Bismarck sich das Bein gebrochen habe, als er aus
dem Fenster eines Wirtshauses sprang, in welchem
ihn die Zuaven beinahe erwischt hätten. Das war
alles sehr schön! Lapoulle lachte darüber, daß er sich

beinahe die Kinnbacken spaltete, während es Chouteau und den anderen, ohne daß ihnen der geringste
Zweifel an den Zeitungsberichten aufgestiegen wäre,
bei dem Gedanken, die Preußen bald wie die Spatzen
nach einem Hagel aufklauben zu können, ganz kühn
zu Mute wurde. Und ganz besonders wälzte man
sich vor Lachen über den Sprung Bismarcks. Ja,
die Zuaven und die Turkos, das waren wackere
Burschen! Alle möglichen Märchen waren über sie
im Umlauf; Deutschland zitterte vor ihnen und
sagte erbost, daß es eines zivilisirten Volkes unwür-
dig sei, sich von Wilden verteidigen zu lassen. Obgleich
diese „Wilden" bereits bei Fröschweiler furchtbare
Verluste erlitten haben, schienen sie noch immer
unversehrt und unbesiegbar.

Vom niedrigen Glockenturm in Dontrien schlug
es sechs, als Loubet rief:

„Die Suppe ist fertig!"

Andachtsvoll ließ sich der Zug in der Runde
nieder. Im letzten Augenblicke hatte Loubet bei einem
Bauer in der Nähe Gemüse entdeckt. Der Schmaus
war nun vollständig; eine Suppe, der balsamische
Düfte von Möhren und Schnittlauch entströmten, etwas
gar mildes für den Magen und weich wie Sammet.
Geräuschvoll löffelten die Leute in den kleinen Näpfen.
Und dann mußte Jean, der die Portionen zumaß,
das Rindfleisch verteilen, und zwar an diesem Tage
mit peinlichster Genauigkeit, denn die Soldaten
schauten mit gierig leuchtenden Blicken darauf, und
es hätte sicher der eine oder der andere gemurrt,

wenn ein Stück größer als das andere ausgefallen
wäre. Man schleckte alles aus und steckte fast noch
den ganzen Kopf in die Feldkessel.

„Donnerwetter," erklärte Chouteau, indem er sich
nach Beendigung des Mahls auf den Rücken legte,
„so 'was ist jedenfalls besser als ein Fußtritt auf den
Hintern."

Auch Maurice war ordentlich satt und ganz glück=
lich und dachte nicht mehr an seinen Fuß, der auch
schon weniger brannte. Er nahm jetzt willig diese
ungeschliffene Gesellschaft hin und stellte sich angesichts
der körperlichen Mühsalen des Lebens mit seinen
Kameraden auf einen Fuß gemütlicher Gleichheit.
Nachts schlief er ebenso in tiefem Schlafe wie seine
fünf Zeltgenossen, alle in einem Haufen, zufrieden
damit, daß sie's trotz des starken Taus, der fiel,
warm hatten. Erwähnt muß werden, daß Lapoulle,
von Loubet angestiftet, aus einem benachbarten Scho=
ber große Strohbündel geholt hatte, auf denen die
sechs Burschen wie in Daunen schnarchten. Und in
der klaren Nacht, von Auberive bis Heutrégiville,
längs der freundlichen Ufer der langsam unter den
Weiden dahinfließenden Suippe, beleuchteten die
Wachtfeuer der hunderttausend schlummernden Men=
schen die fünf Meilen weite Strecke der Ebene wie
ein langer Streifen von Sternen.

Bei Sonnenaufgang wurde der Kaffee gemacht: die
Körner zerrieb man mit dem Gewehrkolben in einem
Feldkessel, warf sie ins kochende Wasser und fällte
dann mit einem Tropfen kalten Wassers den Satz.

An jenem Morgen erhob sich das Tagesgestirn
in königlicher Pracht inmitten großer, purpurfarbener
und goldener Wolken. Aber selbst Maurice betrachtete
das Schauspiel, das sich am Himmel und am Horizont darbot, nicht mehr; nur Jean, der bedächtige
Landmann, sah mit unruhiger Miene das starke
Morgenrot, das Regen ankündigte. Vor dem Abmarsch tadelte er auch Loubet und Pache scharf,
weil sie die drei langen Brote, welche die Compagnie
von dem am Abend zuvor gebackenen Vorrat erhalten,
außen über den Tornistern festgebunden hatten. Die
Zelte waren jedoch schon gefaltet und die Tornister
zusammengeschnürt, und man hörte nicht mehr auf
ihn. Es schlug sechs Uhr von den Glockentürmen der
Dörfer, als die ganze Armee sich erhob und flott
ihren Marsch nach vorwärts wieder aufnahm, erfüllt
von der morgenfrischen Hoffnung dieses neuen Tages.

Das 106. Regiment schwenkte, um auf die Straße
von Rheims nach Vouziers zu gelangen, fast sofort über
die Feldwege ab und stieg durch mehr als eine Stunde
quer über Stoppeläcker hinan. Unten, gegen Norden,
erblickte man unter den Bäumen Béthiniville, wo
wie man erzählte, der Kaiser übernachtet hatte. Und
als man auf der Straße von Vouziers war, begannen
nen dieselben Ebenen sich auszudehnen, die man tags
zuvor gesehen hatte, und die armseligen Gefilde der
Lause-Champagne breiteten sich vollständig in ihrer
ganzen, verzweiflungsvollen Einförmigkeit aus. Jetzt
hatte man die Arne, ein schmales Bächlein, zur
Linken, während rechts das nackte Gelände sich er-

strecke, mit seinen flachen Linien den Horizont ins
Unendliche erweiternd. Man durchschritt das Dorf
Saint-Clément, dessen einzige Gasse sich an den
beiden Rändern der Straße dahinschlängelte, dann
Saint-Pierre, einen großen Flecken, dessen reiche
Bewohner die Thüren und Fenster verrammelt hatten.
Gegen zehn Uhr fand die erste große Rast bei einem
andern Dorfe, Saint-Etienne, statt, wo die Soldaten
die Freude hatten, noch Tabak vorzufinden. Das
siebente Corps hatte sich in mehrere Kolonnen geteilt;
das 106. Regiment marschirte allein, nur ein Jäger-
bataillon und die Reserveartillerie schloß sich hinten
an; vergeblich wandte sich Maurice an den Straßen-
biegungen nach dem ungeheuren Wagenzug um, der
tags zuvor seinen Blick so oft gefesselt hatte. Die
Herden waren verschwunden, nichts als die rollenden
Kanonen waren zu sehen, die auf der glatten
Ebene noch größer schienen und schwarzen, hochbeini-
gen Heuschrecken glichen.

Hinter Saint-Etienne aber wurde der Weg abscheulich; ein Weg, der über niedriges Hügelland
inmitten weiter, unfruchtbarer Gefilde emporstieg, wo
nichts als diese ewigen Fichtenwälder mit ihrem tief-
dunklen Grün wuchsen, gar traurig inmitten des
weißen Geländes.

Eine ähnliche trostlose Gegend hatte man noch
nicht durchschritten. Der schlecht aufgeschüttete Weg,
den die letzten Regengüsse ganz durchweicht hatten,
war ein wahres Kotbett geworden, mit einem grauen,
dickflüssigen Thon ausgefüllt, in dem die Füße

wie in Pech klebten. Die Mühsal war außerordent=
lich, die Leute konnten kaum mehr vorwärts kommen,
so erschöpft waren sie. Und um die Widerwärtigkeit
noch zu steigern, stürzten jähe Regenschauer mit furcht=
barer Heftigkeit nieder. Die Artillerie wäre beinahe
im Kote auf der Straße stecken geblieben.

Chouteau, welcher die Reisration der Compagnie
trug, warf, außer Atem und wütend über die Last,
unter der er zusammenbrach, seinen Pack ab, als er
von niemand gesehen zu werden glaubte. Doch Loubet
hatte es bemerkt.

„Es ist nicht recht von Dir, so 'was thut man
nicht; hinterdrein können sich dann die Kameraden
das Maul abwischen.“

„Ach was!“ entgegnete Chouteau, „man hat ja von
allem reichlich; am Haltort wird man uns andern
geben.“

Und Loubet, welcher den Speck trug, entledigte
sich, von dieser Logik überzeugt, nun gleichfalls seiner
Bürde.

Maurice schmerzte sein Fuß immer mehr, die
Ferse mußte sich aufs neue entzündet haben. Er
schleppte sein Bein mit so leidvoller Geberde nach,
daß Jean seiner wachsenden Besorgnis nachgab und
ihn fragte:

„Geht's wieder nicht? Hat's nochmals ange=
fangen?“

Dann, als eine kurze Rast gemacht wurde, damit
die Leute ausschnaufen konnten, gab er ihm einen
guten Rat.

„Ziehen Sie die Schuhe aus und marschiren Sie barfuß; der frische Straßenschlamm wird das Brennen lindern.“

In der That konnte Maurice so ohne allzugroße Schmerzen weitermarschiren; ein tiefes Gefühl der Dankbarkeit ergriff ihn. Es war ein wahres Glück für den Zug, einen solchen gedienten Korporal zu haben, der alle Handwerksgriffe und Kniffe kannte; ein Bauer, der zweifellos nur wenig aus dem allergröbsten heraus war, aber gleichwohl ein wackerer Mann.

Erst spät, nachdem man die Straße von Chalons nach Vouziers gekreuzt hatte und über einen steilen Abhang in die Schlucht von Semide hinabgestiegen war, traf man in Contreuve ein, wo bivouakirt werden sollte. Die Landschaft hatte sich geändert, man befand sich bereits in den Ardennen, und von den weiten nackten Hügelwänden über dem Dorfe, die man als Lagerplatz für das siebente Corps gewählt hatte, nahm man in der Ferne, halbversteckt im bleichen Regendunst, das Thal der Aisne wahr.

Es war sechs Uhr, und Gaude hatte noch nicht zur Proviantverteilung geblasen. Um sich zu beschäftigen und auch beunruhigt über den starken Wind, der sich erhob, wollte Jean selbst das Zelt aufschlagen. Er zeigte seinen Leuten, wie man das Terrain an einer leicht abschüssigen Stelle aussuchen, die Pfähle schräg einschlagen und rings um die Zeltleinwand ein Rinnsal graben müßte, um dem Wasser Ablauf zu gewähren. Maurice war wegen seines Fußes von jedem Arbeitsdienst frei; er sah zu und war über=

rascht von der verständigen Geschicklichkeit dieses an=
scheinend so schwerfälligen, vierschrötigen Burschen.
Er fühlte sich von Müdigkeit wie gebrochen, aber die
Hoffnung, die in alle Herzen einkehrte, richtete ihn
auf. Man war ordentlich marschirt, seit Rheims,
sechzig Kilometer in zwei Tagen. Wenn's in diesem
Zug so weiterging und immer geradeaus, mußte man
ganz zweifellos die zweite deutsche Armee niederwerfen
und Bazaine erreichen, bevor die dritte, die des Kron=
prinzen von Preußen, die man in Vitry=le=François
vermutete, Zeit hätte, nach Verdun hinaufzuziehen.

„Was ist denn das? Will man uns denn vor
Hunger draufgehen lassen?" fragte Chouteau, als es
sieben Uhr geworden war und die Verteilung des
Proviants noch nicht vorgenommen wurde.

Vorsichtigerweise hatte Jean immerhin Loubet be=
auftragt, ein Feuer anzuzünden und den Kochkessel
mit Wasser angefüllt draufzusetzen; und da man
kein Holz hatte, mußte er die Augen zudrücken, als
Loubet, um sich Brennmaterial zu verschaffen, die
Zaunpfähle eines nahen Gartens herausriß. Als Jean
aber davon sprach, Reis mit Speck zu kochen, mußte
er ihm gestehen, daß sowohl der Reis wie der Speck
im Kote der Straße von Saint=Etienne geblieben
waren. Chouteau beschwor hoch und teuer, daß sein
Pack sich von seinem Tornister losgelöst haben müßte,
ohne daß er es wahrgenommen hätte.

„Ihr seid doch Schweinehunde," schrie Jean
wütend. „Das gute Essen wegwerfen, wenn's so
viele arme Kerle gibt, die den Magen leer haben!"

Aehnlich war's mit den drei Broten, die man auf
die Tornister geschnürt; man hatte nicht auf ihn ge=
hört, und nun hatten die Regengüsse sie ganz durch=
weicht, so daß ein wahrer Brei aus ihnen geworden
war, den man unmöglich zwischen die Zähne nehmen
konnte.

„Wir sind gut b'ran," fuhr Jean fort. „Wir,
die wir alles hatten, stehen jetzt ohne ein Stück=
chen Brotrinde da . . . Ihr seid wirklich elende
Schweinehunde!"

Im selben Augenblicke rief das Signal die Leute
zu einem Tagesbefehl vor den Sergeanten, und der
Sergeant Sapin gab mit seinem trübseligen Gesichte
den Leuten seiner Abteilung bekannt, daß sie, da jede
Verteilung unmöglich sei, sich mit ihrem Mundvorrat
begnügen müßten. Der Train, so hieß es, war
wegen des schlechten Wetters auf dem Wege zurück=
geblieben. Die Rinderherde aber mußte sich in=
folge entgegengesetzter Befehle verirrt haben. Später
erfuhr man, daß, nachdem das fünfte und zwölfte
Corps am selben Tage wieder gegen Rethel hinauf
marschirt waren, wo sich das Hauptquartier nieder=
lassen wollte, alle Vorräte aus den Dörfern dieser
Stadt zugeströmt waren, ebenso wie die Bewohner,
die den fieberhaften Wunsch hatten, den Kaiser zu
sehen. So war die ganze Gegend, bevor das siebente
Corps ankam, vollständig leer und kahl geworden:
kein Fleisch, kein Brot, ja nicht einmal Bewohner
waren mehr da. Und damit das Elend seinen Gipfel
erreiche, waren die Vorräte der Intendantur durch

ein Mißverständnis nach Chêne=Populeux geschickt
worden.   Während des ganzen Krieges war es diese
beständige verzweifelte Mißwirtschaft der elenden In=
tendanten, über die alle Soldaten schimpften, und
deren ganzer Fehler häufig darin bestand, daß sie
rechtzeitig auf den angegebenen Punkten erschienen,
wo jedoch die Truppen nicht hinkamen.

„Elende Schweinehunde,“ wiederholte Jean außer
sich, „das geschieht euch recht! Und ihr verdient es
wahrlich nicht, daß ich mir die Mühe gebe, jetzt 'was
für euch auszuschnüffeln; ich muß es aber thun, weil's
meine Pflicht ist, euch auf dem Marsche nicht vor
Hunger klappern zu lassen.“

Er ging dann auf die Birsch, wie es jeder gute
Korporal thun sollte, und nahm Pache mit sich, den
er wegen seiner Sanftmut gern hatte, wiewohl er fand,
daß er gar zu tief im Pfaffentum drin stecke.

Loubet aber hatte ein kleines Gehöfte, das zwei
bis dreihundert Meter entfernt lag, ins Auge gefaßt,
eines der letzten Häuser von Contreuve, wo er sich
eine fette Beute versprach. Er rief Chouteau und
Lapoulle herbei und sagte zu ihnen:

„Wir wollen auch auf die Suche; ich habe so
eine Ahnung, als ob es dort drüben was Ordentliches
gäbe.“

Maurice blieb zurück, um auf den kochenden
Wasserkessel acht zu geben und zugleich das Feuer zu
unterhalten. Er hatte sich auf seine Decke gesetzt
und den Schuh ausgezogen, damit die Wunde trockne.
Der Anblick des Lagers nahm sein Auge gefangen;

jeder einzelne Zug stand draußen vor den Zelten, seitdem keine Verteilung mehr zu erwarten war. Er machte da abermals die Wahrnehmung, daß einzelne Züge stets von allem entblößt waren, während andere in beständigem Ueberfluß lebten, je nach der Vorsorglichkeit und dem Geschicke des Korporals und seiner Leute. Inmitten dieses wimmelnden Lebens, das ihn umgab, bemerkte er zwischen den Gewehrpyramiden und den Zelten einzelne, die nicht einmal ein Feuer hatten anzünden können, andere, die sich entsagungsvoll drein ergaben und sich bereits schlafen gelegt hatten, dann wieder andere, die im Gegenteil im Begriffe waren, mit großem Appetit allerhand gute Sachen zu verzehren. Und was ihm daneben auffiel, war die schöne Ordnung der Reserveartillerie, die über ihm auf dem Hügelabhang lagerte. Die Sonne erschien, als sie unterging, zwischen zwei Wolken und beleuchtete mit roter Glut die Kanonen, von denen die Artilleristen bereits den Straßenkot abgewaschen hatten.

Indessen hatte in dem kleinen Gehöfte, auf welches Loubet und seine Kameraden es abgesehen hatten, der Chef ihrer Brigade, der General Bourgain-Desfeuilles, sich häuslich eingerichtet. Er hatte ein erträgliches Bett gefunden und saß bereits bei Tisch vor einer Omelette und einem gebratenen Huhn, das ihn in treffliche Laune versetzte; und da Oberst von Vineuil in einer Dienstsache gerade da war, hatte er ihn zum Essen eingeladen. Alle beide aßen also ein großer, blonder Kerl wartete auf; derselbe stand erst seit drei

Tagen im Dienst des Pächters und gab sich für einen
Elsäßer aus, der, von der Niederlage bei Frösch=
weiler mit fortgerissen, aus seiner Heimat geflüchtet
war. Der General sprach ganz offen vor diesem
Menschen, machte Bemerkungen über den Marsch der
Armee und fragte ihn dann über die Straße und
die Entfernungen aus, ohne daran zu denken, daß
der Bursch nicht aus den Ardennen war. Die voll=
ständige Unkenntnis, welche diese Fragen verrieten,
machten schließlich den Obersten ungeduldig. Dieser
hatte in Mezières gewohnt, und so gab er einige
genaue Auskünfte, welche dem General den Ausruf
entlockten:

„Es bleibt doch immer ein Blödsinn: Wie soll
man sich in einer Gegend schlagen, die man nicht
kennt!"

Der Oberst machte eine kaum merkliche Geberde
der Verzweiflung. Er wußte, daß von dem Tage
der Kriegserklärung an alle Offiziere Karten von
Deutschland erhalten hatten, daß jedoch gewiß kein
einziger eine Karte von Frankreich besaß. Was er seit
einem Monat sah und hörte, schmetterte ihn nieder.
Es blieb ihm nichts als sein Mut, neben dem nicht
allzu großen Ansehen, das er als ein ziemlich schwacher
und beschränkter Chef genoß und das schuld war,
wenn ihn sein Regiment eher liebte als fürchtete.

„Man kann nicht einmal ruhig essen!" rief plötz=
lich der General. „Was gibt's denn da so zu
plärren?... Schaut doch nach, Elsäßer!"

Aber schon trat der Pächter ein, verzweifelt gestiku=

lirend und schluchzend. Man hatte ihn gebrandschatzt,
afrikanische Reiter und Zuaven hatten sein Haus
ausgeplündert. Zuerst war er so schwach gewesen,
ihnen seinen Laden zu öffnen, da er der einzige im
Dorf war, der Eier, Kartoffeln und Kaninchen hatte.
Er verkaufte, ohne die Leute allzusehr zu bestehlen,
sackte das Geld ein und gab die Ware her; das ging
soweit gut, bis ihm die immer zahlreicher gewordenen
Käufer über den Kopf wuchsen, ihn verwirrten und
schließlich zur Seite schoben und alles nahmen, ohne
mehr zu bezahlen. Wenn die Bauern während des
Krieges alles versteckten und ein Glas Wasser ver-
weigerten, so geschah es aus Furcht vor dem langsam
wachsenden und unwiderstehlichen Andrang dieser
Menschenflut, die sie aus ihrem eigenen Heim hinaus-
warf und das ganze Haus fortschleppte.

„Ja, mein Lieber, lassen Sie mich ungeschoren!"
erwiderte der General ärgerlich. „Man müßte ein
Dutzend dieser Schufte täglich erschießen! Kann man
das thun?"

Er ließ die Thür schließen, um nicht genötigt zu
sein, einzuschreiten; der Oberst setzte ihm dann auseinander, daß die Leute keinen Proviant gefaßt hatten
und hungrig waren.

Draußen hatte Loubet ein Kartoffelfeld bemerkt,
und sich mit Lapoulle darauf gestürzt; mit beiden
Händen wühlten sie im Erdreich herum, rissen sie die
Knollen aus und füllten sich die Taschen damit. Chouteau aber, der gerade über eine niedrige Mauer lugte,
pfiff ihnen, und beide liefen herbei und stießen einen

Freudenruf aus: eine Gänseschar, ein Dutzend pracht=
volle Gänse spazierten majestätisch in einem engen
Hofe umher.   Sofort hielten sie Rat und bewogen
Lapoulle, über die Mauer zu klettern.   Der Kampf
war fürchterlich; es fehlte wenig, daß die Gans, die
er ergriffen hatte, ihm mit der harten Schneide ihres
Schnabels die Nase abgezwickt hätte.   Dann erfaßte
er ihren Hals und wollte sie erwürgen, aber sie be=
arbeitete ihm wütend die Arme und den Bauch mit
ihren starken Füßen.   Er mußte ihr den Kopf mit
der Faust zertrümmern; sie schlug jedoch noch heftig
um sich, und er beeilte sich auszureißen, von dem
Rest der Gänseschar verfolgt, die ihm die Beine
zerhackte.

Als alle drei, die Gans und die Kartoffeln in
einem Sack versteckt, wiederkamen, fanden sie Jean und
Pache, die gleichfalls glücklich von ihrer Expedition
zurückgekehrt waren, mit vier frischen Broten und
einem Stück Käse beladen, die sie einer alten braven
Frau abgekauft hatten.

„Das Wasser kocht, wir wollen Kaffee machen,"
sagte der Korporal.   „Käse und Brot haben wir;
das wird ein wahrer Festschmaus!"

Plötzlich aber bemerkte er die Gans, die auf ihren
Füßen ausgestreckt lag, und er konnte sich nicht ent=
halten zu lachen.   Er betastete sie mit bewundernder
Kennermiene.

„Himmel,   Herrgott,   ein   schönes   Tier das!
Wiegt gute zwanzig Pfund!"

„Ein Vogel, den wir auf dem Wege getroffen

haben, und der durchaus unsere Bekanntschaft machen wollte," erklärte Loubet mit seiner lustigen Spitzbubenstimme.

Jean gab durch eine Handbewegung zu verstehen, daß er nicht mehr zu wissen verlange. Schließlich mußte man doch leben. Und mein Gott, warum sollte man den armen Burschen, die gar nicht mehr wußten, wie Geflügel schmeckt, einen solchen Braten nicht gönnen!

Schon zündete Loubet ein Holzfeuer an. Pache und Lapoulle rupften mit hastigen Fingern die Gans. Chouteau, der zu den Artilleristen um ein Stückchen Schnur gelaufen war, kam zurück und hing sie zwischen zwei Bajonetten auf, und Maurice wurde damit betraut, sie von Zeit zu Zeit mit einem kurzen Stoß umzudrehen. Darunter stand die Zugsfeldpfanne, in welche das Fett hinabtropfte. Es war der Triumph der Bratkunst. Das ganze Regiment, angelockt durch den guten Duft, kam herbei und sah zu. Welch ein Festgelage! Gänsebraten, gekochte Kartoffeln, Brot, Käse! Als Jean die Gans zerschnitten hatte, machte sich der Zug mit wahrem Heißhunger darüber her. Portionen gab es nicht mehr; jeder stopfte sich ein, soviel er konnte. Doch trug man ein Stück zur Artillerie, die den Strick hergegeben hatte.

An jenem Abend hungerten die Offiziere des Regiments; der Marketenderwagen hatte sich gleichfalls, zweifellos dem Haupttroß nachfolgend, nach einer falschen Richtung gewendet. Wenn die Solda

ten auch durch das Unterbleiben der Proviantvertei=
lung litten, so fanden sie doch schließlich fast immer
irgend welche Lebensmittel; sie halfen sich unterein=
ander aus, und die Leute eines jeden Zuges gaben
alles, was sie hatten, für den gemeinsamen Bedarf
her. Der Offizier dagegen, ganz allein auf sich selbst
angewiesen, verging rettungslos vor Hunger, wenn
die Marketender einmal nicht eintrafen.

Chouteau, welcher gehört hatte, wie Hauptmann
Beauduin seinem Zorn über das Ausbleiben des
Proviantwagens Luft machte, lachte denn auch höhnisch,
als er, seinen Gänsebraten kauend, den Offizier mit
seiner steifen, stolzen Miene vorübergehen sah. Und
mit einem verstohlenen Blick zeigte er auf ihn:

„Schaut ihn doch an, wie er mit der Nase in
der Luft schnüffelt ... er gäbe gewiß gern ein Fünf=
frankenstück für den Burzel.“

Alle spotteten über den Hunger des Hauptman=
nes, der, zu jung und zu kurz angebunden, wie er war,
es nicht verstanden hatte, sich bei seinen Leuten be=
liebt zu machen. Einen Augenblick schien es, als
wollte er die Leute wegen des Spektakels, den sie mit
ihrem Gänsebraten machten, zur Rede stellen, aber
die Furcht, seinen Hunger zu zeigen, veranlaßte ihn
offenbar, weiterzugehen; er entfernte sich mit hoch
erhobenem Haupt, als ob er nichts gesehen hätte.

Lieutenant Rochas, dem gleichfalls der Magen
vor Hunger knurrte, ging mit einem gutmütigen
Lachen vor seinem glückstrahlenden Zug auf und ab.
Seine Leute beteten ihn an, zunächst, weil er den

Hauptmann haßte, diesen aus der Kriegsschule von
Saint-Cyr herausgekommenen Laffen, und dann, weil
er, wie sie alle, den Tornister getragen hatte; und doch
war er nicht immer ein sehr bequemer Patron, von einer
Grobheit, daß man ihm gerne manchmal eine Maul=
schelle versetzt hätte.

Jean, welcher mit einem Augenzwinkern die Ka=
meraden um ihre Meinung befragt hatte, erhob sich
und bat Lieutenant Rochas, mit ihm hinter das Zelt
zu gehen.

„Hören Sie, Herr Lieutenant, ohne Sie zu be=
leibigen, wenn wir Ihnen damit dienen können ..."

Und er reichte ihm einen Viertellaib Brot und einen
Napf mit einer Gänsekeule und sechs großen Kartoffeln.

Auch diese Nacht war es nicht nötig gewesen, die
Leute in den Schlaf zu wiegen. Die Sechs verdauten
ihre Gans und schliefen wie die Klötze. Und sie
konnten sich auch bei dem Korporal für die solide
Art und Weise, in der er das Zelt gebaut hatte, be=
danken, denn sie nahmen nicht einmal den starken
Sturmwind wahr, der gegen zwei Uhr, von heftigen
Regenschauern begleitet, blies. Zelte wurden um=
gerissen, Soldaten sprangen, jäh aus dem Schlafe er=
wachend, ganz durchnäßt auf und waren genötigt,
in der Finsternis umher zu tappen. Ihr Zelt jedoch
widerstand, und sie waren so gut geschützt, daß nicht
ein Tropfen auf sie fiel, dank der um das Zelt ge=
zogenen Rinne, in der das Wasser ablief.

Bei Tagesanbruch erwachte Maurice, und da
man erst um acht Uhr den Marsch antreten sollte,

kam ihm der Gedanke, auf den Hügel hinaufzusteigen
bis zum Lagerplatz der Reserveartillerie, um seinen
Vetter Honoré zu besuchen. Sein Fuß, der durch
die gute Nacht ausgeruht war, schmerzte ihn viel
weniger.

Und wieder war es für ihn ein wunderbarer Anblick, den wohlgeordneten Artilleriepark zu sehen, die
sechs Batteriegeschütze, die in tadelloser Linie dastanden, dahinter die Munitions- und Pulverwagen, die
Futterwagen und die Feldschmiede; noch weiter hin die
Pferde an den Stricken, die mit zur aufgehenden
Sonne gewandten Nüstern wieherten. Und ohne
Verzug fand er auch das Zelt Honorés, dank der
vollendeten Ordnung, mit welcher allen Leuten vom
selben Geschütz eine Zeltreihe angewiesen war, so daß
der Anblick des Lagers allein die Anzahl der Kanonen
anzeigte.

Als Maurice ankam, waren die Artilleristen schon
auf und nahmen ihren Kaffee; zwischen dem Vor-
reiter Adolf und dem Richtunteroffizier Louis, seinem
Genossen, gab es gerade einen Streit. Seit drei
Jahren waren sie zusammen „verheiratet", gemäß
dem Gebrauche, einen von den Berittenen und einen
von der Bedienung zusammenzukoppeln, und sie vertrugen sich immer gut miteinander, nur nicht, wenn's
zum Essen kam. Louis, der gescheitere und besser
unterrichtete, nahm willig die Abhängigkeit auf sich,
in welcher jeder Mann zu Pferd den Mann zu Fuß
zu halten versteht; er schlug das Zelt auf, verrichtete
den Arbeitsdienst, besorgte das Abkochen, während

Adolf sich mit der Miene vollständiger Ueberlegenheit
nur mit seinen zwei Pferden beschäftigte. Nur em-
pörte sich der erstere, ein schwarzer, magerer, mit
übermäßigem Appetit ausgestatteter Bursche, wenn
der andere, ein großer Mensch mit starkem blondem
Schnurrbart, sich die besten Stücke zu Gemüte führen
wollte. An diesem Morgen war der Streit dadurch
entstanden, daß Louis, der den Kaffee gekocht hatte,
Adolf beschuldigte, alles ausgetrunken zu haben. Und
die anderen mußten sie versöhnen.

Sofort nach dem Erwachen ging Honoré jeden
Morgen nach seinem Geschütz sehen, ließ es so sorgfältig vor seinen Augen vom Nachttau trocknen, als
handelte es sich darum, ein geliebtes Tier abzureiben,
damit es keinen Schnupfen bekäme. Und er stand da
und blickte es mit väterlicher Miene an, wie es in der
frischen Morgenluft glänzte, als er Maurice erkannte.

„Da sieh 'mal! Ich wußte, daß das hundertsechste
in der Nachbarschaft ist; ich habe gestern einen Brief
aus Remilly erhalten und wollte zu Dir hinunter ...
Komm, ein Glas Wein trinken."

Um mit ihm allein zu sein, führte er ihn nach
dem kleinen Gehöft, welches die Soldaten gestern geplündert hatten, und wo der Bauer in seiner unverbesserlichen Gewinnsucht eine Art Schenke hergerichtet
hatte, indem er ein Faß Weißwein verzapfte. Er
schenkte vor der Thüre auf einem Brett seinen Wein
aus, um vier Sous das Glas, und der Bursche, den
er vor drei Tagen in seinen Dienst genommen hatte,
der blonde Koloß, der Elsäßer, half ihm dabei.

Schon hatte Honoré mit Maurice angestoßen, als seine Blicke auf diesen Mann fielen. Er betrachtete ihn einen Moment mit starren Augen, dann stieß er einen furchtbaren Fluch aus.

„Kreuzdonnerwetter! Goliath!"

Und er sprang auf und wollte ihn an der Gurgel fassen, aber der Bauer, der meinte, daß man wieder einmal sein Haus plündern wollte, that einen Schritt nach rückwärts und verrammelte die Thür. Ein Augenblick der Verwirrung trat ein, alle anwesenden Soldaten liefen zusammen, während der Wachtmeister mit wuterstickter Stimme schrie:

„So öffnet doch, öffnet, Rindvieh! Es ist ein Spion, sag' ich euch, ein Spion!"

Nun zweifelte auch Maurice nicht mehr. Er hatte den Mann deutlich wieder erkannt, den man im Lager von Mülhausen aus Mangel an Beweisen freigelassen hatte; dieser Mann war Goliath, der ehemalige Hof= knecht des alten Fouchard in Remilly. Als der Bauer endlich sich entschloß, die Thür zu öffnen, war alles Herumstöbern im Gehöfte umsonst, der Elsäßer war verschwunden, — der blonde Riese mit dem gutmütigen Gesicht, den der General Bourgain=Desfeuilles abends zuvor vergeblich ausgefragt und vor dem er selbst beim Speisen in vollständiger Sorglosigkeit alles aus= geplaudert hatte. Zweifellos war der Bursche durch ein rückwärtiges Fenster, das man geöffnet fand, hinausgesprungen. Man suchte auch vergeblich in der Umgebung: der Mann, so groß er war, war wie eine Rauchwolke verduftet.

Maurice mußte Honoré beiseite führen, bevor der letztere in seiner Verzweiflung sich anschickte, seinen Kameraden allzu viel über seine traurigen Familien= angelegenheiten zu erzählen.

„Kreuzdonnerwetter! Ich hätte ihn mit Freuden erwürgt; gerade habe ich diesen Brief erhalten, der mich noch wütender auf ihn gemacht hat."

Und wenige Schritte von dem Gehöfte ließen sich beide gegen einen Heuschober nieder, und Honoré reichte seinem Vetter den Brief.

Es war die alte Geschichte, diese Liebe von Ho= noré Fouchard zu Sylvine Morange, der man sich widersetzte. Sie, ein braunes Mädchen mit schönen, demütigen Augen, hatte als Kind ihre Mutter ver= loren, eine Taglöhnerin, die in einer Fabrik in Ran= court arbeitete und dort verführt worden war; Doktor Dalichamp, ihr Notpate, der immer bereit war, die Kinder jener Unglücklichen, denen er bei der Entbindung beistand, zu adoptiren, war auf den Gedanken gekommen, sie als Magd beim alten Fouchard unterzubringen. Gewiß, der alte Bauer, der aus Erwerbgier Fleischhauer geworden war und mit seinem Fleisch in den zwanzig Gemeinden der Umgegend hausirte, war ein arger Geizhals und ein mitleidloser, hartherziger Mensch; aber er würde die Kleine überwachen, und sie könnte, wenn sie arbeitete, immer ihr Brot haben. In jedem Falle wäre sie vor der Zuchtlosigkeit der Fabrik bewahrt. Und so geschah's natürlich, daß sich der Sohn des Hauses und die junge Magd ineinander verliebten. Honoré

war damals sechzehn, Sylvine zwölf Jahre alt, und
als sie sechzehn zählte, war er zwanzig; er kam zur
Losziehung, und ganz glücklich über seine hohe Num=
mer, faßte er den Entschluß, Sylvine zu heiraten.
Dank der seltenen Ehrenhaftigkeit Honorés, die in
seiner bedächtigen und ruhigen Natur begründet war,
hatte es zwischen den beiden nichts gegeben als hie
und da einen leidenschaftlichen Kuß, eine innige Um=
armung in der Scheuer. Als er aber seinem Vater
von der Heirat sprach, erklärte dieser erbittert und
hartnäckig, daß er ihn vorher umbringen müßte; da=
bei behielt er das Mädchen ruhig in seinem Hause,
in der Hoffnung, daß die beiden damit zufrieden sein
würden, beisammen zu bleiben, und daß die Geschichte
vorübergehen würde. Während zweier Jahre noch
beteten die jungen Leute einander an, trugen sie Ver=
langen nach einander, ohne sich zu berühren. Dann
aber, infolge eines häßlichen Auftrittes zwischen den
beiden Männern, konnte der Sohn nicht mehr im
Hause bleiben; er ging zu den Soldaten und wurde
nach Afrika geschickt; der Alte jedoch behielt die Magd,
mit welcher er zufrieden war, bei sich. Da ereignete
sich nun das Entsetzliche: Sylvine, welche geschworen
hatte, zu warten, fand sich eines Abends, vierzehn
Tage später, in den Armen eines Hofknechtes, der
vor einigen Monaten in den Dienst getreten war;
es war dieser Goliath Steinberg, der Preuße, wie
man ihn nannte, ein großer, gutmütig aussehender
Bursche, mit kurzem blondem Haar und breitem, rotem,
stets lächelndem Gesicht, der Kamerad und Vertraute

Honorés. Hatte der alte Fouchard vielleicht heim=
tückisch die Entehrung der Magd angestiftet? Hatte
sich Sylvine in einer unbedachten Minute hingegeben?
Oder war sie, vor Kummer krank und von den
Thränen erschöpft, halb vergewaltigt worden? Sie
wußte es selbst nicht mehr; und niedergeschmettert
nahm sie, als sie schwanger geworden war, die Not=
wendigkeit einer Heirat mit Goliath hin. Dieser,
immer lächelnd, sagte nicht nein, er verschob nur die
Formalität der Trauung bis nach der Geburt des
Kindes. Da, am Tage vor der Entbindung, ver=
schwand er plötzlich. Später erzählte man, er habe
sich nach einem andern Bauernhofe in der Gegend von
Beaumont verdingt. Drei Jahre waren seither ver=
flossen und zur Stunde zweifelte niemand mehr daran,
daß dieser Goliath, dieser gute Kerl, der die Mädchen
so leichten Herzens ins Unglück brachte, einer jener
zahlreichen Spione war, mit welchen Deutschland
unsere Ostprovinzen überschwemmte. Als Honoré
jene Geschichte in Afrika erfuhr, mußte er für drei
Monate ins Spital, als ob ihn der Brand der Wüsten=
sonne in den Nacken getroffen und niedergestreckt
hätte; und niemals machte er von einem Urlaub Ge=
brauch; er wollte nicht in seine Heimat zurückkehren,
aus Furcht, Sylvine mit ihrem Kinde dort wiederzusehen.

Während Maurice den Brief las, zitterten die
Hände des Artilleristen. Es war ein Brief von
Sylvine, der erste, der einzige, den sie ihm jemals
geschrieben. Welchem Gefühl hatte sie gehorcht, diese
Demütige, diese Schweigsame, deren schöne ·schwarze

Augen manchmal in ihrer beständigen Sklaverei den
Ausdruck starrer, ungewöhnlicher Entschlossenheit an=
nahmen? Sie sagte einfach, daß sie wüßte, er wäre
in den Krieg gezogen, und daß ihr, wenn sie ihn nicht
wiedersehen sollte, der Gedanke, er könnte sterben und
glauben, sie hätte ihn nicht mehr lieb, zu viel Kummer
bereitete. Sie habe ihn immer geliebt und niemals
einen andern als ihn; und das wiederholte sie auf
vier Seiten in Worten und Wendungen, die einander
alle glichen, ohne eine Entschuldigung zu suchen, ohne
selbst zu erklären, was vorgefallen war. Und kein
Wort von dem Kinde; nichts als ein Lebewohl voll
unendlicher Liebe.

Maurice, den sein Vetter einstmals zu seinem
Vertrauten gemacht hatte, war von dem Briefe tief
gerührt. Er hob die Augen zu ihm empor und sah,
wie er weinte; mit brüderlicher Herzlichkeit umarmte
er ihn:

„Mein armer Honoré!“

Doch schon hatte der Wachtmeister seine Bewegung
wieder unterdrückt; er steckte den Brief sorgsam in den
Brustlatz und knöpfte seine Jacke wieder zu.

„Ja, das sind Dinge, die einem das Innerste
aufwühlen. Ah, wenn ich den Schurken hätte er=
würgen können . . .! Nun, wir werden ja sehen . . .“

Die Hornisten gaben das Signal zum Abbruch
des Lagers, und sie mußten laufen, um rechtzeitig
ihre Zelte zu erreichen. Uebrigens zogen sich die
Marschvorbereitungen hin, und die Truppen warteten
mit dem Tornister auf dem Rücken bis gegen neun

Uhr. Ein Gefühl der Ungewißheit schien die Befehls=
haber ergriffen zu haben; die tapfere Entschlossenheit
der beiden ersten Tage, in welchen das siebente Corps
sechzig Kilometer zurückgelegt hatte, war verschwunden.
Und seltsame, beunruhigende Nachrichten liefen seit
dem Morgen um: zuerst die Meldung vom Marsche
gegen Norden, den die drei anderen Armeecorps an=
getreten hatten, und auf welchem der Weg des ersten
nach Juinville, der des fünften und zwölften nach
Rethel führte — ein unlogischer Marsch, den man
nur mit dem Bedürfnis der Verproviantirung erklären
konnte. Man hatte also die Richtung nach Verdun
aufgegeben; wozu dann dieser verlorene Tag? Das
schlimmste war, daß die Preußen jetzt nicht mehr weit
sein konnten, denn die Offiziere ermahnten ihre Leute,
nicht zurückzubleiben, weil jeder Nachzügler von den
Rekognoszirungsposten der feindlichen Reiterei ge=
fangen werden konnte.

Man schrieb den 25. August, und Maurice war
später, wenn er sich an die Flucht Goliaths erinnerte,
fest überzeugt, daß dieser Mann einer von denen war,
die das deutsche Hauptquartier genau über den Marsch
der Armee von Châlons unterrichteten und so die
Frontveränderung der dritten Armee herbeiführten.
Schon am nächsten Tage verließ der Kronprinz von
Preußen Revigny, die Schwenkung begann, jener
Flankenangriff, jene riesenhafte Umzingelung, die
durch forcirte, in wunderbarer Ordnung ausgeführte
Märsche durch die Champagne und die Ardennen er=
reicht wurde. Während die Franzosen zauberten und

an ihren Plätzen schwankten, wie von einer plötzlichen
Lähmung getroffen, machten die Preußen bis zu vierzig
Kilometer täglich und jagten, in einem ungeheuren
Kreise aufgestellt, gleich Treibern die von ihnen ge=
hetzten Menschenrudel gegen die Wälder der Grenze.

Endlich brach man auf, und an diesem Tage führte
die Armee eine Schwenkung nach links aus; das
siebente Corps legte nur die zwei kurzen Meilen
zurück, die Contreuve von Vouziers trennen, während
das fünfte und zwölfte Corps unbeweglich in Rethel
blieben und das erste Corps in Attigny Halt machte.
Zwischen Contreuve und dem Aisnethal begannen die
ebenen Flächen wieder, nur noch kahler als zuvor;
in der Nähe von Vouziers wand sich die Straße
zwischen grauen Aeckern und niedrigen, trostlosen
Hügeln dahin, ohne Baum, ohne Haus, von der
Traurigkeit einer Wüstenei; und diese kurze Strecke
legten die Soldaten mit verdrossenen, müden Schritten
zurück, die den Weg noch furchtbar zu verlängern schie=
nen. Von Mittag an blieb man auf dem linken Ufer der
Aisne, bivouakirte inmitten des kahlen Gefildes, dessen
letzte Erhebungen das Thal beherrschen, und über=
wachte von dort aus die Straße von Monthois, die
längs des Flusses läuft und auf der man den Feind
erwartete.

Und da war es denn für Maurice eine wahre Be=
stürzung, als er auf dieser Straße von Monthois die
Division von Marguerite daherkommen sah, diese ganze
Reservekavallerie, die das siebente Corps unterstützen
und am linken Flügel der Armee zur Marschsicherung

dienen sollte. Es tauchte das Gerücht auf, daß die
Division nach Chêne=Populeux zurückginge. Warum
entblößte man so den linken Flügel, der allein bedroht
war? Warum sandte man sie ins Zentrum, wo sie
vollständig überflüssig waren, diese zweitausend Reiter,
die man zu Rekognoszirungen auf meilenweite Ent=
fernungen hätte benützen sollen? Und das schlimmste
war, daß sie, mitten in die Marschbewegung des
siebenten Corps geratend, beinahe dessen Kolonnen
durchbrochen und ein unentwirrbares Durcheinander
von Menschen, Pferden und Kanonen verursacht
hätten. Die afrikanischen Reiter mußten nahezu
zwei Stunden am Thor von Vouziers warten.

Ein Zufall fügte es da, daß Maurice Prosper
bemerkte, der sein Pferd an den Rand einer Pfütze
getrieben hatte, und sie konnten einen Augenblick
plaudern. Prosper blickte ganz verdutzt und stumpf=
sinnig drein, er wußte nichts und hatte seit Rheims
nichts gesehen; doch, zwei Ulanen hatte er erblickt,
Kerle, die auftauchten und verschwanden, ohne daß
man gewußt hätte, woher und wohin. Und schon
erzählte man sich Geschichten: vier Ulanen seien, den
Revolver in der Faust, im Galopp in eine Stadt
eingeritten, hätten diese durchstürmt und erobert
— auf zwanzig Kilometer von ihrem Armeecorps
getrennt. Sie waren überall, sie flogen vor den
Kolonnen gleich einer summenden Bienenschar her,
wie eine bewegliche Wand, hinter welcher die Infan=
terie ihre Bewegungen verbarg und in aller Sicher=
heit wie im Frieden marschirte. In Maurice krampfte

sich das Herz zusammen, als er die Straße von den afrikanischen Reitern und Husaren, die man so schlecht verwendete, angefüllt sah.

„Wohlan, auf Wiedersehen," sagte er, Prosper die Hand drückend. „Vielleicht bedarf man Eurer trotz alledem da oben!"

Aber Prosper schien von dem Dienst, den man sie machen ließ, angewidert; er streichelte Zephir mit matter, trostloser Hand und antwortete:

„O je! Man bringt die Tiere um und weiß nichts mit den Menschen anzufangen ... es ist ekelhaft."

Am Abend, als Maurice seinen Schuh ausziehen wollte, um seine Ferse anzusehen, welche in heißem Fieber glühte, riß er die Haut mit ab. Das Blut spritzte auf, und er stieß einen Schmerzensschrei aus. Jean, der dabei stand, schien von großem, besorgtem Mitleid erfaßt:

„Hören Sie 'mal, das wird ja ernst, Sie werden ja liegen bleiben; das muß man ordentlich behandeln, lassen Sie mich 'mal machen."

Er kniete nieder, wusch selbst die Wunde und verband sie mit reinem Linnen, das er aus seinem Tornister nahm. Und seine Handgriffe waren so mütterlich, es war die ganze milde Sorgfalt eines vielerfahrenen Mannes, dessen grobe Finger bei Gelegenheit zart zu sein verstehen.

Ein unbezwingliches weiches Gefühl ergriff Maurice, seine Augen umschleierten sich, und in einem unsäglichen Bedürfnis nach Liebe, als ob er in diesem

einst gehaßten, gestern noch verachteten Bauern seinen
Bruder wiedergefunden hätte, stieg ein vertrautes Du
ihm aus dem Herzen zu den Lippen empor:

„Du bist ein braver Mensch, hab' Dank, Alter."

Auch Jean duzte ihn mit glücklicher Miene und
mit seinem ruhigen Lächeln.

„Und nun, mein Junge . . . ich hab' auch noch
Tabak; willst Du eine Cigarrette?"

Fünftes Kapitel.

————

Am andern Morgen, am 26. August, erhob sich Maurice nach der unter dem Zelte verbrachten Nacht wie gelähmt und die Schultern wie zerschlagen. Er hatte sich noch nicht an die harte Erde gewöhnt, und da man abends zuvor den Leuten verboten hatte, ihre Schuhe auszuziehen, und die Sergeanten die Runde gemacht hatten, um sich, im Dunkel umhertappend, zu vergewissern, ob auch alle ihre Schuhe und Gamaschen anbehalten hatten, ging es ihm mit seinem Fuß nicht besser, der schmerzhaft wie im Fieber brannte. Ueberdies mußte er eine Erkältung in den Beinen davongetragen haben, da er, um sich nicht zusammenkrümmen zu müssen, die Füße aus dem Zelt hinausgesteckt hatte.

Jean sagte ihm sofort:

„Junge, wenn man heute marschiren muß, wirst Du gut thun, zum Stabsarzt zu gehen und Dich auf einen Wagen laden zu lassen."

Aber man wußte nichts, und die widerspruch=vollsten Gerüchte waren im Umlauf. Einen Augen-

blick glaubte man, daß man weiter marschire; das
Lager wurde abgebrochen, das ganze Armeecorps
setzte sich in Bewegung und zog durch Vouziers ab,
nachdem auf dem linken Ufer der Aisne nur eine
Brigade der zweiten Division zur ferneren Bewachung
der Straße von Monthois zurückgeblieben war. Plötzlich aber, auf der andern Seite der Stadt, auf dem
rechten Ufer wurde Halt gemacht, und die Gewehrpyramiden wurden in den Feldern und Wiesen aufgestellt, welche sich neben der Straße von Grand-Pré
ausbreiten. Im selben Augenblicke ritt das vierte
Husarenregiment in raschem Trabe auf dieser Straße
davon, was zu den verschiedenartigsten Vermutungen
Anlaß gab.

„Wenn man hier wartet, so bleibe ich," erklärte
Maurice, welchen der Gedanke an den Stabsarzt
und an den Ambulanzwagen mit Widerstreben erfüllte.

In der That verlautete bald, daß man hier so
lange lagern werde, bis General Douay sich verläß-
liche Angaben über den Marsch des Feindes verschafft
hätte. Seit gestern, seit dem Augenblicke, da er die
Division Margueritte gegen Chêne hinaufziehen sah,
waren seine Besorgnisse gewachsen; er wußte, daß er
nicht mehr gedeckt war, daß kein einziger Mann
mehr die Engpässe der Argonne bewachte und er von
einem Augenblick zum andern angegriffen werden
konnte. Und so hatte er das vierte Husarenregiment
auf Rekognoszirung bis zu den Hohlwegen von
Grand-Pré und Croix-aux-Bois ausgeschickt mit dem
Befehle, ihm um jeden Preis Nachrichten zu bringen.

Dank den Bemühungen des Maires von Vouziers war tags zuvor Brot und Fleisch und Futter für
die Pferde verteilt worden, und an jenem Morgen
gegen zehn Uhr hatte man den Soldaten eben erlaubt,
abzukochen, aus Furcht, daß sie später keine Zeit mehr
dazu finden würden, als ein zweiter Truppenabmarsch,
der Abmarsch der Brigade Bordas, welche den von
den Husaren genommenen Weg einschlug, neuerdings
alle Köpfe beschäftigte. Was gab es nur? Marschirte
man denn ab? Wollte man sie nicht in Ruhe essen
lassen, jetzt, da der Kochkessel auf dem Feuer stand?
Aber die Offiziere gaben die Erklärung, daß die
Brigade Bordas die Aufgabe habe, Buzancy, das
einige Kilometer entfernt lag, zu besetzen. Andere —
und sie trafen damit das Richtige — sagten, daß die
Husaren auf eine große Anzahl feindlicher Eskadronen
gestoßen seien, und daß ihnen die Brigade zu Hilfe
gesandt worden sei.

Das waren nun einige köstliche Stunden der
Ruhe für Maurice. Er hatte sich in dem Felde, wo
das Regiment bivouakirte, auf der Seite ausgestreckt,
und in schlaffer Müdigkeit blickte er vor sich hin auf
dieses grüne Thal der Aisne, auf die mit Baumbüschen bewachsenen Wiesen, in deren Mitte der Fluß
träge dahinfließt. Vor ihm erhob sich, amphithea-
tralisch aufsteigend und das Thal abschließend, Vouziers mit seinen wie aufeinandergeschichtet aussehen-
den Dächern, das die Kirche mit ihrer schmalen
Laterne und ihrem kuppelgekrönten Turme beherrschte.
Unten bei der Brücke rauchten die hohen Schlote der

Gerbereien, am andern Ende wieder traten die mehl=
bestaubten Baulichkeiten einer großen Mühle aus dem
Laubwerk des Flußufers hervor. Und diese durch
das hohe Gras wie verloren schimmernden Umrisse
der kleinen Stadt erschienen ihm voll süßen Reizes;
es war ihm, als ob er die Augen des empfindsamen,
träumerischen Menschen von einst wiedergefunden
hätte. Seine Jugend trat wieder vor ihn, die Aus=
flüge, die er damals, als er in Chêne, seinem Ge=
burtsort, wohnte, nach Vouziers unternommen hatte.
Und während einer Stunde vergaß er alles rings um
sich her.

Lange schon hatten die Soldaten ihre Suppe auf=
gegessen, und man wartete noch immer, als gegen
halb drei Uhr eine dumpfe, allmälich wachsende Be=
wegung das ganze Lager ergriff. Schleunige Befehle
ergingen, die Wiesen wurden geräumt, alle Truppen
stiegen empor und stellten sich auf den Abhängen
zwischen den Dörfern Chestres und Falaise auf,
die vier bis fünf Kilometer von einander entfernt
liegen. Schon warfen die Genietruppen Schützen=
gräben und Schulterwehren auf, links besetzte die
Reserveartillerie einen Hügel. Und das Gerücht ver=
breitete sich, General Bordas habe soeben eine Stafette
gesandt, um zu melden, daß er bei Grand=Pré über=
legene feindliche Kräfte angetroffen und sich genötigt
gesehen habe, sich auf Buzancy zurückzuziehen; es
ließ dies befürchten, daß die Rückzugslinie auf Vou=
ziers bald abgeschnitten werden könnte. So hatte denn
auch der Kommandant des siebenten Corps, einen

unmittelbaren Angriff erwartend, seine Leute Kampf=
stellungen einnehmen lassen, um den ersten Anprall
aufzuhalten in der Hoffnung, daß der übrige Teil
der Armee zu seiner Unterstützung käme; einer seiner
Adjutanten war mit einem Briefe an den Marschall
fortgeritten, in dem er diesen von seiner Lage in
Kenntnis setzte und um Hülfe ersuchte. Ueberdies
hatte er, aus Furcht vor einer Behinderung durch
den endlosen Zug der Proviantwagen, der nachts das
Corps wieder erreicht hatte und neuerdings hintendrein
zog, diesen sofort wieder in Bewegung setzen lassen
und aufs Geratewohl nach Chagny gesandt. Das
alles bedeutete die Schlacht.

„Herr Lieutenant, jetzt wird die Geschichte wohl
ernst?" erlaubte sich Maurice Rochas zu fragen.

„Donnerwetter, ja!" antwortete der Lieutenant,
indem er mit seinen langen Armen herumfuchtelte,
„es wird bald heiß hergehen."

Alle Soldaten waren darüber ganz freudig ge=
stimmt. Seitdem die Schlachtlinie von Chestres bis Fa=
laise sich gebildet hatte, war die Bewegung im Lager
noch gewachsen, und eine fieberhafte Ungeduld ergriff
die Truppen. Endlich sollte man sie doch sehen,
diese Preußen, die von den Zeitungen als so erschöpft
von den Märschen, als so heruntergekommen von
Krankheiten, als ausgehungert und in Lumpen ge=
kleidet geschildert wurden, und die Hoffnung, sie im
ersten Anstoß niederzuwerfen, erhöhte den Mut aller.

„'s ist gerade kein Unglück, daß wir endlich mit
ihnen zusammenkommen," sagte Jean. „Man spielt

schon lang genug Verstecens miteinander, seitdem
man sich da unten an der Grenze nach jener Schlacht
aus den Augen verloren hat ... Ob es aber nur
auch die sind, die Mac Mahon geschlagen haben?"

Maurice vermochte ihm in seiner Ungewißheit nicht
zu antworten. Nach allem, was er in Rheims gelesen
hatte, schien es ihm schwer glaublich, daß die vom
Kronprinzen von Preußen befehligte dritte Armee bei
Vouziers sei, während sie zwei Tage zuvor kaum in
der Gegend von Vitry-le-François gelagert haben
mochte. Man hatte wohl von einer vierten, unter
dem Kommando des Kronprinzen von Sachsen stehen=
den Armee gesprochen, die auf der Maaslinie operiren
sollte; es war auch zweifellos diese, wenngleich die so
rasche Besetzung von Grand=Pré wegen der Ent=
fernungen ihn in Erstaunen setzte. Aber vollends
verwirrte es ihn, als er zu seiner Verblüffung den
General Bourgain=Desfeuilles einen Bauern aus
Falaise fragen hörte, ob die Maas nicht an Buzancy
vorüberfließe, und ob es da keine ordentlichen Brücken
gäbe. Ueberdies erklärte der General mit der sorg=
losen Ruhe der Verständnislosigkeit, daß man von einer
Kolonne von hunderttausend Mann angegriffen würde,
die von Grand=Pré käme, während eine andere von
sechzigtausend von Sainte=Menehould einträfe.

„Und Dein Fuß?" sagte Jean zu Maurice.

„Ich spüre nichts mehr," antwortete dieser lachend.
„Wenn wir uns schlagen, wird's immerhin gehen."

In der That hatte ihn eine solche nervöse Er=
regung erfaßt und ihn so emporgehoben, daß er sich

wie der Erde entrückt vorkam. Hatte er doch während
des ganzen Feldzugs noch nicht eine Patrone ver=
schossen! Er war an die Grenze gegangen, hatte vor
Mülhausen die schrecklich bange Nacht verbracht, ohne
einen Preußen gesehen, ohne einmal sein Gewehr ab=
gefeuert zu haben; dann hatte er den Rückzug nach
Belfort, nach Rheims antreten müssen, und nun
marschirte er neuerbings seit fünf Tagen gegen den
Feind, und sein Gewehr war immer noch jungfräu=
lich und unbenützt. Ein wachsender Drang, eine all=
mälich sich steigernde wütende Begierde ergriff ihn,
es an die Schulter zu legen und wenigstens zu schießen,
um seine Nerven zu beruhigen. Es waren bald sechs
Wochen, seit er sich in einem Anfall von Begeisterung
hatte einreihen lassen, schon von einer Schlacht am
folgenden Tage träumend, und nun hatte er nur seine
armen empfindlichen Füße zum Fliehen und Einher=
trotten gebraucht, weit, weit von den Schlachtfeldern
weg. So gehörte er auch, inmitten der fieberhaft
gespannten Erwartung aller, zu jenen, welche am
ungeduldigsten die geradeaus ins Unendliche zwischen
schönen Bäumen sich dahinziehende Straße von
Grand=Pré mit den Blicken durchspähten. Unter
ihm breitete sich das Thal aus, in welchem die Aisne
wie ein silbernes Band zwischen Weiden und Pappeln
lag; aber unwiderstehlich zog die Straße dort seine
Blicke immer wieder an.

Gegen vier Uhr wurde es lebendig. Das vierte
Husarenregiment kehrte nach einem langen Umweg
zurück, und Geschichten über die Kämpfe mit den

Ulanen, nach und nach aufgebauscht und über=
trieben, liefen um und bestärkten jeden in der Gewiß=
heit, daß ein Angriff unmittelbar bevorstehe. Zwei
Minuten später kam eine neue Stafette, sichtlich von
Schrecken erfüllt, an, die meldete, daß General Bor=
das Grand=Pré nicht mehr zu verlassen wage, über=
zeugt, daß die Straße von Vouziers abgeschnitten sei.
Dem war jedoch noch nicht so, da die Stafette sie
ja eben unbehindert passirt hatte. Aber von einer
Minute zur andern konnte dies vollzogene Thatsache
werden, und General Dumont, der die Division be=
fehligte, brach sofort mit der ihm übriggebliebenen
Brigade auf, um seine andere in Bedrängnis ge=
ratene Brigade herauszuhauen. Die Sonne ging
hinter Vouziers unter, dessen Dächer sich schwarz
von einer großen roten Wolke abhoben. Lange konnte
man mit den Augen zwischen den doppelten Baum=
reihen der Brigade folgen, die sich schließlich im be=
ginnenden Dunkel verlor.

Der Oberst von Vineuil kam, um sich von der
guten Stellung zu überzeugen, die sein Regiment für
die Nacht genommen hatte. Er war erstaunt, den
Hauptmann Beaudouin nicht auf seinem Posten zu
finden, und als dieser in derselben Minute von Vou=
ziers zurückkehrte mit der Entschuldigung, daß er bei
der Baronin von Ladicourt gefrühstückt habe, erhielt
er einen scharfen Verweis, den er übrigens schweigend
mit der korrekten Miene eines vollendeten Offiziers
anhörte.

„Kinder,“ wiederholte der Oberst, durch die Reihen

seiner Leute schreitend, „wir werden zweifellos diese
Nacht, gewiß aber morgen früh bei Tagesanbruch
angegriffen werden; haltet euch bereit und denkt
daran, daß das Hundertundsechste niemals zurück=
gewichen ist."

Alle jubelten ihm zu, und bei der Ermüdung und
der Entmutigung, die seit dem Abmarsche unter ihnen
Platz gegriffen hatte, freuten sich alle, daß es nun
doch endlich eine ordentliche „Prügelei" absehen sollte.
Man untersuchte die Gewehre und tauschte die Zünd=
nadeln aus. Da man am Morgen die Suppe ge=
gessen hatte, begnügte man sich mit Kaffee und
Zwieback. Es war der Befehl erteilt worden, sich
nicht schlafen zu legen. Auf fünfzehnhundert Meter
wurden Vorposten geschickt und die Feldwachen bis
an das Aisneufer entsendet. Alle Offiziere wachten
rings um die Lagerfeuer. Und an einer niedrigen
Mauer erkannte man hie und da im tanzenden Licht
eines dieser Feuer die gestickten und verschnürten
Uniformen des Oberkommandanten und seines Ge=
neralstabs, Schatten, die sich angstvoll hin und her
bewegten, gegen die Straße zu liefen und nach dem
Hufschlag der Pferde lauschten in der töblichen Un=
ruhe, von der man wegen des Schicksals der dritten
Division erfüllt war.

Gegen ein Uhr morgens wurde Maurice als ein=
zelner Wachposten am Saume eines Feldes mit
Pflaumenbäumen, zwischen der Straße und dem
Flusse aufgestellt. Die Nacht war rabenschwarz. Als
er sich allein befand in der niederdrückenden Stille

des schlafenden Gefildes, fühlte er sich von einer
Empfindung der Furcht ergriffen, einer entsetzlichen
Furcht, die er nie gekannt hatte, die er nicht be=
siegen konnte, und ein Zittern des Zornes und der
Scham erfaßte ihn. Er hatte sich umgedreht, um
beim Anblick der Lagerfeuer seine Ruhe wiederzufin=
den, aber ein kleines Gehölz mochte ihm diese ver=
bergen, und rings um ihn war nichts als ein Meer
von Finsternis. Nur ganz in der Ferne schimmerten
noch immer einige Lichter von Vouziers, dessen Ein=
wohner, zweifellos von den kommenden Ereignissen
verständigt, beim Gedanken an die Schlacht erschauernd,
sich nicht schlafen gelegt hatten. Was ihn aber vollends
zu Eis erstarren machte, war der Umstand, daß er,
sein Gewehr anlegend, nicht einmal mehr das Visir=
korn wahrnehmen konnte. Dann begann das grauen=
vollste Warten. Alle seine Kräfte waren im Gehör
zusammengeströmt, seine Ohren lauschten unvernehm=
lichen Geräuschen und waren zuletzt von brausendem
Lärm erfüllt. Das Rieseln des fernen Wassers, ein
leichtes Rascheln der Blätter, der Sprung eines In=
sektes wurden ihm zum ungeheuren Tosen. War das
nicht Pferdegalopp, nicht das dröhnende Rollen von
Artillerie, die von dort unten geradewegs auf ihn
zukam? Hatte er zu seiner Linken nicht ein geheimes
Flüstern gehört, halberstickte Stimmen, eine Vorhut,
die durch das Dunkel dahinkroch und eine Ueber=
rumplung vorbereitete? Dreimal war er schon im
Begriffe gewesen, einen Schuß abzufeuern, um das
Alarmsignal zu geben; die Furcht, sich zu täuschen,

sich lächerlich zu machen, vermehrte noch sein Un=
behagen. Er war, die linke Schulter gegen einen
Baum stemmend, niedergekniet. Es schien ihm, als
seien Stunden so vergangen, als habe man ihn hier
vergessen, als wäre die Armee ohne ihn abgezogen.
Und plötzlich hatte er keine Furcht mehr, er unterschied
deutlich auf der Straße, die er etwa zweihundert
Meter weit wußte, den taktmäßigen Schritt von
marschirenden Soldaten. Sofort hatte er die Gewiß=
heit, daß dies die so ungeduldig erwarteten Truppen
waren, die sich in Bedrängnis befunden hatten, daß
General Dumont die Brigade Bordas zurückbrachte.
In diesem Augenblicke wurde er abgelöst; seine Wache
hatte kaum die vorschriftsmäßige Stunde gedauert.

Es war in der That die dritte Division, die ins
Lager zurückkehrte. Alle atmeten erleichtert auf; aber
die Vorsichtsmaßregeln wurden verdoppelt, denn die
eingetroffenen Auskünfte bestätigten alles, was man
über das Herannahen des Feindes zu wissen glaubte.
Einige Gefangene, finster dreinblickende, in ihre großen
Mäntel gehüllte Ulanen, die ins Lager gebracht wurden,
weigerten sich, zu sprechen. Und der Tag brach an,
die bleifarbene Dämmerung eines regnerischen Mor=
gens, und die durch die Ungeduld krankhaft erregte
Erwartung dauerte fort. Seit vierzehn Stunden bald
hatten die Soldaten nicht gewagt zu schlafen. Gegen
sieben Uhr erzählte Lieutenant Rochas, daß Mac Mahon
mit der ganzen Armee eintreffen würde. In Wahrheit
aber hatte General Douay als Antwort auf seine
Depesche von gestern, die den unvermeidlichen Kampf

unterhalb Vouziers ankündigte, einen Brief vom
Marschall erhalten, der ihn aufforderte, fest auszu-
halten, bis er ihn unterstützen könne; die Bewegung
nach vorwärts war unterbrochen, das erste Corps ging
nach Terron, das zweite nach Buzancy, während das
zwölfte in Chêne bleiben sollte.

Da wurde die Spannung noch größer; es war
also nicht mehr ein einfaches Gefecht, das man liefern
würde, sondern eine große Schlacht, die die ganze
Armee, die nunmehr von der Maas abgeschwenkt und
auf dem Marsch nach Süden begriffen war, im
Aisnethal erzwingen sollte.

Und man wagte noch immer nicht abzukochen,
man mußte sich wiederum mit Kaffee und Zwieback
begnügen, denn die „Prügelei" sollte mittags stattfinden, wie alle, ohne zu wissen warum, wiederholten. Ein Adjutant war soeben zum Marschall
geschickt worden, um das Eintreffen der Hilfe zu be-
schleunigen, da die Annäherung der beiden feindlichen
Armeen immer gewisser wurde; und drei Stunden
später ritt neuerdings ein Offizier im Galopp nach
Chêne, wo sich das Hauptquartier befinden mußte,
so sehr war die Unruhe infolge neuer Nachrichten gewachsen, die der Maire eines Dorfes überbracht hatte,
der vorgab, hunderttausend Mann bei Grand-Pré
gesehen zu haben, während andere hunderttausend
nach Buzancy hinaufmarschirten.

Es war Mittag, und noch immer kein einziger
Preuße zu sehen. Es wurde ein Uhr, zwei Uhr, und
noch immer nichts. Die Abspannung kam und auch

der Zweifel. Spöttische Stimmen begannen, sich über
die Generale lustig zu machen: vielleicht hatten sie
ihre Schatten an der Mauer gesehen. Höhnisch wurde
beschlossen, ihnen Feldstecher zu kaufen. Schöne Spaß=
vögel das, so alle Welt in Unruhe zu versetzen,
wenn doch nichts kommt! Ein Witzbold schrie:

„Es ist also gerade so wie dort unten bei Mül=
hausen?"

Bei diesen Worten schnürte sich Maurice in be=
klemmender Erinnerung das Herz zusammen. Er ge=
dachte jener unsinnigen Flucht, jener Panik, die das
siebente Corps fortgerissen hatte, ohne daß auf zehn
Meilen in der Runde sich ein Deutscher hätte blicken
lassen. Und diese Geschichte sollte von neuem be=
ginnen, er empfand das deutlich und hatte die volle
Gewißheit. Da der Feind sie vierundzwanzig Stun=
den nach dem Scharmützel von Grand=Pré nicht an=
gegriffen hatte, mußten die Husaren einfach nur auf
einen Rekognoszirungsposten der Kavallerie gestoßen
sein. Die Haupttruppen mußten noch weit, vielleicht
noch zwei Tagemärsche entfernt sein. Plötzlich er=
schreckte ihn dieser Gedanke, als er an die Zeit dachte,
die man verloren hatte. In drei Tagen hatte man
nicht mehr als zwei Meilen von Contreuve nach Vou=
ziers zurückgelegt. Am 25. waren die anderen Armee=
corps nach Norden gezogen unter dem Vorwande,
sich mit Lebensmitteln zu versehen; und jetzt, am 27.,
stiegen sie nach Süden hinab, um eine Schlacht an=
zunehmen, die ihnen niemand anbot. Dem vierten
Husarenregiment gegen die im Stiffenench gela Hohl=

wege der Argonne zu nachfolgend, hatte sich die
Brigade Bordas verloren geglaubt und zu ihrer
Hilfe die ganze Division, dann das siebente Corps,
dann die ganze Armee unnützerweise nachgezogen.
Maurice dachte an den unschätzbaren Wert, den jede
Stunde in diesem verrückten Plane der Vereinigung
mit Bazaine hatte, einem Plane, den nur ein genialer
Feldherr hätte ausführen können mit tüchtigen Soldaten und unter der Bedingung, daß er im Sturme
geradeaus über alle Hindernisse hinweg vorwärts
marschirt wäre.

„Wir sind geliefert," sagte er zu Jean, von Verzweiflung erfaßt, als ob er in einem jähen, kurzen
Lichtschein die ganze Gefahr der Lage klar erkannt
hätte. Dann, als dieser große Augen machte, wie
wenn er nicht verstehen könnte, fuhr er mit halblauter
Stimme fort, indem er über die Generale sprach:

„Sie sind mehr dumm als schlecht, das ist gewiß,
und Glück haben sie auch keines. Sie wissen nichts,
sie sehen nichts voraus, sie haben weder einen Plan
noch Gedanken, noch kommt ihnen ein glücklicher Zufall zu Hilfe ... Alles ist gegen uns, wir sind geliefert."

Und diese Entmutigung, der Maurice als kluger
und unterrichteter Mensch Ausdruck gab, wuchs und
lastete allmälich auf allen Truppen, die unbeweglich
und von Erwartung verzehrt bastanden. Fast un-
merklich verrichteten die Zweifel, die Ahnung von der
wahren Lage ihre Arbeit in diesen schwerfälligen
Gehirnen; und es war kein einziger Mann mehr da,

wäre er noch so beschränkt gewesen, der nicht das
drückende Gefühl gehabt hätte, unter schlechter und am
unrechten Platze zaudernder Führung zu stehen, ohne
daß er gerade hätte sagen können, was ihm dieses bittere
Gefühl eingab. Was that man denn hier, du lieber
Gott, da die Preußen doch nicht kamen? Entweder
sollte man sich sofort schlagen oder irgend wohin gehen
und ruhig schlafen! Sie hatten das jetzt satt. Seit=
dem der letzte Adjutant weggeritten war, um Befehle
zu holen, nahm die Beklommenheit von Minute zu
Minute zu, und es bildeten sich Gruppen, die mit
lauter Stimme die Lage besprachen und erörterten.
Die Offiziere, die von dieser Unruhe mit ergriffen
waren, wußten den Soldaten, die sie zu befragen
wagten, nichts zu erwidern. Um fünf Uhr, als das
Gerücht sich verbreitete, daß der Adjutant zurück sei,
und daß man sich zurückziehen solle, fühlten sich denn
auch alle Gemüter erleichtert, und alle atmeten in tiefer
Freude auf.

So hatte endlich doch die Partei der Vernunft
den Sieg davongetragen! Der Kaiser und Mac
Mahon, die niemals für diesen Marsch auf Mont=
médy gewesen waren und nun voller Unruhe ver=
nahmen, daß sie neuerdings überholt worden waren,
und daß sie die Armee des Kronprinzen von Sachsen
und die des Kronprinzen von Preußen gegen sich
haben würden, verzichteten auf die unwahrscheinliche
Vereinigung mit Bazaine und traten den Rückzug
nach den festen Plätzen des Nordens an, um sich so=
dann nach Paris zurückzuwenden. Das siebente Corps

erhielt den Befehl, über Chêne nach Chagny zurückzu-
gehen, während das fünfte Corps auf Poix, das erste
und zwölfte auf Vendresse marschiren sollten. Da man
nun wieder zurückwich, warum war man denn bis
zur Aisne vorgerückt? Wozu so viel verlorene Tage
und so viele Mühsal, da es doch so leicht, so vernunft=
gemäß gewesen wäre, von Rheims aus sofort feste
Stellung im Marnethal zu nehmen? Es war also
weder eine Leitung, noch ein militärisches Talent,
noch auch einfacher, gesunder Menschenverstand da!
Aber man fragte einander nicht mehr, man verzieh
alles in der Freude über diese verständige Entscheidung,
die einzige Art, um aus dem Wespennest herauszukom=
men, in das man sich hinein begeben hatte. Vom Gene=
ral herab bis zum Gemeinen hatten alle diese Em=
pfindung, daß man wieder stark, daß man vor
Paris unbezwinglich sein und dort notwendiger=
weise die Preußen schlagen würde. Aber man
mußte Vouziers mit Tagesanbruch räumen, um auf
dem Marsche gegen Chêne zu sein, bevor man
angegriffen wurde, und sofort erfüllte sich das
Lager mit außerordentlichem Leben; die Trompeten
klangen, die Befehle kreuzten einander, und schon
waren das Gepäck und der Troß der Intendantur
abgegangen, um die Bewegung der Nachhut nicht zu
erschweren.

Maurice war ganz entzückt; dann als er sich be=
mühte, Jean diese Rückzugsbewegung zu erklären, die
man sich auszuführen anschickte, entfuhr ihm ein
Schrei des Schmerzes: seine Erregung hatte ab=

genommen, er fühlte seinen Fuß wieder, der schwer wie Blei an seinem Beine hing.

„Was gibt's denn? Fängt's wieder an?" fragte der Korporal ganz kleinmütig.

Und da kam ihm mit seinem praktischen Sinn ein Gedanke:

„Höre doch, mein Junge, Du hast mir gestern gesagt, daß Du da in der Stadt Bekannte hast. Du solltest Dir die Erlaubnis vom Stabsarzt erwirken und Dich im Wagen nach Chêne bringen lassen, wo Du eine gute Nacht in einem guten Bett verbringen könntest. Morgen, wenn Du besser marschirst, nehmen wir Dich im Vorüberziehen mit. He? Was meinst Du?"

In Falaise, dem Dorfe, bei dem man lagerte, fand Maurice einen alten Freund seines Vaters wieder, einen kleinen Pächter, der gerade seine Tochter nach Chêne zu einer Tante bringen wollte und dessen Pferd, vor ein leichtes Wägelchen gespannt, wartete.

Aber schon nach den ersten Worten hätte die Geschichte mit dem Stabsarzt Bouroche beinahe eine schlechte Wendung genommen.

„Mein Fuß da ist aufgeschunden, Herr Doktor..."

Sofort brüllte ihn Bouroche an, indem er seinen mächtigen Kopf mit der Löwenschnauze schüttelte:

„Ich bin kein Herr Doktor ... Wer zum Teufel hat mir einen solchen Soldaten hergeschickt?"

Und als Maurice bestürzt eine Entschuldigung stammelte, fuhr er fort:

„Ich bin der Stabsarzt, verstehen Sie, Sie Lümmel!"

Dann, als er sah, mit wem er es zu thun hatte, mußte er einige Scham empfinden und er wurde noch wilder:

„Ihr Fuß? Schöne Geschichte das . . . Ja, ja, ich gebe Ihnen die Erlaubnis. Steigen Sie in den Wagen, steigen Sie meinetwegen in einen Luftballon! Wir haben genug solcher Schlappschwänze, solcher Tagediebe!"

Als Jean Maurice beim Einsteigen in den Wagen half, wandte sich der letztere um, um ihm zu danken; und die beiden Männer fielen einander in die Arme, als sollten sie sich niemals wiedersehen. Konnte man es denn in diesem Gewühle des Rückzugs wissen, jetzt, wo die Preußen da waren? Maurice war über=raschT von der großen Liebe, mit der er schon an diesem Manne hing. Zweimal drehte er sich um und winkte ihm ein Lebewohl mit der Hand zu, und er verließ das Lager, wo man sich anschickte, große Feuer anzuzünden, um den Feind zu täuschen, während man in der größten Stille vor Tagesanbruch ab=marschiren wollte.

Auf dem Wege seufzte der Bauer unaufhörlich über die schlimmen Zeiten. Er hatte nicht den Mut gehabt, in Falaise zu bleiben, und schon bedauerte er, nicht mehr dort zu sein, indem er wiederholt er=klärte, er wäre zu Grunde gerichtet, wenn der Feind sein Haus anzünde. Seine Tochter, ein großes blasses Geschöpf, weinte. Maurice jedoch, der vor Müdigkeit wie trunken war, hörte nichts und schlief sitzend, von dem raschen Trab des kleinen Pferdes gewiegt, das in

weniger als anderthalb Stunden die vier Meilen von
Vouziers nach Chêne zurücklegte. Es war noch nicht
sieben Uhr, und die Dämmerung war kaum herein=
gebrochen, als der junge Mann erstaunt und schauernd
an der Kanalbrücke auf dem Hauptplatze abstieg, gegen=
über dem schmalen gelben Hause, wo er geboren war
und wo er zwanzig Jahre seines Lebens verbracht
hatte. Mechanisch begab er sich dorthin, wiewohl das
Haus bereits seit achtzehn Monaten an einen Tierarzt
verkauft war. Und auf die Frage des Bauers ant=
wortete er, er wisse ganz genau, wohin er zu gehen
habe, und dankte ihm tausendmal für seine Freund=
lichkeit.

Doch in der Mitte des kleinen dreieckigen Platzes
beim Brunnen blieb er unbeweglich, bestürzt und wie
mit verödetem Gedächtnis stehen. Wohin ging er denn?
Plötzlich erinnerte er sich, daß er zum Notar wollte,
dessen Haus an das anstieß, in dem er heran=
gewachsen war, und dessen Mutter, die hochbetagte
und seelengute Frau Desroches, kraft ihres Rechtes
als Nachbarin ihn von Kindesbeinen an verhätschelt
hatte. Aber er erkannte Chêne kaum wieder mit diesem
außerordentlich bewegten Leben, das in dem gewöhn=
lich so toten Städtchen die Anwesenheit eines Armee=
corps verursachte; dieses, vor den Thoren lagernd,
erfüllte die Straßen mit Offizieren, Stafetten, Leuten
aus dem Gefolge, Bummlern und Nachzüglern aller
Art. Er fand den Kanal wieder, der die Stadt von
einem Ende zum andern durchfließt, den Hauptplatz
durchschneidend, dessen schmale steinerne Brücke die

die beiden Dreiecke verbindet; und dort drüben auf
dem andern Ufer war noch immer die Markthalle
mit ihrem bemoosten Dach und die Berondstraße, die
links eine Biegung macht, dann die Sedanerstraße,
die geradeaus geht. Nur mußte er von dort aus, wo
er stand, die Augen nach dem schiefergedeckten Glocken-
turme über dem Hause des Notars richten, um gewiß
zu sein, daß dies der verlassene Winkel war, wo er
einstens Mühle gespielt hatte, dermaßen rauschte in
der Straße von Vouziers ihm gegenüber bis zum
Rathaus ein dichter Menschenstrom. Auf dem Platze,
so schien es, räumte man; Soldaten drängten die
Neugierigen zurück. Und dort hinter dem Brunnen
sah er erstaunt einen umfangreichen Wagenpark,
Frachtwagen, Karren und ein ganzes Lager von Gepäck, das er gewiß schon gesehen hatte.

Es war noch Tag, die Sonne verschwand soeben
im schnurgerade fließenden und blutigroten Wasser des
Kanals, und eben war Maurice schlüssig geworden,
als eine Frau, die neben ihm stand und ihn seit einem
Augenblicke gemustert hatte, ausrief:

„Aber du lieber Gott, ist es denn möglich? Sind
Sie nicht der junge Levasseur?"

Da erkannte er selbst Frau Combette, die Gattin
des Apothekers, dessen Laden sich auf dem Platze befand. Und als er ihr erklärte, daß er von der guten
Frau Desroches ein Nachtlager begehren wolle, zog
sie ihn aufgeregt mit sich fort.

„Nein, nein, kommen Sie zu uns. Ich will
Ihnen erzählen . . ."

Dann in der Apotheke, nachdem sie sorgfältig die
Thüre geschlossen hatte, fuhr sie fort:

„Sie wissen also nicht, mein lieber Junge, daß
der Kaiser bei den Desroches abgestiegen ist?...
Man hat das Haus für ihn requirirt, aber sie sind
nicht sehr befriedigt von der großen Ehre, versichere
ich Sie. Wenn man bedenkt, daß man die arme
alte Mama, eine Frau von mehr als siebenzig Jahren,
gezwungen hat, ihr Zimmer herzugeben und unter
das Dach zu steigen und in einem Dienstbotenbett
zu schlafen ... Sehen Sie, alles, was Sie dort auf
dem Platze erblicken, gehört dem Kaiser; das ist sein
Gepäck, müssen Sie wissen.“

In der That erinnerte sich Maurice an diese
Kutschen und Gepäckwagen, an den ganzen stolzen
Troß des kaiserlichen Hauses, den er in Rheims ge-
sehen hatte.

„Ach, mein lieber Junge, wenn Sie wüßten, was
man da alles herausgeholt hat! Silbergeschirr, Wein-
flaschen, Proviantkörbe, feine Wäsche, kurz, alles,
alles. Durch zwei Stunden ging das fort, ohne
Aufenthalt. Ich frage mich nur, wo sie so viele
Sachen hinstopfen können, denn das Haus ist nicht
groß ... Schauen Sie, schauen Sie, haben die ein
Feuer in der Küche angezündet!“

Er betrachtete das kleine, weiße, zweistöckige Haus,
das an der Ecke des Marktplatzes und der Bouziers-
gasse stand, ein Haus von bürgerlichem und ruhigem
Aussehen, dessen Inneres er sich so genau vorstellen
konnte, als ob er noch gestern dort hinein gegangen

wäre: der Hausflur unten, die vier Zimmer in jedem
Stockwerk; oben an der Ecke war das Fenster im
ersten Stock, das auf den Platz ging, bereits erleuchtet,
und die Frau des Apothekers erklärte ihm, daß es
das Zimmer des Kaisers sei. Aber dort, wo es, wie sie
bemerkte, am hellsten leuchtete, war die Küche im
Erdgeschoß, deren Fenster auf die Vouziersgasse ging.
Niemals hatten die Einwohner von Chêne ein ähn=
liches Schauspiel gehabt; ein unaufhörlich erneuerter
Strom von Neugierigen versperrte die Straße und
stand gaffend vor diesem Herde, wo das Mittagsmahl
eines Kaisers briet und kochte. Um ein wenig Luft
zu haben, hatten die Köche die Fenster weit geöffnet.
Es waren ihrer drei, die in blendend weißen Jacken
vor den auf einen ungeheuren Bratspieß gesteckten
Hühnern herumhantirten und Saucen in riesigen
Kasserolen rührten, deren Kupfer wie Gold glänzte.
Und die ältesten Leute erinnerten sich nicht daran,
im Silbernen Bären selbst bei den größten Hochzeiten
ein so großes Herdfeuer und so viel auf einmal
kochende Gerichte gesehen zu haben.

Der Apotheker Combette, ein dürres, bewegliches
Männchen, kam nach Hause zurück, sehr aufgeregt
von dem, was er eben gesehen und gehört hatte. Er
schien in alle Geheimnisse eingeweiht zu sein, da er Stell=
vertreter des Bürgermeisters war. Um halb vier Uhr
hatte Mac Mahon an Bazaine telegraphirt, daß die
Ankunft des Kronprinzen von Preußen in Chalons
ihn gezwungen habe, sich auf die festen Plätze des
Nordens zurückzuziehen. Eine andere Depesche war

eben an den Kriegsminister abgegangen, die denselben
gleichfalls von dem Rückzuge verständigte und darauf
hinwies, daß die Armee sich in der schrecklichen Gefahr befand, getrennt und vernichtet zu werden. Die
Depesche an Bazaine konnte selber hinlaufen, wenn
sie gute Beine hatte, denn alle Verbindungen mit
Metz schienen seit mehreren Tagen unterbrochen. Aber
die andere Depesche, die war viel wichtiger, und die
Stimme senkend erzählte der Apotheker, er habe einen
höheren Offizier sagen hören: „Wenn die in Paris
davon verständigt werden, sind wir futsch.“ Jedermann wußte, mit welch verbissener Hartnäckigkeit die
Kaiserin-Regentin und der Ministerrat zum Marsch
nach vorwärts drängten. Ueberdies wuchs die Verwirrung von Stunde zu Stunde, die außerordentlichsten
Nachrichten über das Herannahen der deutschen Armee
trafen ein. War's möglich? Der Kronprinz von
Preußen in Châlons? Und auf welche Truppen war
denn das siebente Corps in den Schluchten der Argonne gestoßen?

„Im Generalstab wissen sie nichts,“ fuhr der Apotheker fort, verzweiflungsvoll die Arme emporstreckend;
„o, welch ein Wirrwarr . . . Aber schließlich geht alles
noch gut, wenn die Armee morgen auf dem Rückzuge ist.“

Dann aber, da er im Grunde ein braver Mann
war, sagte er:

„Hören Sie, mein junger Freund, ich werde
Ihnen den Fuß verbinden; Sie werden mit uns
essen und sich dann oben niederlegen in dem Stüb-
chen meines Lehrlings, der durchgegangen ist.“

Maurice jedoch, von dem Bedürfnis zu sehen und
zu wissen gequält, wollte durchaus vor allem seinem
ersten Gedanken folgen und da gegenüber der alten
Frau Desroches einen Besuch abstatten. Er war
überrascht, an der Thüre nicht angehalten zu werden,
die trotz des Getümmels auf dem Platze offen geblieben und sogar ohne Wache war. Unaufhörlich
gingen Leute ein und aus — Offiziere und Diener-
schaft; und es schien auch, als ob das Gewühl in
der lobernden Küche das ganze Haus in Bewegung
versetzte. Und doch befand sich nicht ein einziges
Licht auf der Treppe; er mußte umhertappend hinauf-
steigen. Im ersten Stockwerk blieb er mit klopfendem
Herzen vor der Thüre des Zimmers stehen, in dem
sich, wie er wußte, der Kaiser befand; aber in diesem
Zimmer war nicht das geringste Geräusch zu hören,
es herrschte eine Todesstille darin. Oben an der
Schwelle der Dienstbotenstube, wohin sie sich hatte
flüchten müssen, erschrak die alte Frau Desroches
zuerst vor ihm; dann, als sie ihn erkannt hatte,
sagte sie:

„Ach, Kind, in welch schrecklichem Augenblicke
müssen wir uns wiedersehen... Ich hätte dem Kaiser
mein Haus gewiß gerne gegeben, aber er hat zu
schlecht erzogene Leute bei sich!... Wenn Sie wüßten,
wie sie alles genommen haben, und alles werden sie
verbrennen, ein solches Feuer machen sie!... Er,
der arme Mann, sieht aus wie eine Leiche und so
traurig..."

Dann, als der junge Mann im Fortgehen sie

beruhigte, begleitete sie ihn und beugte sich über das Geländer.

„Schauen Sie 'mal," murmelte sie, „man sieht ihn von hier ... Ach, wir sind wohl alle verloren! Leben Sie wohl, mein Sohn!"

Und Maurice blieb im Dunkel der Stiege auf einer Stufe stehen. Mit ausgestrecktem Halse durch die Glasscheibe der mit Oberlicht versehenen Thüre blickend, hatte er ein Schauspiel, von welchem er eine unvergeßliche Erinnerung mitnahm.

Der Kaiser war da, im Hintergrund des bürger= lichen kalten Zimmers, vor einem kleinen Tisch sitzend, auf welchem sein Gedeck lag, und der an jedem Ende mit einer Kerze beleuchtet war. Dahinter standen schweigend zwei Adjutanten. Ein Haushofmeister stand neben dem Tische und wartete. Das Glas war noch voll, das Brot noch nicht berührt, und ein Stück weißes Fleisch vom Huhn erkaltete auf dem Teller. Der Kaiser betrachtete unbeweglich das Tischtuch, mit jenen zitternden, trüben und feucht schimmernden Augen, die Maurice bereits in Rheims gesehen hatte. Aber er schien noch müder, und als er, mit der Miene ungeheurer Anstrengung sich zu einem Entschluß auf= raffend, zwei Bissen an seine Lippen geführt hatte, stieß er den Rest mit der Hand zurück. Er hatte sein Essen beendet. Ein Ausdruck verschwiegen er= tragenen Schmerzes machte sein blasses Gesicht noch bleicher.

Als Maurice unten vor dem Speisezimmer vorüber ging, wurde dessen Thüre hastig aufgerissen, und er

bemerkte in dem Dunst der Kerzen und dem Dampf
der Gerichte eine Tafel mit Stallmeistern, Adjutanten
und Kämmerern, die gerade laut lärmend im Begriff
waren, die Flaschen der Gepäckwagen zu leeren, das
Geflügel zu verschlingen, die Saucen auszuwischen.
Die Gewißheit des Rückzuges begeisterte alle, seitdem
die Depesche des Marschalls abgegangen war. In acht
Tagen, in Paris, würde man endlich reine Betten haben.

Maurice empfand da mit einem Schlage die
schreckliche Müdigkeit, die ihn niederdrückte: es war
gewiß, die ganze Armee zog sich zurück, und er brauchte
nur zu schlafen und den Vorbeimarsch des siebenten
Corps abzuwarten. Er schritt über den Platz und
fand sich wieder beim Apotheker Combette ein, wo er
wie im Traume aß. Dann schien es ihm, daß ihm
der Fuß verbunden und er in eine Stube hinauf=
gebracht wurde.

Es war schwarze Nacht um ihn, er befand sich in
völliger Erschöpfung. Er schlief wie vernichtet, ohne sich
zu rühren. Aber nach einer unbestimmbaren Zeit, nach
Stunden oder nach Jahrhunderten, rüttelte ihn ein
Schauer aus dem Schlaf auf; er erhob sich und saß
in der Finsternis aufrecht in seinem Bette. Wo war
er doch? Was war das für ein unaufhörliches
donnerndes Rollen, das ihn geweckt hatte? Sofort
erinnerte er sich und lief ans Fenster, um hinaus zu
sehen. Unten im Dunkel, auf dem nachts sonst so
ruhigen Platze zog die Artillerie vorbei, ein endloser
Trab von Menschen, Pferden und Kanonen, bei dem
die kleinen toten Häuser erzitterten.

Eine unbegreifliche Unruhe ergriff ihn angesichts
dieses jähen Aufbruchs. Wie spät mochte es sein?
Vom Rathause schlug es vier Uhr. Und er gab sich
Mühe, sich zu beruhigen, indem er sich sagte, daß
man ganz einfach anfange, die abends zuvor ge=
gebenen Rückzugsbefehle auszuführen, als ein Anblick,
wie er den Kopf wandte, seine Beklommenheit aufs
höchste steigerte: das Fenster an der Ecke beim Notar
war noch immer erleuchtet, und in gleichen Zeit=
abschnitten zeichnete sich der Schatten des Kaisers in
düsteren Umrissen dort ab.

Rasch schlüpfte Maurice in seine Hosen, um
hinabzugehen. Doch Combette erschien, gestikulirend,
mit einem Leuchter in der Hand:

„Ich habe Sie von unten bemerkt, als ich vom
Rathause zurückkam, und bin zu Ihnen heraufgestiegen,
um Ihnen zu sagen ... Stellen Sie sich vor, man
hat mich nicht schlafen gehen lassen; seit zwei Stun=
den befassen wir uns mit neuen Requirirungen, der
Maire und ich ... Ja, alles ist noch einmal ab=
geändert. Ach, er hatte verflucht recht, dieser Offizier,
der nicht wollte, daß man die Depesche nach Paris
schicke!"

Und er fuhr noch lange fort, in abgebrochenen,
zusammenhangslosen Sätzen; der junge Mann verstand
ihn schließlich, blieb aber stumm, mit zusammen=
geschnürtem Herzen. Gegen Mitternacht war eine
Depesche des Kriegsministers an den Kaiser an=
gekommen, als Antwort auf die des Marschalls.
Man kannte ihren Wortlaut nicht genau; aber ein

Adjutant hatte ganz laut im Rathause gesagt, daß
die Kaiserin und der Ministerrat eine Revolution in
Paris befürchteten, wenn der Kaiser Bazaine im
Stiche lasse und nach Paris zurückkäme. Die De=
pesche, die über die wirklichen Stellungen der
Deutschen schlecht unterrichtet war, schien an einen
Vorsprung zu glauben, den die Armee von Châlons
nicht mehr hatte, und verlangte trotz allem den Marsch
nach vorwärts mit einer außerordentlichen, fieberhaft
erregten Leidenschaft.

„Der Kaiser ließ den Marschall rufen,“ fügte der
Apotheker hinzu, „und sie blieben mit einander fast
eine Stunde eingeschlossen. Natürlich weiß ich nicht,
was sie mit einander gesprochen haben können, aber
alle Offiziere haben es mir wiederholt, daß man sich
nicht weiter zurückziehe, und daß der Marsch zur Maas
wieder aufgenommen würde. Wir haben eben alle
Backöfen der Stadt für das erste Corps requirirt,
das morgen früh das zwölfte hier ablösen wird,
dessen Artillerie soeben, wie Sie gesehen haben, nach
Besace abgeht . . . Diesmal ist's wohl endgiltig
aus, und sie sind nun auf dem Wege in die
Schlacht!“

Er hielt inne; auch er betrachtete das erleuchtete
Fenster beim Notar, dann sagte er halblaut mit der
Miene nachdenklicher Neugierde:

„Was mochten sie einander wohl gesagt haben?
's ist doch merkwürdig, sich um sechs Uhr abends
vor einer drohenden Gefahr zurückzuziehen, und um
Mitternacht mit gesenktem Kopfe dieser Gefahr ent=

gegen zu gehen, wenn die Lage ganz dieselbe geblieben ist."

Maurice hörte immerzu das Rollen der Kanonen
da unten in der kleinen, finsteren Stadt, den ununterbrochenen Trab, den Menschenstrom, der sich
zur Maas hin ergoß, dem schrecklichen, unbekannten
Schicksal des morgigen Tags entgegen.

Und auf den kleinen, bescheidenen Fenstervorhängen
sah er regelmäßig den Schatten des Kaisers vorüber-
gleiten, das beständige Aufundabgehen dieses Kranken,
den die Schlaflosigkeit aufrecht erhielt, der trotz seiner
Leiden von einem Bedürfnis nach Bewegung erfaßt,
dessen Ohr von dem Lärm dieser Pferde und dieser
Soldaten erfüllt war, die er in den Tod schicken ließ.
Einige Stunden hatten genügt, und das Unheil war
also entschieden und angenommen. Was konnten sie
sich auch in der That sagen, dieser Kaiser und dieser
Marschall, die beide das Unheil, dem man entgegen-
ging, voraussahen, die schon am Abend angesichts
des furchtbaren Zustandes, in dem sich die Armee
befand, von der Niederlage überzeugt waren, und
die nicht am Morgen ihre Ansicht geändert haben
konnten, da doch die Gefahr mit jeder Stunde
wuchs? Der Plan des Generals von Palikao, ein
Marsch im Sturmschritt auf Montmédy, der am drei-
undzwanzigsten schon verwegen, am fünfundzwanzig-
sten mit tüchtigen Soldaten und einem genialen
Feldherrn vielleicht noch möglich war, wurde jetzt am
siebenundzwanzigsten bei dem beständigen Zaudern
im Oberbefehl und bei der zunehmenden Zuchtlosig-

keit und Entmutigung der Truppen heller Wahn-
sinn. Wenn sie alle beide dies wußten, warum
gaben sie diesen unerbittlichen Stimmen nach, die
ihre Unschlüssigkeit wie mit Peitschenhieben antrieben?
Der Marschall war vielleicht nur eine beschränkte,
gehorsame und in ihrer Selbstverleugnung große
Soldatenseele, und der Kaiser, der nichts mehr zu be-
fehlen hatte, erwartete sein Schicksal. Man verlangte
ihr Leben und das Leben der Armee von ihnen, sie
gaben es hin. Das war die Nacht des Verbrechens,
die abscheuliche Nacht der Ermordung eines Volkes.
Denn von da an befand sich die Armee im Elend.
Hunderttausend Menschen wurden in ein Blutbad
geschickt.

An all das denkend, verzweifelt und bebend folgte
Maurice dem Schatten auf den dichten Musselin-
vorhängen der guten Frau Desroches, diesem fieberhaft
aufundabgehenden Schatten, den eine unerbittliche, von
Paris herkommende Stimme anzutreiben schien. Hatte
die Kaiserin diese Nacht nicht den Wunsch nach dem
Tode des Vaters, damit der Sohn regiere? Marsch!
Marsch! ohne nach rückwärts zu blicken, im Regen, im
Kot, bis zur Vernichtung, damit dieses letzte, höchste
Spiel des sterbenden Kaiserreichs bis zur letzten Karte
ausgespielt werde! Marsch! Marsch! Stirb als
Held über den auf einander geschichteten Leichnamen
deines Volkes, erfülle die ganze Welt mit Rührung
und Bewunderung, damit sie deiner Nachkommen-
schaft verzeihe!

Und zweifellos, der Kaiser ging in den Tod.

Unten flackerte das Küchenfeuer nicht mehr, die Stallmeister, die Adjutanten, die Kämmerer schliefen, das
ganze Haus war finster. Nur oben ging und kam
unaufhörlich, entsagungsvoll bereit zu dem verhängnisvollen Opfer, der Schatten inmitten des betäuben-
den Lärms des zwölften Corps, das im Dunkel noch
immer vorüberzog.

Plötzlich dachte Maurice, daß das siebente Corps,
wenn der Marsch nach vorwärts wieder aufgenommen
war, nicht nach Chêne heraufkommen werde; und er
sah sich schon zurückgelassen, von seinem Regiment
getrennt, als Deserteur.

Er fühlte das Brennen seines Fußes nicht mehr,
ein geschickter Verband, einige Stunden völliger Ruhe
hatten das Fieber gestillt. Als Combette ihm seine
eigenen Schuhe gegeben hatte, breite, bequeme Schuhe,
wollte er aufbrechen, sofort aufbrechen in der Hoffnung, das hundertundsechste Regiment auf der Straße
von Chêne nach Vouziers zu erreichen. Umsonst versuchte der Apotheker ihn zurückzuhalten, und schon
war er entschlossen, ihn selbst in seinem Wägelchen
zurückzuführen und aufs Geratewohl der Straße nach-
zufahren, als sein Lehrling Fernand wieder erschien,
der erklärte, daß er von einem Besuch bei seinem
Bäschen zurückkehre. Dieser große, blasse, feig aus-
sehende Bursche spannte ein und fuhr mit Maurice
weg. Es war noch nicht vier Uhr, ein sintflutartiger
Regen prasselte vom rabenschwarzen Himmel nieder;
das fahle Licht der Wagenlaternen beleuchtete kaum
den Weg, der sich inmitten des weiten durchnäßten

Gefildes dahinzog und von ungeheurem Lärm erfüllt
war, so daß sie bei jedem Kilometer Halt machten,
weil sie wähnten, daß eine Armee vorbeimarschire.

Indessen hatte dort unten, vor Vouziers, Jean
kein Auge geschlossen. Seitdem Maurice ihm erklärt
hatte, wie dieser Rückzug alles retten sollte, wachte
er, um zu verhindern, daß seine Leute sich entfernten,
und um den Befehl zum Abmarsch zu erwarten, den
die Offiziere von Stunde zu Stunde geben konnten.
Gegen zwei Uhr, während noch tiefe Finsternis
herrschte, in der die Feuer gleich roten Sternen
strahlten, dröhnte Pferdegestampf durch das Lager:
es war die Kavallerie, die als Vorhut nach Balay
und Quatre-Champs aufbrach, um die Straßen von
Voult-aux-Bois und Croix-aux-Bois zu bewachen.
Eine Stunde später setzten sich die Infanterie und
die Artillerie in Bewegung und verließen endlich
ihre Stellungen bei Falaise und Chestres, die sie seit
zwei langen Tagen gegen einen Feind zu verteidigen
sich in den Kopf gesetzt hatten, der nicht kam. Der
Himmel war bedeckt, tiefe Nacht ringsum, und jedes
Regiment marschirte in größter Stille ab, ein Schatten-
zug, der in der Finsternis verschwand. Aber alle
Herzen schlugen erleichtert, als ob man einem Hinterhalt entgangen wäre. Man sah sich schon vor den
Mauern von Paris am Vorabend der Rache.

Jean blickte in die dunkle Nacht hinaus. Die
Straße war von Bäumen umsäumt, und es schien
ihm, als ob sie durch weite Wiesen dahinzögen; dann
ging es bergauf und bergab. Man kam zu einem

Dorf, das Balan sein mochte, als aus einer schweren
Wolke, die den Himmel verfinsterte, ein heftiger Regen
niederstürzte. Die Leute hatten schon so viel Wasser
auf die Haut bekommen, daß sie sich nicht einmal
darüber ärgerten und den Regen einfach von der
Schulter abschüttelten. Man war über Balan bereits
hinausmarschirt, und je mehr man sich Quatre-Champs
quer durch das immer breiter werdende Thal näherte,
desto wütendere Windstöße erhoben sich. Jenseits von
Quatre-Champs, als sie schon auf die weite Hochebene emporgestiegen waren, deren kahle Gefilde bis
nach Noirval gehen, blies ein grimmiger Orkan, und
ein schrecklicher Wolkenbruch prasselte auf sie nieder.
Dort wurde Befehl zum Halten gegeben, allen Regimentern, einem nach dem andern.

Das ganze siebente Corps, einige dreißigtausend
Mann, waren da beisammen, als der Tag anbrach,
ein schmutziger Tag, unter rieselndem grauem Regen.

Was war geschehen? Warum dieser Halt? Schon
lief eine Unruhe durch die Reihen, und manche mein-
ten, daß die Marschbefehle geändert worden seien.
Man hatte sie das Gewehr bei Fuß nehmen lassen,
mit dem Verbot, aus den Reihen zu treten und sich
niederzusetzen.

Von Zeit zu Zeit fegte der Wind die Hochebene
mit einer solchen Heftigkeit, daß sie sich dicht an
einander schließen mußten, um nicht umgerissen zu
werden. Der Regen machte sie blind, schlug ihnen
ins Gesicht, ein eisiger Regen, der unter ihre Kleider
drang. Zwei Stunden vergingen in endlosem Warten,

man wußte nicht, auf was, und in neuer Beklommenheit, die wiederum alle Herzen zusammenschnürte.

Jean bemühte sich, sowie es ihm das zunehmende
Tageslicht ermöglichte, sich zurechtzufinden; man hatte
ihm nordwestlich auf der andern Seite von Quatre-
Champs den Weg nach Chêne gezeigt, der über einen
Abhang emporstieg. Warum hatte man sich nun nach
rechts gewandt, anstatt sich nach links zu wenden?
Was ihn dann fesselte, war der Generalstab, der in
der Converserie untergebracht war, einem am Rande
der Hochebene stehenden Gehöfte. Die Offiziere
schienen da sehr bestürzt, sie liefen umher und be-
rieten unter einander mit heftigen Geberden. Es geschah aber nichts; was konnten sie auch erwarten?

Das Plateau war eine Art von weitem, flachem
Kessel; ausgedehnte Stoppelfelder, die im Norden
und im Osten von waldigen Höhen beherrscht waren,
zogen sich dahin; im Süden erstreckten sich dichte
Wälder, während man durch eine Lichtung im Westen
das Aisnethal mit den kleinen weißen Häusern von
Vouziers erblickte. Unterhalb der Converserie ragte
spitzig der schiefergedeckte Glockenturm von Quatre-
Champs hervor, wie im Regengusse ertrinkend, unter dem
die wenigen armseligen Moosdächer des Dorfes förmlich zerflossen. Und als Jean mit seinem Blicke die
emporsteigende Straße durchlief, unterschied er deutlich ein Wägelchen, das auf dem holperigen, in einen
Sturzbach umgewandelten Wege in raschem Trabe
näher kam.

Es war Maurice, der endlich von dem gegenüber-

liegenden Abhange aus an einer Biegung der Straße
das siebente Corps wahrgenommen hatte. Seit zwei
Stunden schon fuhr er planlos über die Straßen,
getäuscht von den Auskünften eines Bauers, irre-
geführt durch die heimtückische Böswilligkeit seines
Führers, der aus Furcht vor den Preußen wie im
Fieber zitterte. Als er das Gehöfte erreichte, sprang
er aus dem Wagen, und sofort fand er sein Regiment.

Jean rief ihm verblüfft zu:

„Wie, bist Du's? Warum kommst Du denn?
Wir sollten Dich doch abholen!"

Maurice gab mit einer Handbewegung seinem
Zorn und seinem Schmerze Ausdruck:

„O ja!... Es wird nicht mehr dort hinauf-
marschirt, es geht dort hinunter, damit wir auch alle
draufgehen!"

„Gut," erwiderte der andere ganz bleich nach
einer kurzen Pause, „wenigstens lassen wir uns den
Schädel zusammen einhauen."

Und wie sie geschieden waren, so fanden sich die
beiden Männer auch wieder, indem sie sich küßten.

In dem unaufhörlich niederprasselnden Regen
trat der Soldat ins Glied, und der Korporal, von
Nässe triefend, ohne ein Wort der Klage, ging mit
gutem Beispiel voran.

Die Neuigkeit lief jetzt als ganz unzweifelhaft
durch die Reihen: man zog sich nicht mehr auf Paris
zurück, man marschirte abermals der Maas zu. Ein
Adjutant des Marschalls hatte dem siebenten Corps
eben die Ordre überbracht, bei Nouart zu lagern;

das fünfte sollte nach Beauclair gehen als der rechte
Flügel der Armee, während das erste Corps das
zwölfte in Chêne ablösen sollte, das als linker Flügel
nach Besace marschirte. Und während so seit fast
bei Stunden die etlichen dreißigtausend Mann, Gewehr bei Fuß, immerzu wartend, unter den grimmigen Windstößen dastanden, ward General Douay
von der lebhaftesten Sorge um das Schicksal des
Trains gequält, der tags zuvor nach Chagny geschickt
worden war. Er mußte wohl warten, bis er sich
dem Corps anschließen konnte. Man erzählte auch,
daß dieser Train von dem des zwölften Corps in
Chêne durchbrochen worden war. Andererseits kam
ein Teil des Kriegsmaterials, alle Feldschmieden der
Artillerie, die sich in der Straße geirrt hatten, von
Terron auf dem Wege von Vouziers zurück, wo sie
sicher in die Hände der Deutschen fallen würden.
Niemals war die Unordnung größer, niemals die
Beklommenheit drückender.

Unter den Soldaten herrschte eine wahre Verzweiflung. Viele wollten sich in den Kot der durch-
weichten Hochebene auf ihre Tornister niedersetzen
und im Regen den Tod erwarten. Mit bitterem
Lachen verhöhnten sie ihre Vorgesetzten: „Ah! famose
Offiziere das, ohne ein bißchen Gehirn, die abends zunichte machen, was sie am Morgen gethan haben,
die die Zeit vertändeln, wenn der Feind nicht da ist,
und ausreißen, sobald er sich zeigt!"

Die äußerste Entmutigung und Zuchtlosigkeit
machte diese Armee zu einer Herde ohne Vertrauen,

ohne Disziplin, die man, wie's der Zufall gerade
wollte, zur Schlachtbank führte. Dort unten, gegen
Bouziers zu, begann Gewehrfeuer zu knattern: zwi=
schen der Nachhut des siebenten Corps und der Vor=
hut der deutschen Truppen wurden Schüsse gewechselt.
Und eine Sekunde später wandten sich alle Blicke
gegen das Aisnethal, wo am beleuchteten Himmel
dichte schwarze Rauchwolken emporwirbelten: man
wußte, daß es das Dorf Falaise war, das die
Ulanen in Brand gesteckt hatten. Eine Wut bemäch=
tigte sich der Leute: Wie, die Preußen waren jetzt
da? Man hatte zwei Tage auf sie gewartet, um
ihnen Zeit zu geben, heranzurücken, und dann war
man aufgebrochen! Und in den Gemütern der Be=
schränktesten stieg halb unbewußt der Zorn über den
begangenen unverbesserlichen Fehler auf. Dieses un=
sinnige Warten, diese Falle, in die man geraten war;
die Plänkler der vierten Armee hatten mit der Bri=
gade Bordas ihren Spaß getrieben, und alle Corps
der Armee von Châlons, eines nach dem andern,
angehalten und festgenagelt, um dem Kronprinzen
von Preußen zu ermöglichen, mit der dritten Armee
herbeizueilen. Und dank der Unwissenheit des Mar=
schalls, der noch nicht ahnte, welche Truppen er vor
sich hatte, vollzog sich zu dieser Stunde die Ver=
einigung, und das siebente und fünfte Corps wurden
unter der beständigen Drohung einer Niederlage hin=
undher gehetzt.

Maurice betrachtete am Horizont Falaise, wie es
in Flammen stand. Da atmete er erleichtert auf:

der Train, welchen man verloren geglaubt hatte, kam auf dem Wege von Chêne zum Vorschein.

Während die erste Division in Quatre-Champs blieb, um den endlosen Zug des Gepäcks zu erwarten und zu decken, setzte sich die zweite unverzüglich in Bewegung und erreichte, durch den Wald marschirend, Boult-aux-Bois; die dritte dagegen stellte sich links auf den Höhen von Belleville auf, um die Verbindungen zu sichern. Und als das hundertundsechste Regiment endlich in dem Augenblicke, wo der Regen mit verdoppelter Wucht niederfiel, die Hochebene verließ und den verbrecherischen Marsch zur Maas, ins Unbekannte, wieder aufnahm, sah Maurice wieder den Schatten des Kaisers vor sich, wie er in düsterer Hast auf den kleinen Vorhängen der alten Frau Desroches hinundher glitt. Ach, diese Armee der Verzweiflung, diese dem Untergang geweihte Armee, die man zur Rettung einer Dynastie in das sichere Verderben sandte! Marsch! Marsch! Ohne nach rückwärts zu blicken, im Regen, im Kot, bis zur Vernichtung!

Sechstes Kapitel.

———

„Himmeldonnerwetter," sagte am andern Morgen Chouteau, als er steif und erfroren unter dem Zelt aufwachte; „ich möchte wohl eine Suppe zu mir nehmen mit recht viel Fleisch drum."

In Boult-aux-Bois, wo man gelagert hatte, war am Abend nur eine geringe Menge Kartoffeln verteilt worden, da die Intendantur infolge der beständigen Märsche und Gegenmärsche immer ratloser und zerfahrener wurde und es ihr nie gelang, mit den Truppen rechtzeitig am Bestimmungsorte zusammenzutreffen. Man wußte in dieser Unordnung nicht mehr, wo man die herumirrende Herde einfangen sollte, und das bedeutete die bevorstehende Hungersnot.

Loubet streckte sich mit verzweifeltem Gelächter:

„Teufel, jetzt ist's aus mit den gebratenen Gänsen!"

Der Zug sah mürrisch und finster drein. Wenn man nichts mehr zu essen hatte, ging's nicht mehr. Und außerdem dieser unaufhörliche Regen, dieser Morast, in dem man eben geschlafen hatte!

Da sah Chouteau, wie Pache sich bekreuzigte, nachdem er mit geschlossenen Lippen sein Morgengebet verrichtet hatte, und er rief wütend:

„So verlang doch von Deinem lieben Herrgott, daß er uns ein paar Würste und jedem einen Schoppen schickt."

„Ach, wenn wir wenigstens Brot hätten, so viel wir wollten," seufzte Lapoulle, der, von seinem großen Appetit gemartert, unter dem Hunger noch mehr litt als die anderen.

Lieutenant Rochas aber befahl ihnen zu schweigen. Ob das nicht eine Schande wäre, immer nur an seinen Wanst zu denken! Er zog ganz einfach seinen Hosengurt fester. Seitdem die Geschichte eine entschiedene Wendung zum Schlimmen genommen hatte und man in der Ferne hie und da Gewehrfeuer hörte, hatte er seine ganze hartnäckige Zuversicht wiedergefunden. Da sie nun da waren, diese Preußen, so war's ganz einfach, man ging hin und haute sie! Und er zuckte hinter dem Hauptmann Beaudoin verächtlich die Achseln, diesem jungen Menschen, wie er ihn nannte, der über den endgiltigen Verlust seines Gepäcks ganz trostlos war und mit zusammengekniffenem Munde und bleichem Gesicht seinen Zorn verbiß. Nicht essen, das mochte noch hingehen! Aber darüber war er entrüstet, daß er kein Hemd wechseln konnte.

Maurice erwachte matt und schaudernd. Wohl war sein Fuß, dank den breiten Schuhen, nicht noch mehr entzündet; aber sein Mantel, welcher nach dem

geſtrigen Regenguß ſtarr und ſchwer geblieben war,
hatte ihm alle ſeine Glieder förmlich gelähmt.　Er
wurde ausgeſandt, um Waſſer für den Kaffee zu holen,
und betrachtete die Ebene, an deren Rand Boult=
aux=Bois liegt: im Weſten und im Norden ſteigen
Wälder empor, und ein Abhang erhebt ſich bis zum
Dorf Belleville; gegen Buzancy im Oſten dehnten
ſich weite, flache Gefilde aus, die ſich in ſanften
Wellen verlieren, aus denen vereinzelte Weiler hervor-
lugen. Erwartete man den Feind von dort? Als er mit
der vollen Kanne vom Bache zurückkam, rief ihn eine
Bauernfamilie, die mit verweinten Augen an der
Schwelle ihres kleinen Gehöftes ſtand, herbei und
fragte ihn, ob die Soldaten endlich zu ihrer Ver-
teidigung dableiben würden.　Schon dreimal war
das fünfte Corps durch das Hinundher der einander
entgegengeſetzten Befehle durch das Dorf gezogen.
Tags zuvor hatte man in der Gegend von Bar
Kanonenſchüſſe gehört.　Die Preußen waren gewiß
nicht weiter als zwei Meilen.　Und als Maurice
den armen Leuten erwiderte, auch das ſiebente Corps
werde zweifellos weiter marſchiren, jammerten ſie
laut: man ließ ſie alſo im Stich, und die Soldaten,
die ſie erſcheinen und verſchwinden und beſtändig auf der
Flucht ſahen, kamen alſo nicht, um ſich zu ſchlagen?

„Wer Zucker will,“ ſagte Loubet, indem er den
Kaffee kredenzte, „hat bloß ſeinen Daumen einzu-
tunken und zu warten, bis er ſchmilzt.“

Doch nicht ein einziger war zum Spaſſen auf-
gelegt. Es war wirklich ärgerlich, Kaffee ohne Zucker!

Wenn man wenigstens noch Zwieback gehabt hätte! Gestern hatten fast alle auf der Hochebene von Quatre-Champs, um sich über das lange Warten hinwegzutäuschen, ihren Mundvorrat aufgezehrt und selbst die letzten Brosamen aufgeknuspert. Glücklicherweise fand aber der Zug noch ein Dutzend Kartoffeln, die die Leute unter einander verteilten.

Maurice, dem ganz schwach im Magen war, rief bedauernd aus:

„Wenn ich das in Chêne gewußt hätte, hätte ich dort Brot gekauft."

Jean hörte zu und schwieg. Beim Aufstehen hatte er einen Streit mit Chouteau gehabt, den er um Holz schicken wollte, der sich aber frech weigerte, dies zu thun, indem er erklärte, daß er nicht an der Reihe sei. Seitdem alles immer schlimmer und schlimmer ging, wuchs die Zuchtlosigkeit, und die Vorgesetzten wagten schließlich nicht mehr, eine Rüge zu erteilen. Jean, mit seiner trefflichen Ruhe, hatte wohl begriffen, daß er sich seiner Korporalsgewalt begeben müsse wenn er nicht offene Empörung hervorrufen wollte. Er spielte den guten Kerl und that, als ob er nur der Kamerad seiner Leute wäre, denen er durch seine Erfahrung fortgesetzt große Dienste erwies.

Wenn auch sein Zug nicht mehr so gut verpflegt war, so ging er doch noch nicht, wie so viele andere, vor Hunger drauf. Vor allem aber stimmten ihn die Qualen, die Maurice litt, weich. Er sah, daß Maurice immer schwächer wurde, und ihn mit besorgtem Blick betrachtend, fragte er sich, wie dieser zarte

Bursche es anstellen würde, um bis zu Ende mit=
zumachen.

Als Jean hörte, wie Maurice jammerte, daß er
kein Brot mehr habe, stand er auf und verschwand
auf einen Augenblick; nachdem er in seinem Tornister
herumgestöbert hatte, kam er zurück. Und indem er ihm
verstohlen einen Zwieback zuschob, sagte er:

„Da, versteck's, ich habe nicht für jedermann."

„Aber Du?" fragte der junge Mann ganz gerührt.

„O, ich! Hab' keine Angst, ich hab' ihrer noch
zwei!"

Das war richtig, er hatte drei Zwiebacke sorg=
fältig aufbewahrt für den Fall, daß man sich schlagen
sollte, da er wohl wußte, daß man auf dem Schlacht=
felde sehr hungrig ist. Im übrigen hatte er ja eben
eine Kartoffel gegessen; das genügte ihm, das weitere
würde sich später finden.

Gegen zehn Uhr setzte sich das siebente Corps
wieder in Bewegung; die erste Idee des Marschalls
mußte gewesen sein, es über Buzancy nach Stenay
zu senden, wo es die Maas hätte überschreiten sollen.
Aber die Preußen, die der Armee von Chalons einen
Vorsprung abgewonnen hatten, mußten bereits in
Stenay sein, ja, man vermutete sie schon in Buzancy.
So erhielt denn auch das siebente Corps, das der=
gestalt gegen Norden zurückgedrängt wurde, den Be=
fehl, nach Besace, etliche zwanzig Kilometer von
Boult=aux=Bois, zu marschiren, um von dort aus
am nächsten Tage bei Mouzon über die Maas zu
gehen. Der Aufbruch vollzog sich in düsterer Stim=

mung. Die Leute murrten, ihr Magen war leer,
ihre Glieder schlecht ausgeruht und erschöpft von dem
Warten der letzten Tage. Und auch die Offiziere,
dem düstern Unbehagen vor der Katastrophe sich hin=
gebend, in die man marschirte, klagten über diese
Thatlosigkeit und waren zornig darüber, daß man
vor Buzancy dem fünften Corps nicht beigesprungen
war, dessen Schießen man vernommen hatte. Auch
dieses Corps mußte den Rückzug antreten und sich
nach Nouart zurückwenden, während das zwölfte
Corps von Besace nach Mouzon ging und das erste
die Richtung gegen Raucourt einschlug.

Gleich einer von Hunden gehetzten, hastig einher=
trottenden Herde drängte man sich nach enblosen
Verzögerungen, nach beständigem Hinundherziehen,
gegen die so heißersehnte Maas.

Als das hundertundsechste Regiment Boult=aux=
Bois nach der Kavallerie und Artillerie verließ und
die Ebene von den drei Divisionen wie mit rieselnden
Streifen durchzogen war, bedeckte sich der Himmel
neuerdings mit bleifarbenen Wolken, die die Leute
vollends traurig stimmten. Das hundertundsechste
Regiment schlug die große von prächtigen Pappeln
umsäumte Straße von Buzancy ein. In Germond,
einem Dorfe, wo die Düngerhaufen zu beiden Seiten
der Straße vor den Hausthüren dampften, holten
die Weiber schluchzend ihre Kinder herbei und reichten
sie den vorbeiziehenden Truppen hin, als ob diese
sie mit sich nehmen sollten. Es war nicht ein bißchen
Brot mehr da und nicht einmal eine Kartoffel.

Dann, anstatt nach Buzancy weiter zu marschiren,
schwenkte das hundertundsechste Regiment nach links
und stieg nach Authe hinauf; und als die Leute auf
der andern Seite der Ebene auf dem Hügelabhang
Belleville liegen sahen, durch das sie abends zuvor
gezogen waren, ward allen klar, daß sie ihren
früheren Weg zurückgingen.

„Himmelbonnerwetter!“ grollte Chouteau, „halten
uns die denn für Kreisel?“

Und Loubet fügte hinzu:

„Das sind doch rechte Schundgenerale, die hü
und hott gehen! Man sieht, daß unsere Beine sie
nicht viel kosten!“

Alle wurden wild. Man ermüdet die Leute nicht
so, nur um des Vergnügens willen, sie spazieren zu
führen. Und durch die kahle Ebene zwischen den
breiten Terrainbuchtungen marschirten sie kolonnen-
weise vorwärts, in zwei Reihen, an jedem Straßenrand eine, und dazwischen die Offiziere. Aber es
war nicht mehr, wie am Tage nach dem Aufbruch
von Rheims in der Champagne, ein lustiger Marsch
unter Spässen und Liedern, bei dem der Tornister flott
getragen und den Schultern die Last erleichtert wurde
durch die Hoffnung, die Preußen einzuholen und sie
zu schlagen. Jetzt schleppten sie sich schweigend und
grimmig dahin, voll Haß gegen ihr Gewehr, das
ihnen die Schultern zerquetschte, voll Haß gegen ihren
Tornister, der sie zu Boden drückte, ohne mehr ihren
Offizieren zu glauben, und von einer solchen Verzweiflung erfaßt, daß sie nur noch wie eine Vieh-

Herde, die durch unabwendbare Peitschenhiebe an-
getrieben wird, vorwärts trabten. Die jammervolle
Armee begann, ihren Calvarienberg emporzusteigen.

Seit einigen Minuten war indessen die Aufmerksamkeit Maurices abgelenkt worden. Links breitete
sich hügeliges Gelände aus, und aus einem fernen
Wäldchen sah er einen Reiter herauskommen, fast
unmittelbar darauf einen zweiten, dann noch einen. Alle
drei blieben unbeweglich, nicht größer als eine Faust er-
scheinend, mit den scharfen und feinen Umrissen eines
Spielzeugs. Er glaubte, es müsse dies eine detachirte
Husarenpatrouille, ein Rekognoszirungsposten sein,
der zurückkehrte, als glänzende Punkte an den Schultern, zweifellos der Widerschein von Messingepauletten,
sein Erstaunen erregten.

„Sieh' mal, da drüben," sagte er, indem er Jean,
der neben ihm ging, an den Ellenbogen stieß, „Ulanen."

Jean riß die Augen weit auf:

„Richtig!"

Es waren wirklich Ulanen, die ersten Preußen,
die das hundertundsechste Regiment erblickte. Seit
bald anderthalb Monaten, die es den Feldzug mit-
machte, hatte das Regiment nicht nur keine einzige
Patrone abgeschossen, es hatte auch bisher noch keinen
Feind gesehen. Das Wort „Ulanen" lief durch die
Reihen, alle Köpfe wandten sich unter wachsender
Neugierde dorthin. Sie schienen gut auszusehen,
diese Ulanen.

„Einer ist darunter, der schaut hübsch gemästet
aus," bemerkte Loubet.

Links vom Wäldchen aber, auf einer Hochebene, zeigte sich eine ganze Eskadron. Und bei diesem drohenden Anblick machte die Kolonne Halt. Befehle kamen, das hundertundsechste Regiment nahm am Ufer eines Baches hinter Bäumen Aufstellung. Schon schwenkte die Artillerie im Galopp von der Straße ab und pflanzte sich auf einem kleinen Hügel auf, dann blieben die Truppen zwei Stunden lang so in Kampfstellung, abermals trat eine Verzögerung ein, ohne daß irgend etwas Neues vorfiel. Am Horizonte aber stand die feindliche Reiterei geschlossen und unbeweglich. Endlich sah man ein, daß man kostbare Zeit verliere, und marschirte weiter.

„Also diesmal war's wieder nichts," murmelte Jean bedauernd.

Auch Maurice brannten die Hände vor Begier, wenigstens einen Schuß abzufeuern; und er dachte an den Fehler, den man tags zuvor begangen hatte, daß man das fünfte Corps nicht unterstützt hatte. Wenn die Preußen nicht angriffen, so mußte es seinen Grund darin haben, daß sie noch nicht über genügende Infanterie verfügten. Die Kavallerie, die sich in der Ferne zeigte, konnte keinen anderen Zweck haben, als die auf dem Marsch befindlichen Corps aufzuhalten. Und in der That sah sie das hundertundsechste Regiment von diesem Augenblick an unaufhörlich zu seiner Linken, bei jedem Einschnitt des Terrains. Sie folgte ihnen, sie überwachte sie und verschwand hinter einem Gehöft, um an einer Waldecke wieder zu erscheinen.

Allmälich gerieten die Soldaten in Erregung, als sie sahen, wie man in der Ferne gleichsam die Maschen eines unsichtbaren Netzes um sie zog.

„Sie machen uns schließlich ganz wild," sagten sogar Pache und Lapoulle wiederholt. „Es wäre eine wahre Erleichterung, wenn wir ihnen ein paar blaue Bohnen schicken könnten."

Aber man marschirte immer zu, mühselig, mit schwerem Schritt, der rasch ermattete. Unter dem Unbehagen des Marsches fühlte man, wie der Feind von überall her näher rückte, so wie man das Nahen eines Sturmes empfindet, bevor er sich am Horizont zeigt. Strenge Befehle wurden erteilt, damit die Nachhut eine gute Haltung beobachte, und es gab keine Nachzügler mehr angesichts der Gewißheit, daß die Preußen dem Corps folgten und alles gefangen nehmen konnten. In Eilmärschen kam ihre Infanterie herbei, indem sie bis vierzig Kilometer täglich machte, während die französischen Regimenter, abgehetzt und gelähmt, immer auf demselben Fleck einhertrabten.

Bei Authe hellte sich der Himmel auf, und Maurice, der sich nach der Sonne richtete, bemerkte, daß man anstatt weiter nach Chêne hinaufzusteigen, das drei gute Meilen entfernt lag, abschwenkte, um geradeaus nach Osten zu gehen. Es war zwei Uhr, und die Truppen litten unter der drückenden Hitze, nachdem sie während zweier Tage unter dem Regen geklappert hatten; der Weg zog sich in langen Windungen durch öde Flächen dahin. Nicht ein einziges Haus, nicht eine lebende Seele; nur hie und da ein trüb-

seliges Wäldchen inmitten der Traurigkeit kahler
Aecker. Und die düstere Stille dieser Einsamkeit
hatte auch die Soldaten ergriffen, die mit gesenktem
Kopf, im Schweiß gebadet sich dahinschleppten. Endlich zeigte sich Saint-Pierremont: einige leere Häuser
auf einem kleinen Berg. Man zog nicht durch das
Dorf; Maurice bemerkte, daß man sofort links abschwenkte und die Richtung nach Norden, gegen Besace zu, einschlug. Diesmal begriff er, daß dieser
Weg gewählt wurde, um womöglich Mouzon vor den
Preußen zu erreichen. Aber konnte das mit so erschlafften, so entmutigten Truppen gelingen? Eben
in Saint-Pierremont waren in der Ferne drei Ulanen
aufgetaucht, an der Biegung einer Straße, die von
Buzancy herkam. Und als die Nachhut das Dorf
verließ, wurde eine Batterie demaskirt, einige Granaten fielen nieder, ohne irgend etwas Schlimmes
anzurichten. Die Schüsse wurden nicht erwidert, und
man marschirte weiter, immer mühseliger und mühseliger.

Von Saint-Pierremont nach Besace sind es drei
gute Meilen; Jean, dem Maurice dies sagte, machte
eine verzweiflungsvolle Geberde: niemals würden die
Leute bis dorthin gehen; er sah dies an untrüglichen
Zeichen, an dem kurzen Atem, an ihren verzerrten
Gesichtern.

Die Straße stieg immerzu zwischen zwei Abhängen
empor, die allmälich einander näherrückten. Man
mußte eine Rast halten. Aber diese Ruhe hatte die
Glieder noch vollends erschlafft, und als man weiter

marschiren mußte, war's noch ärger; die Regimenter
kamen nicht vorwärts, die Soldaten fielen hin. Jean
sah, wie Maurice, der vor Müdigkeit die Augen ver=
drehte, erblaßte, und gegen seine Gewohnheit sprach
er und bemühte sich mit einem Schwall von Worten,
ihn in dieser maschinenmäßigen, halb unbewußten
Marschbewegung wach zu erhalten.

„Also Deine Schwester wohnt in Sedan; wir
kommen vielleicht dorthin.“

„Nach Sedan? Niemals! Das ist nicht unser
Weg; wir müßten ja verrückt sein!“

„Ist sie noch jung, Deine Schwester?“

„Sie ist gerade so alt wie ich; ich habe Dir doch
gesagt, daß wir Zwillinge sind.“

„Ist sie Dir ähnlich?“

„Ja; sie ist auch blond; o, wie weich gelocktes
Haar sie hat. Ganz klein ist sie, mit zartem Gesicht,
und sie ist auch gar nicht fahrig, ganz und gar nicht.
Ach, meine liebe Henriette!“

„Ihr habt euch wohl sehr lieb?“

„Ja, ja!“

Eine Pause trat ein, und Jean, der Maurice
betrachtete, sah, daß dessen Augen sich schlossen und
daß er umzufallen drohte.

„Heda, mein lieber Junge! Halte Dich, Himmel=
herrgott! Gib mir Deinen Kuhfuß auf einen Augen=
blick, das wird Dich ein wenig ausschnaufen lassen.
Die Hälfte der Leute bleibt auf dem Wege zurück;
's ist bei Gott unmöglich, daß wir heute weiter gehen.“

Gegenüber sah er Oches, dessen paar elende

Hütten übereinander auf einem Hügel standen; hoch oben ragte die gelbgetünchte Kirche aus den Bäumen hervor.

„Da werden wir uns gewiß schlafen legen."

Und er hatte es erraten. General Douay, der die äußerste Ermüdung der Truppen wahrnahm, sah verzweifelnd ein, daß an diesem Tage Buzancy nicht mehr zu erreichen war. Aber was seine Entscheidung am meisten beeinflußte, war die Ankunft des Trains, dieses fatalen Trains, den er seit Rheims nachschleppte, und der mit seinem drei Meilen langen Zuge von Wagen und Vieh seinen Marsch schrecklich erschwerte. In Quatre-Champs hatte er Befehl gegeben, ihn nach Saint-Pierremont zu führen, und erst in Oches trafen die Gespanne mit den Corps zusammen und zwar in einem solchen Zustande der Erschöpfung, daß die Pferde nicht mehr vorwärts gehen wollten. Es war schon fünf Uhr; der General, der fürchtete, daß es in der Schlucht von Stonne zu einem Kampf kommen könnte, glaubte, es aufgeben zu sollen, den vom Marschall vorgeschriebenen Tagemarsch zu Ende zu führen. Man machte Halt und lagerte; der Train stand auf den Wiesen, von einer Division bewacht; die Artillerie stellte sich rückwärts auf den Hügeln auf, während die Brigade, die am nächsten Tage als Nachhut dienen sollte, auf einer Anhöhe gegenüber von Saint-Pierremont zurückblieb. Eine andere Division, welcher die Brigade Bourgain-Desfeuilles angehörte, bivouakirte hinter der Kirche auf einem breiten Plateau, an dessen Rande sich ein Eichenwald hinzog.

Die Nacht war schon hereingebrochen, als das hun=
dertundsechste Regiment am Saume dieses Waldes
sich endlich niederlassen konnte, so groß war die Ver=
wirrung in der Wahl und in der Bestimmung der
Lagerplätze gewesen.

„Pfui Spinne!" sagte Chouteau wütend, „ich
esse nichts mehr, ich gehe schlafen."

So sprachen alle. Viele hatten nicht die Kraft,
ihre Zelte aufzuschlagen, und schliefen ein, wo sie wie
leblose Massen gerade hinfielen. Uebrigens hätte,
damit die Leute essen konnten, eine Proviantverteilung
stattfinden müssen. Und die Intendantur, die das
siebente Corps in Vesace erwartete, war nicht in
Oches. In dieser allgemeinen Erschlaffung und Ab=
gestumpftheit gab man nicht einmal mehr das Signal
für den Korporal. Wer's konnte, suchte sich mit
Lebensmitteln zu versehen. Von diesem Augenblicke
an gab es keine Verteilung mehr, die Soldaten mußten
von den Mundvorräten leben, die sie, so wähnte man,
in ihren Tornistern hatten; aber die Tornister waren
leer, nur wenige fanden noch einige Brotrinden, die
Krumen, welche von dem Ueberflusse zurückgeblieben
waren, in dem sie zuletzt in Vouziers gelebt hatten.
Es gab Kaffee, und die am wenigsten müde waren,
tranken noch Kaffee ohne Zucker.

Als Jean einen seiner Zwiebacke essen und den
andern Maurice geben wollte, sah er, daß dieser fest
schlief. Einen Augenblick dachte er daran, ihn zu
wecken, dann steckte er mit stoischem Entschlusse die
Zwiebacke wieder zu unterst in seinen Tornister, mit

unendlicher Sorgfalt, gerade als ob er Gold verbärge,
und begnügte sich wie die Kameraden mit Kaffee.
Er hatte darauf bestanden, daß das Zelt aufgeschlagen
werden solle, und alle hatten sich dort ausgestreckt,
als Loubet von seinem Streifzug zurückkam und von
einem nahen Felde Möhren brachte. Da es unmöglich war, sie zu kochen, knusperten die Leute sie roh
ab; ihr Hunger war aber dadurch nur quälender;
Pache wurde es davon ganz übel.

„Nein, nein, laßt ihn schlafen," sagte Jean zu
Chouteau, der Maurice schüttelte, um ihm seinen Teil
zu geben.

„Ach," sagte Lapoulle, „morgen, wenn wir in Angoulême sein werden, da werden wir Brot kriegen! Ich
habe einen Vetter beim Militär in Angoulême.
Gute Garnison das."

Alle erstaunten baß, und Chouteau schrie:

„Was, in Angoulême! So ein Riesenvieh!
Glaubt der, daß wir nach Angoulême kommen!"

Es war unmöglich, aus Lapoulle eine Erklärung
dafür herauszubekommen. Er glaubte, daß man nach
Angoulême marschire. Am Morgen hatte er beim
Anblick der Ulanen fest und steif behauptet, daß es
Soldaten Bazaines seien.

Dann hüllte sich das Lager in rabenschwarze
Nacht, in Todesstille. Trotz der kühlen Nacht hatte man
verboten, Feuer anzuzünden. Man wußte, daß die
Preußen nur ein paar Kilometer weit seien; man
unterdrückte sogar jedes Geräusch, aus Furcht, ihnen
einen Wink zu geben. Die Offiziere hatten ihre

Leute bereits verständigt, daß man gegen vier Uhr
morgens aufbrechen würde, um die verlorene Zeit
einzuholen, und alle legten sich in Haft nieder und
schliefen gierig und wie vernichtet. Ueber den zer=
streuten Lagerplätzen stieg der starke Atem dieser
Massen in die Finsternis empor gleich dem Odem
der Erde selbst.

Plötzlich weckte ein Schuß den Zug. Es war noch
tiefe Nacht, kaum daß es drei Uhr sein konnte. Alle
waren auf den Beinen, der Alarm wuchs nach und
nach, und man glaubte, daß ein feindlicher Angriff
drohe. Aber es war nur Loubet, der nicht mehr schlief
und den Einfall gehabt hatte, in den Eichenwald
hineinzukriechen, wo es Kaninchen geben mußte.
Welch ein Fest, wenn er bei Tagesanbruch den Ka=
meraden ein paar Kaninchen brächte! Aber als er
einen guten Anstand suchte, hörte er Männer heran=
kommen, die mit einander sprachen und Geäste zer=
brachen, und er erschrak und feuerte sein Gewehr ab,
da er glaubte, es mit Preußen zu thun zu haben.

Schon eilten Maurice, Jean und andere herbei,
als eine heisere Stimme sich erhob:

„Schießt nicht, Himmeldonnerwetter!“

Am Waldessaume zeigte sich ein großer, magerer
Mensch, von dem man nur den dichten, struppigen
Bart undeutlich sah. Er trug eine graue Bluse, die
um die Hüften mit einem roten Gurt zusammen=
geschnürt war, und an einem Schulterriemen trug er
ein Gewehr. Er erklärte sofort, daß er Franzose,
Freischärler und Sergeant sei, und daß er mit zweien

seiner Leute aus den Wäldern von Dieulet komme, um
dem General Auskünfte zu geben.

„Heda! Cabasse, Ducat," rief er, sich umdrehend.
„Heda, ihr nichtsnutzigen Kerle, so kommt doch!"

Die beiden Männer hatten zweifellos Furcht; gleich=
wohl traten sie näher; Ducat, ein kleiner, dicker, blasser
Mensch mit dünnem Haar, Cabasse, groß und dürr,
mit schwarzem Gesicht und einer langen, scharfen Nase.

Inzwischen hatte Maurice den Sergeanten erstaunt
genauer betrachtet, und schließlich fragte er ihn:

„Sagen Sie doch 'mal, sind Sie nicht Guillaume
Sambuc aus Remilly?"

Und als dieser nach einigem Zaudern mit un=
ruhiger Miene dies bejahte, machte der junge Mann
eine leichte Bewegung nach rückwärts, denn dieser
Sambuc galt für einen furchtbaren Spitzbuben; er war
der würdige Sohn einer Holzfällerfamilie, die ein schlim=
mes Ende genommen hatte. Der Vater, ein Trunken=
bold, war eines Abends mit abgeschnittener Kehle im
Winkel eines Waldes aufgefunden worden; die Mutter
und die Tochter bettelten, stahlen und verschwanden
schließlich, indem sie in irgend ein Freudenhaus ge=
rieten. Er, Guillaume, wilderte und schmuggelte, und
nur ein einziger aus dieser sauberen Sippe war an=
ständig herangewachsen: Prosper, bei den Chasseurs
d'Afrique, der, bevor er das Glück gehabt, Soldat zu
sein, sich in seiner Abneigung gegen das Wäldler=
leben als Bauernknecht verdungen hatte.

„Ich habe Ihren Bruder in Rheims und Vou=
ziers gesehen," fuhr Maurice fort; „es geht ihm gut."

Sambuc erwiderte nichts; dann, um das Gespräch abzuschneiden, sagte er:

„Führt mich zum General; sagt ihm, daß Freischärler aus dem Walde von Dieulet da sind, die ihm eine wichtige Mitteilung zu machen haben."

Auf dem Rückweg ins Lager dachte Maurice über diese Freischärlercompagnien nach, auf die man so große Hoffnungen gesetzt hatte und gegen die sich jetzt schon von allen Seiten Klagen erhoben. Sie sollten den Feind aus dem Hinterhalt bekriegen, ihm hinter den Hecken auflauern, ihn hetzen, seine Wachposten töten, und die Wälder besetzen, so daß kein Preuße mehr lebend herauskäme. Und in Wahrheit waren sie daran, der Schrecken der Bauern zu werden, die sie schlecht verteidigten und deren Felder sie verwüsteten. Aus Abscheu gegen den regelmäßigen Soldatendienst traten alle Ausgestoßenen in diese Compagnie ein, glücklich darüber, der militärischen Zucht zu entgehen, sich in den Büschen herumzuschlagen, gleich lustigen Banditen zu zechen und zu schlafen, wo's der Zufall wollte. Die Mannschaft in einzelnen Compagnien war geradezu schmachvoll.

„Heda! Cabasse, Ducat!" wiederholte Sambuc, indem er sich bei jedem Schritt umwandte. „So kommt doch, Ihr Lumpen."

Auch diese beiden waren, wie Maurice sofort fühlte, schlimme Gesellen. Cabasse, der große magere, war aus Toulon gebürtig, früher Kaffeekellner in Marseille gewesen, dann in Sedan als Agent für

Südfrüchte verfracht und schließlich in einem
verwickelten und unaufgeklärt gebliebenen Diebstahl
mit der Zuchtpolizei in unangenehme Berührung gekommen. Ducat, der kleine dicke, ein ehemaliger
Gerichtsvollzieher aus Blainville, war infolge un-
sauberer Geschichten mit kleinen Mädchen gezwungen
gewesen, seine Stelle zu verkaufen, und war eben
wegen derselben Unzüchtigkeiten in Gefahr, vom Ge-
schworenengerichte in Raucourt belangt zu werden,
wo er Buchhalter in einer Fabrik war. Ducat citirte
lateinische Brocken, während der andere kaum lesen
konnte; aber die beiden, einander würdig, bildeten
ein unangenehmes Paar verdächtiger Gestalten.

Das Lager war bereits erwacht. Jean und
Maurice führten die Freischärler zu Hauptmann
Beaudoin, der sie zum Obersten von Vineuil geleitete. Dieser fragte sie aus; Sambuc aber, im
Bewußtsein seiner Wichtigkeit, wollte durchaus mit
dem General sprechen. General Bourgain-Desfeuilles,
der im Pfarrhof von Oches geschlafen hatte, erschien
gerade auf der Thürschwelle und, ärgerlich darüber,
mitten in der Nacht zu einem neuen Tag des Hungers
und der Mühsal geweckt zu werden, bereitete er den
Leuten einen grimmigen Empfang:

„Woher kommen Sie? Was wollen Sie? Ah, das
seid ihr also, ihr Freischärler? Auch solche Marodeure, was?"

„Herr General," erklärte Sambuc, ohne aus der
Fassung zu kommen, „wir halten mit unseren Kameraden die Wälder von Dieulet besetzt . . ."

„Wo sind sie, diese Wälder von Dieulet?"

„Zwischen Stenay und Mouzon, Herr General."

„Stenay? Mouzon? Kenn' ich nicht. Wie soll ich mich auch da zurechtfinden, mit all diesen neuen Namen!"

Peinlich berührt mischte sich Oberst von Vineuil taktvoll ins Gespräch und machte den General darauf aufmerksam, daß Stenay und Mouzon an der Maas lägen, und daß man, da die Preußen die erstere Stadt besetzt hätten, auf den Brücken des zweiten, nördlicher gelegenen Ortes den Uebergang über den Fluß versuchen werde.

„Kurz, Herr General," nahm Sambuc wieder das Wort, „wir sind gekommen, um Ihnen mitzuteilen, daß die Wälder von Dieulet zur Stunde voll von Preußen sind ... Gestern, als das fünfte Corps Bois=les=Dames verließ, gab's in der Gegend von Nouart ein Gefecht."

„Wie? Man hat sich geschlagen?"

„Gewiß, Herr General; das fünfte Corps schlug sich und zog sich dabei zurück; heute nacht muß es in Beaumont sein. Und während unsere Kameraden gingen, um es über die Bewegungen des Feindes zu unterrichten, beschlossen wir, Ihnen die Lage zu schildern, damit Sie dem Corps Hilfe bringen, denn es wird morgen früh gewiß sechzigtausend Mann auf dem Halse haben."

Als General Bourgain=Desfeuilles diese Ziffer hörte, zuckte er mit den Achseln:

„Sechzigtausend Mann! Teufel, warum nicht

gleich hunderttausend? . . . Sie träumen, mein Lieber.
Die Furcht hat Sie alles doppelt sehen lassen. Sechzigtausend Mann können nicht so nahe bei uns sein;
das müßten wir doch wissen."

Und er blieb hartnäckig dabei. Vergeblich rief
Sambuc die Zeugenschaft von Ducat und Cabasse
zu Hilfe.

„Wir haben die Kanonen gesehen," bestätigte der
Provençale. „Diese Kerle müssen toll sein, daß sie
sich mit den Geschützen auf die Waldwege wagen,
wo man infolge des Regens der letzten Tage bis zu
den Waden einsinkt."

„Einer führt sie, das ist gewiß," bemerkte der
ehemalige Gerichtsvollzieher.

Aber der General glaubte seit Vouziers nicht
mehr an die Vereinigung der zwei deutschen Armeen,
mit der man ihm, wie er sagte, den Kopf heiß
gemacht hatte.

Und er hielt es nicht einmal für angezeigt, die
Freischärler zum Befehlshaber des siebenten Corps
führen zu lassen, mit dem die ersteren übrigens in
eigener Person zu sprechen geglaubt hatten. Wenn
man alle diese Bauern, alle diese Strolche mit ihren
angeblichen Auskünften angehört haben würde, hätte
man keinen Schritt mehr thun können, ohne rechts
und links in die unmöglichsten Abenteuer hineinzugeraten. Er befahl den drei Leuten indessen, zu bleiben
und die Kolonnen zu begleiten, da sie die Gegend kannten.

„Gleichviel," sagte Jean zu Maurice, als sie
zurückkamen, um das Zelt zusammenzulegen, „es sind

drei gute Kerle, haben vier Meilen quer durch die Felder gemacht, um uns zu verständigen."

Der junge Mann stimmte darin bei, und da er auch die Gegend kannte, gab er ihnen recht, von tödlicher Unruhe gequält bei dem Gedanken, daß die Preußen in den Wäldern von Dieulet auf dem Wege gegen Sommauthe und Beaumont seien. Schon müde, bevor noch der Marsch begonnen hatte, mit hungrigem Magen, das Herz in Angst zusammengeschnürt, hatte er sich niedergesetzt in der Morgendämmerung dieses Tages, der, wie er ahnte, entsetzlich werden mußte.

Ganz verzweifelt darüber, daß Maurice so blaß aussah, fragte ihn der Korporal väterlich:

„Geht's noch immer nicht recht? Macht Dir noch immer Dein Fuß zu schaffen?"

Maurice schüttelte verneinend den Kopf. Mit seinem Fuß ging's in den breiten Schuhen entschieden besser.

„Also, Du hast Hunger?"

Und als Jean sah, daß er nicht antwortete, zog er heimlich einen der beiden Zwieback aus seinem Tornister; und dann sagte er ruhig lügend:

„Da nimm, ich habe Dein Teil aufgehoben ... Ich habe eben den andern Zwieback gegessen."

Der Tag brach an, und das siebente Corps verließ Oches, um über Besace, wo man hätte Nachtquartier halten sollen, nach Mouzon zu marschiren. Zuerst war der schreckliche Troß, von der ersten Division begleitet, abgegangen, die Wagen des Trains

mit ihren guten Gespannen kamen flott vorwärts, die
anderen aber, die Requisitionswagen, zumeist leer und
unnütz, verspäteten sich hauptsächlich in dem Hohlweg von Stonne. Die Straße steigt namentlich hinter
dem Weiler Berlière empor, zwischen waldigen Hügeln,
die sie beherrschen. Gegen acht Uhr, gerade in dem
Augenblick, als sich endlich auch die beiden anderen
Divisionen in Bewegung setzten, erschien Mac Mahon,
außer sich darüber, die Truppen hier zu finden, die er
bereits des Morgens von Besace abgegangen glaubte,
von wo sie noch einige Kilometer nach Mouzon zurückzulegen hatten. Er hatte denn auch eine lebhafte
Auseinandersetzung mit General Douay. Man be-
schloß, die erste Division und den Troß den Marsch
nach Mouzon fortsetzen zu lassen; die beiden anderen
Divisionen sollten, um nicht durch diese schwerfällige,
langsame Vorhut aufgehalten zu werden, die Straße
von Raucourt und Autrecourt nehmen, um bei Villers
über die Maas zu gehen. Neuerdings stieg man also
nach Norden empor, von der Hast getrieben, mit der
der Marschall den Fluß zwischen seiner Armee und
dem Feind haben wollte. Man mußte abends um
jeden Preis auf dem rechten Ufer sein. Und die
Nachhut war noch in Oches, als eine preußische
Batterie, das Spiel von gestern wieder beginnend,
von einer fernen Anhöhe, in der Gegend von Saint-
Pierremont, einige Schüsse abgab. Zuerst erwiderte
man thörichterweise das Feuer; dann zogen sich die
hintersten Truppen zurück.

Bis gegen elf Uhr folgte das hundertundsechste Re-

giment langsam der Straße, die sich unten im
Engpaß von Stonne zwischen hohen Kegeln dahin=
schlängelt. Links erheben sich kahle steile Kämme,
während rechts die Wälder an sanfter abfallenden
Hängen niedersteigen. Die Sonne war wieder er=
schienen, es war sehr warm geworden in diesem
schmalen Thal, über dem eine drückende Einsamkeit
lastete. Hinter Berlière, das von einem großen
düstern Kalvarienberg überragt wird, gab's kein ein=
ziges Gehöfte mehr, keine einzige lebende Seele, nicht
ein auf den Wiesen weidendes Stück Vieh. Und die
Soldaten, die bereits müde und tags zuvor schon so
ausgehungert waren, kaum geschlafen und nichts ge=
gessen hatten, schleppten sich mutlos dahin, das Herz
übervoll von dumpfem Zorn.

Da, plötzlich, als man am Straßenrand Halt
machte, erdröhnten rechts Kanonenschüsse. Jeder Knall
war so deutlich, so voll und anhaltend, daß der Kampf
nicht weiter als zwei Meilen von ihnen entfernt statt=
finden mochte. Die Wirkung auf die Leute, die es
satt hatten, sich zurückzuziehen, und die durch das
Warten aufgeregt waren, war eine außerordentliche.
Alle erhoben sich behend und vergaßen ihre Müdigkeit:
Warum marschirte man nicht? Sie wollten sich schla=
gen, sich lieber den Schädel einhauen lassen als noch
weiter in dieser Unordnung fliehen, ohne zu wissen
wohin und warum.

General Bourgain=Desfeuilles war in Begleitung
des Obersten von Vineuil rechts auf einen Hügel
gestiegen, um die Gegend zu rekognosziren. Man

sah sie dort oben zwischen zwei Wäldchen, wie sie ihre
Feldstecher richteten; und sofort sandten sie einen
Adjutanten, der sich bei ihnen befand, hinunter, mit
dem Ersuchen, ihnen die Freischärler zu schicken, falls
sie noch da wären.

Einige Soldaten, Jean, Maurice und andere gingen
mit, für den Fall, daß man irgend einer Hilfe bedürfe.

Sobald der General Sambucs ansichtig ward,
rief er:

„Welch' verdammte Gegend, mit diesen Hügeln
und unaufhörlichen Wäldern! Sie hören doch! Wo
kommt das her? Wo schlägt man sich?"

Sambuc, dem Ducat und Cabasse nicht vom
Leibe wichen, horchte und blickte prüfend, ohne zu
antworten, einen Augenblick auf den weiten Horizont,
und Maurice, der neben ihm stand, betrachtete gleichfalls die Landschaft, von den unermeßlich vor seinen
Augen sich entrollenden Thälern und Wäldern gefesselt.
Es war wie ein endloses Meer mit riesengroßen,
langsamen Wellen. Die Wälder sprenkelten das gelbe
Erdreich mit düsterem Grün, und die fernen Hügel
hüllten sich unter der Sonnenglut in rötlichen Dunst.
Und ohne daß man auch nur eine kleine Rauchwolke
am klaren Himmel wahrnahm, dröhnten die Kanonen
immerzu, dem Tosen eines fernen, wachsenden Sturmes
gleich.

„Hier rechts ist Sommauthe," sagte Sambuc
endlich, indem er auf einen hohen, mit grünem Laub
gekrönten Gipfel wies. „Doncq ist dort links. Man
schlägt sich bei Beaumont, Herr General."

„Ja, bei Varniforêt oder bei Beaumont," bestätigte Ducat.

Der General murmelte dumpfe Worte in den Bart.

„Beaumont! Beaumont! Man weiß in dieser verdammten Gegend niemals ..."

Dann sagte er laut:

„Und wie weit ist dieses Beaumont von hier?"

„An zehn Kilometer, wenn man die Straße von Chêne nach Stenay nimmt, die da unten vorbeigeht."

Der Kanonenlärm hörte nicht auf und schien unter ununterbrochen rollendem Donner von West nach Ost zu ziehen. Und Sambuc fügte hinzu:

„Teufel, da geht's heiß zu! ... Ich hab's erwartet, und ich habe Sie heute morgen auch darauf vorbereitet, Herr General: das sind sicher die Batterien, die wir in den Wäldern von Dieulet gesehen haben. Zur Stunde muß das fünfte Corps diese ganze Armee auf dem Halse haben, die über Buzancy und Beauclair her kam."

Ein kurzes Schweigen trat ein, während dessen die Schlacht in der Ferne noch lauter grollte. Und Maurice biß die Zähne zusammen; eine wütende Lust, aufzuschreien, ergriff ihn. Warum marschirte man nicht den Kanonen entgegen, sofort, ohne so viel Worte? Niemals hatte er eine ähnliche Erregung verspürt. Jeder Schuß rief einen Widerhall in seiner Brust hervor, rüttelte ihn auf und weckte in ihm die jähe Begierde, dort drüben dabei zu sein und ein Ende zu machen. Sollten sie sich noch immer nur an der Schlacht vorbeidrücken, sie mit dem Ellenbogen streifen,

ohne eine Patrone abzuschießen? Wie um die Wette
schleppte man sie seit der Kriegserklärung in fort-
während er Flucht so herum. In Bouziers hatten sie
lediglich die Schüsse der Nachhut gehört. In Oches hatte
sie der Feind nur einen Augenblick von rückwärts
beschossen. Und sie sollten weiter ziehen und den
Kameraden nicht im Sturmschritt zur Hilfe eilen?
Maurice betrachtete Jean, der gleich ihm totenbleich
war und dessen Augen wie im Fieber leuchteten.
In der Brust eines jeden pochte das Herz zum Zer-
springen.

Eine neue Wartepause trat ein: ein Generalstabs-
offizier stieg auf dem schmalen Pfade den Hügel empor.
Es war General Douay, der mit besorgtem Gesicht
herbeieilte. Und als er selbst die Freischärler befragt
hatte, entfuhr ihm ein Ausruf der Verzweiflung:
Selbst wenn er des Morgens verständigt worden wäre,
was hätte er thun können? Der Wille des Marschalls
war ganz unzweideutig; er mußte, gleichviel um welchen
Preis, noch vor Abend die Maas überschreiten. Wie
sollte man jetzt die staffelförmig auseinandergezogenen,
auf dem Marsch nach Raucourt befindlichen Truppen
vereinigen, um sie rasch nach Beaumont zu werfen?
Würde man nicht ganz gewiß zu spät kommen? Schon
mußte das fünfte Corps in der Gegend von Mouzon
den Rückzug angetreten haben; der Kanonendonner
zeigte das deutlich an, indem er immer mehr gegen
Osten zog, gleich einem unheilvollen Hagelwetter, das
sich immer weiter entfernt. General Douay erhob
die beiden Arme über den im ungeheuren Umkreis

ausgebreiteten Thälern und Hügeln, Aeckern und
Wäldern, mit einer Geberde ohnmächtigen Jngrimms.
Und es wurde der Befehl gegeben, den Marsch gegen
Raucourt fortzusetzen.

Ach! dieser Marsch unten in dem Engpaß von
Stonne, zwischen den hohen Kuppen, während rechts
hinter den Wäldern noch immer die Kanonen dröhnten!
An der Spitze des hundertundsechsten Regimentes ritt
Oberst von Vineuil in starrer Haltung mit bleichem,
aufrechtem Haupt und zuckenden Augenlidern, als
wollte er die Thränen zurückdrängen. Hauptmann
Beaudoin nagte stumm an seinem Schnurrbart, und
Lieutenant Rochas brummte wider Willen grobe
Schimpfworte gegen alle und gegen sich selber. Und selbst
jene Soldaten, die keine Luft hatten, sich zu schlagen,
selbst die am wenigsten tapferen, erfaßte eine Begierde
zu lärmen und zu stoßen, der Zorn über die beständige
Niederlage, die Wut darüber, daß man abermals mit
schweren, schwankenden Schritten weiterziehe, während
die verdammten Preußen dort drüben die Kameraden
abschlachteten.

Unterhalb Stonne, dessen Straße in Windungen zwischen Hügeln herabsteigt, wurde der Weg
breiter, die Soldaten schritten durch viele von Wäldchen
unterbrochene Aecker dahin. Seit Oches war das
hundertundsechste Regiment, das sich nunmehr in der
Nachhut befand, jeden Augenblick darauf gefaßt, angegriffen zu werden, denn der Feind folgte der Kolonne
auf dem Fuße nach, indem er sie überwachte und zweifellos nur eine günstige Minute erspähte, um sie rückwärts

zu fassen. Die Kavallerie benützte den geringsten Einschnitt des Terrains und versuchte sie an der Flanke
zu überholen. Man sah mehrere Eskadronen der
preußischen Garde hinter einem Walde hervorbrechen,
jedoch beim Erscheinen eines Husarenregiments, das
die Straße säubernd vorwärts ritt, stehen bleiben. Und
dank diesem Manöver vollzog sich der Rückzug auch
weiter in ziemlich guter Ordnung; man näherte sich
Raucourt, als ein Anblick die Angst verdoppelte und
die Soldaten vollends entmutigte: auf einem Quer-
weg nahm man plötzlich eine wirre Menge wahr, die
vorwärts stürzte; verwundete Offiziere, waffenlose
Soldaten, dahinjagende Trainwagen, unter dem
Sturm des Unglücks entsetzt fliehende Menschen und
Tiere. Es waren die Trümmer einer Brigade der
ersten Division, die den am Morgen über Besace
nach Mouzon abgegangenen Train begleitete. InFolge
eines Irrtums in der Straße, eines entsetzlichen Mißgeschicks war diese Brigade und ein Teil des Trains
in Varniforêt bei Beaumont mitten in die wilde Flucht
des fünften Corps hineingeraten. Ueberrumpelt, seitwärts angegriffen und der Uebermacht erliegend,
waren sie geflohen, und die Panik hatte sie blutend,
halb toll vor Schreck hergeführt, und sie raubten
ihren Kameraden mit ihrem Entsetzen vollends alle
Fassung. Ihre Erzählungen riefen Schrecken hervor,
es war, als ob sie der grollende Kanonendonner
hergefegt hätte, den man seit Mittag unaufhörlich
vernahm.

Voll Angst, in kopflosem Gedränge, zog man

durch Raucourt. Sollte man sich rechts wenden gegen
Autrecourt, um die Maas bei Villers zu überschreiten,
wie es bestimmt worden war? Verwirrt und zaudernd,
fürchtete General Douay die Brücke dort überfüllt,
vielleicht in den Händen der Preußen zu finden. Und
er zog es vor, geradeaus weiter zu marschiren
durch den Hohlweg von Harancourt, um Remilly
vor der Nacht zu erreichen. Nach Mouzon Villers
und nach Villers Remilly! Man stieg immer weiter
hinauf mit dem Galopp der Ulanen hinterdrein.
Man hatte nicht mehr als sechs Kilometer zurückzulegen, aber es war bereits fünf Uhr, und welche
niederschmetternde Müdigkeit! Seit Tagesanbruch
waren die Leute auf den Beinen und hatten zwölf
Stunden gebraucht, um kaum drei Meilen zu machen,
einhertrollend, in endlosem Warten sich erschöpfend,
unter den heftigsten Erregungen und Befürchtungen.
Die beiden letzten Nächte hatten die Leute kaum
geschlafen und seit Vouziers nicht nach ihrem Hunger
essen können. Sie fielen vor Erschöpfung hin. In
Raucourt war's jammervoll mit anzusehen.

Das Städtchen mit seinen zahlreichen Fabriken,
seiner gutgebauten Hauptstraße, seiner zierlichen Kirche,
seinem hübschen Rathaus, ist reich. Nur hatte die Nacht,
in der der Kaiser und Marschall Mac Mahon
mit dem Gewühl des Generalstabs und des kaiserlichen Hofstaates durchgezogen waren, und sodann der
Durchmarsch des ganzen ersten Corps, das während
des Vormittags gleich einem Strom sich über die Straße
ergossen hatte, alle Hilfsquellen erschöpft, die Bäcke-

reien und Kramläden ausgeleert und die Bürger=
häuser bis auf die Brosamen kahlgefegt. Man fand
kein Brot, keinen Wein, keinen Zucker mehr, nichts,
was trinkbar, und nichts, was eßbar ist. Man hatte
Frauen gesehen, die vor den Hausthüren Gläser mit
Wein und Tassen mit Suppe verteilten, bis zum
letzten Tropfen in den Fässern und in den Kochtöpfen.
Das war zu Ende, und als die ersten Regimenter
des siebenten Corps gegen drei Uhr vorbeizuziehen
begannen, war es eine helle Verzweiflung. Wie?
Fing das wieder an? Waren ihrer noch immer welche
da? Abermals wälzten sich entkräftete, staubbedeckte
Menschen auf der Hauptstraße dahin, die vor Hunger
starben, ohne daß man ihnen auch nur einen Bissen
hätte geben können. Viele blieben stehen, klopften
an die Thüren, streckten ihre Hände zu den Fenstern
empor und baten, daß man ihnen ein Stück
Brot herabwerfen möge. Und da kamen Frauen,
die ihnen schluchzend durch Zeichen zu verstehen
gaben, daß sie nichts geben könnten, daß sie nichts
mehr hätten.

An der Ecke der Straße von Dix=Potiers taumelte
Maurice, von einem Schwindel befallen. Und als
Jean sich um ihn bemühte, sagte er:

„Nein, laß mich, das ist das Ende. Ich will
lieber hier draufgehen."

Er ließ sich auf einen Prellstein niedersinken.
Der Korporal heuchelte den rauhen Ton eines un=
zufriedenen Vorgesetzten:

„Himmeldonnerwetter! Wer hat mir einen solchen

Soldaten aufgemutzt! Willst Du Dich von den
Preußen aufklauben lassen? Vorwärts, auf!"

Dann als er sah, daß der junge Mensch leichen=
fahl, die Augen geschlossen, halb ohnmächtig, nicht mehr
antwortete, fluchte er noch, jedoch im Tone unsäglichen
Mitleids:

„Himmelherrgott! Himmelherrgott!"

Er lief zu einem nahen Brunnen, füllte seine
Feldschale mit Wasser und kam zurück, um Maurice
das Antlitz zu netzen. Dann zog er, und diesmal
that er es ganz offen, aus seinem Tornister den letzten
so sorglich aufbewahrten Zwieback heraus; er brach
ihn in kleine Stücke und schob sie ihm zwischen die
Zähne. Der Halbverhungerte schlug die Augen auf
und verschlang den Zwieback.

„Aber Du," fragte Maurice, plötzlich zur Besin=
nung kommend, „Du hast doch nichts gegessen?"

„O," erwiderte Jean, „ich habe eine festere Haut,
ich kann warten ... Ein ordentlicher Schluck Gänse=
wein, und Du sollst sehen, wie stramm ich wieder
dastehe."

Er füllte neuerdings seine Feldschale, leerte sie
auf einen Zug und schnalzte mit der Zunge. Und
auch sein Gesicht war erdfahl, und der Hunger quälte
ihn, daß seine Hände zitterten.

„Vorwärts, auf, marsch! Junge, wir müssen
die Kameraden einholen."

Maurice hing sich willenlos in seinen Arm und
ließ sich von ihm wie ein Kind davonführen. Niemals
hatte ihm der Arm eines Weibes so warm ums Herz

gemacht. In diesem allgemeinen Untergang, inmitten
dieses höchsten Elends, im Angesichte des Todes war
ihm das Gefühl, so geliebt und gehegt zu sein, eine
köstliche Erquickung; und vielleicht fügte der Gedanke,
daß dieses ihm ganz gehörende Herz das eines schlichten,
am Erdboden haftenden Bauers war, gegen den er
zuerst Widerwillen empfunden hatte, zu seiner Dankbarkeit noch das Gefühl unendlicher Güte. War das
nicht die Brüderlichkeit der Urzeit? War diese Freundschaft der beiden Männer — die das gemeinsame
Bedürfnis nach Hilfe und die Drohung der feindlichen Natur vereinte und in eins verschmolz —
nicht jene Freundschaft, die vor aller Kultur, vor
allen trennenden Ständen da war? Er hörte sein
eigenes Menschentum in Jeans Brust pochen, und
er war für ihn stolz darauf, in ihm den Stärkeren
zu sehen, der ihm hingebend beistand. Jean wieder
fühlte, ohne seine Empfindung zu zergliedern, eine
innige Freude, in seinem Freunde jene feine Sitte,
jene Bildung zu beschützen, die in ihm verkümmert
geblieben waren. Nach dem gewaltsamen Tode seiner
Frau, die ihm durch die Aufeinanderfolge entsetzlicher
Begebenheiten entrissen worden war, kam er sich wie
ohne Herz vor; er hatte geschworen, niemals wieder
eines jener Geschöpfe anzusehen, durch die man so viel
leidet, selbst wenn sie nicht schlecht sind. Und die
Freundschaft ward ihnen beiden eine Art Befreiung;
wenn sie sich auch nicht umarmten, berührten sie sich
doch tief und innig, sie lebten trotzdem in und für
einander, so verschiedenartig sie auch waren, auf dieser

schrecklichen Straße von Remilly, indem sie einander
aufrecht hielten und nur ein einziges Wesen voll
Erbarmen und Leid bildeten.

Als die Nachhut Raucourt verließ, marschirten
die Deutschen am andern Ende ein; und zwei ihrer
Batterien, die sie sofort links auf den Höhen aufgestellt hatten, begannen zu schießen. In diesem Augenblicke befand sich das hundertundsechste Regiment, das
über die längs der Emmane hinabsteigende Straße
zog, in der Schußlinie. Eine Granate hieb eine Pappel
am Ufer des Flusses mitten durch; eine andere grub
sich neben dem Hauptmann Beaudoin in einer Wiese
ein, ohne zu platzen. Aber der Thalweg verengte sich
bis Haraucourt immer mehr, und man trat da in
eine schmale Schlucht, die zu beiden Seiten von
bewaldeten Bergkämmen überragt wird; wenn eine
Handvoll Preußen sich da oben in den Hinterhalt
legte, so war das Unheil unausweichlich.

Im Rücken von den Kanonen beschossen, rechts
und links von der Möglichkeit eines Angriffs bedroht,
marschirten die Truppen nur in einer wachsenden Angst
vorwärts und von der Hast getrieben, aus diesem
gefährlichen Durchgang herauszukommen. So flackerte
denn auch in den müdesten noch ein letztesmal die
Spannkraft auf. Die Soldaten, die sich soeben in
Raucourt von Thüre zu Thüre geschleppt hatten, machten
jetzt große Schritte, flott und frisch unter dem stache-
ligen Sporn der Gefahr. Es schien, als ob selbst
die Pferde wüßten, daß eine verlorene Minute teuer
zu stehen käme. Und die Spitze der Kolonne mochte

in Remilly sein — in der Eile dauert der gegebene
Anstoß fort — als plötzlich im Marsche ein Stillstand
eintrat.

„Teufel," sagte Chouteau, „wollen die uns hier
lassen?"

Das hundertundsechste Regiment hatte noch nicht
Haraucourt erreicht, und die Geschosse regneten immerzu
hernieder.

Das Regiment markirte den Schritt, auf den
Weitermarsch wartend, als rechts eine Granate platzte,
die glücklicherweise niemand verwundete. Fünf endlose, schreckliche Minuten vergingen. Man rührte sich
noch immer nicht, es gab dort unten herum ein Hindernis,
das die Straße versperrte wie eine jäh emporgestiegene
Mauer. Und der Oberst, der sich in den Steigbügeln
aufgerichtet hatte, blickte bebend in die Weite; er fühlte,
wie hinter ihm die Panik seiner Leute wuchs.

„Jedermann weiß, daß wir verkauft sind," rief
Chouteau heftig aus.

Dann brach ein allgemeines Murren los, und
das Grollen der Erbitterung wurde unter den Peitschenhieben der Furcht immer lauter. Ja wohl! Ja wohl!
Man hatte sie hergeführt, um sie zu verkaufen, um
sie den Preußen auszuliefern! Angesichts dieses hartnäckigen Mißgeschicks, angesichts dieses Uebermaßes
an begangenen Fehlern stand es in den beschränktesten
Köpfen fest, daß nur der Verrat eine solche Reihen-
folge von Unheilsfällen erklären könne.

„Wir sind verraten! Wir sind verraten!" wiederholten wahnwitzig erregte Stimmen.

Da hatte Loubet einen Einfall:

„Vielleicht ist es gar dieser Fettwanst von einem
Kaiser, der dort unten mit seinem Gepäck quer über
die Straße zieht und uns aufhält."

Das Wort ging durch die Reihen wie ein
Lauffeuer. Es wurde versichert, daß die Störung
in der That durch den kaiserlichen Hofstaat
verursacht werde, der die Kolonne getrennt habe.
Daraufhin brachen die Soldaten in eine ungeheure Wut aus, abscheuliche Worte fielen, in denen
sich der ganze Haß aussprach, den der freche Ueber-
mut der Leute des Kaisers hervorrief, dieser Leute,
die sich der Städte bemächtigten, in denen man Nachtquartier hielt, die ihren Proviant, ihre Weinkörbe,
ihr Silbergeschirr vor den von allem entblößten Soldaten auspackten, die flammenden Küchenfeuer an-
zündeten, während die armen Kerle sich den Riemen
fester anzogen. Ach, dieser jammervolle Kaiser, zur
Stunde des Throns und des Oberbefehls verlustig,
der in seinem eigenen Reiche einem verstoßenen Kinde
glich; den man wie ein nutzloses Gepäckstück unter
der Bagage der Truppen mitführte, und der verdammt
war, die ganze Ironie seines prunkvollen Hofstaates
mitzuschleppen, seine Leibwachen, seine Kutschen, seine
Pferde, seine Köche, seine Gepäckwagen, die ganze
Pracht seines bienenbestickten Krönungsmantels, der
auf der Bahn der Niederlage durch Blut und Kot
dahinfegte!

Schlag auf Schlag fielen zwei Granaten nieder;
dem Lieutenant Rochas wurde durch einen Splitter

die Mütze weggerissen. Die Glieder schlossen sich
dichter aneinander, es entstand ein Stoßen und
Drängen, wie von einer jähen Welle, deren Strö-
mung sich in der Ferne fortpflanzt. Erstickte Stimmen
wurden laut, Lapoulle schrie wütend, vorwärts zu marschiren. Noch eine Minute vielleicht und eine entsetzliche
Katastrophe hätte sich ereignet, es hätte eine kopflose
Flucht gegeben, die in der Tiefe der engen Schlucht
die Leute in rasendem Durcheinander zermalmt hätte.

Der Oberst wandte sich totenbleich um:

„Kinder, Kinder, ein wenig Geduld. Ich habe
jemand ausgeschickt, um nachzusehen. Wir marschiren gleich . . .“

Man marschirte aber nicht, und die Sekunden
wurden zu Jahrhunderten. Jean hatte bereits Maurice bei der Hand erfaßt, ganz kaltblütig, und ihm
ins Ohr geflüstert, daß sie, wenn die Kameraden
drängen würden, beide nach links springen wollten,
um dann in die Wälder auf der andern Seite des
Flusses hinaufzuklimmen.

Mit einem Blicke suchte er die Freischärler, er
dachte, daß diese die Wege kennen müßten; aber
es hieß, daß sie beim Marsch durch Raucourt verschwunden seien. Und plötzlich begann der Marsch
wieder, man kam an eine Straßenbiegung und war
nun vor den deutschen Batterien in Sicherheit. Später
erfuhr man, daß in der Verwirrung dieses Unglücks-
tages die Division Bonnemain, vier Kürassierregi-
menter, es war, die so das siebente Corps getrennt
und aufgehalten hatte.

Die Nacht brach an, als das hundertundsechste Regiment durch Angecourt zog. Zur Rechten hatte man noch immer die bewaldeten Bergkämme; aber links ward der Weg breiter und in der Ferne erschien ein bläuliches Thal. Endlich, von den Höhen von Remilly, nahm man im Abendnebel ein blasses Silberband wahr, inmitten der endlos sich ausbreitenden Wiesen und Aecker. Das war die Maas, die so ersehnte Maas, wo der Sieg zu winken schien.

Und Maurice streckte den Arm aus gegen die fernen kleinen Lichter, die fröhlich im grünen Laub aufflackerten, in diesem fruchtbaren und in der milden Dämmerung von köstlichem Reiz erfüllten Thal, und freudig aufatmend, wie ein Mensch, der die geliebte Heimat wiedersieht, sagte er zu Jean:

„Sieh! Schau da hinüber... Dort liegt Sedan!"

Siebentes Kapitel.

In Remilly verrammelten Soldaten, Pferde und Wagen in erschrecklicher Verwirrung die am Abhang in Windungen zur Maas hinabsteigende Gasse. Auf dem halben Wege, vor der Kirche, konnten die Kanonen, die mit ihren Rädern ineinander geraten waren, trotz aller Flüche und Peitschenhiebe nicht mehr vorwärts kommen. Unten bei der Spinnerei, wo die Emmane grollend niederstürzt, versperrte eine ganze Reihe steckengebliebener Wagen die Straße. Ein unaufhörlich anschwellender Strom aufgeregter Soldaten drängte sich ins Wirtshaus „zum Malteserkreuz", ohne auch nur ein Glas Wein erlangen zu können.

Und dieses wütende Stoßen prallte ohnmächtig am südlichen Ende des Dorfes zurück, das durch ein Gebüsch von Bäumen vom Flusse getrennt ist, und wo das Geniecorps des Morgens eine Schiffbrücke geschlagen hatte. Rechts befand sich eine Fähre; das weißgetünchte Haus des Fährmanns lugte einsam aus dem hohen Grase hervor. An beiden Ufern hatte

man große Feuer angezündet, deren Flammen, von
Zeit zu Zeit angefacht, mit roter Glut durch die
Nacht loderten und das Wasser und die steilen
Böschungen taghell beleuchteten. Da nahm man die
ungeheure Stauung der Truppen wahr, die hier
warteten, indes der Steg nicht mehr wie zwei Leuten
auf einmal den Uebergang gestattete und auf der
höchstens drei Meter breiten Brücke die Kavallerie,
die Artillerie und der Train mit tödlicher Langsamkeit hinüberzogen. Es hieß, daß noch eine Brigade
vom ersten Corps und ein Zug von Munitionswagen da seien, abgesehen von den vier Kürassier-
regimentern der Division Bonnemain. Und dahinter
war das ganze siebente Corps eingetroffen, einige
dreißigtausend Mann, die den Feind auf den Fersen
zu haben glaubten und, mit fieberhafter Hast eine
Deckung suchend, nach dem andern Ufer drängten.

Einen Augenblick waren die Leute ganz verzweifelt.
Wie, man marschirte seit früh, ohne zu essen, man
hatte sich eben mit der äußersten Kraftanstrengung
der Beine aus der furchtbaren Schlucht von Haraucourt gerettet, — und das alles nur, um in diesem
Wirrwarr, in diesem kopflosen Entsetzen gegen eine
unübersteigliche Mauer anzurennen? Stunden würden
vielleicht vergehen, bevor die zuletzt Eingetroffenen an
die Reihe kämen. Und jeder fühlte es wohl bei sich,
daß die Preußen, wenn sie es auch nicht wagten,
nachts die Verfolgung fortzusetzen, bei Tagesanbruch
da sein würden; gleichwohl wurde der Befehl gegeben, die Gewehrpyramiden zu bilden, und man

lagerte auf den weiten, kahlen Hügeln, deren Abhänge längs der Straße von Mouzon bis zu den
Wiesen an der Maas hinabsteigen. Dahinter auf
einer Hochebene hatte sich die Reserveartillerie aufgestellt und ihre Geschütze gegen die Schlucht gerichtet,
um nötigenfalls den Ausgang derselben zu beschießen.
Und wiederum begann unter Empörung und Angst
das Warten.

Inzwischen hatte sich das hundertundsechste Regiment oberhalb der Straße in einem Stoppelfeld
niedergelassen, das die weite Fläche beherrschte. Die
Leute hatten mit Bedauern ihre Gewehre abgenom-
men, und von der Furcht vor einem Angriff gequält,
warfen sie unruhige Blicke nach rückwärts; alle schwie-
gen mit harter, verschlossener Miene und murmelten
nur hie und da dumpfe, zornige Worte. Eben schlug
es neun Uhr; man war bereits zwei Stunden da,
und viele konnten trotz der furchtbaren Müdigkeit
nicht schlafen; sie lagen ausgestreckt auf der Erde
und lauschten erbebend den leisesten Geräuschen.
Sie kämpften nicht mehr gegen den Hunger, der sie
verzehrte; man würde dort drüben essen, auf der
andern Seite des Wassers, und wenn man nichts
anderes fände, würde man Gras essen. Aber die
Stauung schien nur zu wachsen; die Offiziere, die
General Douay bei der Brücke aufgestellt hatte,
kamen alle zwanzig Minuten zurück, immer mit derselben den Grimm steigernden Nachricht, daß noch
Stunden und Stunden notwendig seien. Endlich
entschloß sich der General, sich selbst einen Weg bis

zur Brücke zu bahnen. Man sah ihn, wie er in der Menge erregt sprach und den Marsch beschleunigte.

Maurice, der mit Jean an einer Böschung saß, wies mit derselben Handbewegung wie früher gegen Norden:

„Sedan ist dort hinten, und schau, da ist Bazeilles . . . und dann rechts Douzy, dann Carignan. Zweifellos sollen wir uns in Carignan vereinigen . . . Wenn es Tag wäre, könntest Du sehen, was es da für Platz gibt.“

Und er umfaßte mit seiner Handbewegung das unermeßliche, mit dunklen Schatten erfüllte Thal. Der Himmel war noch nicht so dunkel, daß man nicht in den sich ausbreitenden schwarzen Wiesen den bleichen Lauf des Flusses hätte unterscheiden können. Das Baumgebüsch bildete schwerfälligere Massen; links sperrte eine Reihe von Pappeln den Horizont wie mit einem phantastischen Damm ab. Hinter Sedan, wo kleine, lebendige Lichter flimmerten, häufte sich die Finsternis zusammen, als ob alle Wälder der Ardennen eine Mauer aus ihren hundertjährigen Eichen dort vorgeschoben hätten.

Jean richtet seine Blicke wieder auf die Schiff= brücke unter ihnen.

„Sieh nur hin, wie jämmerlich das vorwärts geht; wir kommen niemals hinüber.“

Die Feuer auf den beiden Ufern brannten noch höher, und ihr Licht wurde in diesem Augenblicke so hell, daß die Scene in ihrer ganzen Schrecklichkeit klar vor die Augen trat.

Unter dem Gewicht der Kavallerie und der Artillerie, die seit dem Morgen hinüberzog, waren die
Kähne, die die Pfosten trugen, schließlich untergetaucht,
so daß der Bretterbelag sich einige Centimeter im
Wasser befand. Jetzt ritten die Kürassiere hinüber,
immer zu zweien, in einem ununterbrochenen Zug
aus dem Schatten des einen Ufers heraustretend,
um in dem des andern zu verschwinden. Man sah
die Brücke nicht mehr, sie schienen auf dem Wasser
zu marschiren, auf diesem grell beleuchteten Wasser,
auf dem die Flammen einer Feuersbrunst tanzten.
Die Pferde wieherten mit gesträubter Mähne und mit
steifen Beinen, und ganz erschreckt von diesem schwankenden Grund, der unter ihnen zu weichen schien,
gingen sie vorwärts. In den Steigbügeln aufrecht
stehend, die Zügel anziehend, ritten die Kürassiere
immerzu hinüber, in ihre großen weißen Mäntel gehüllt, und man sah nichts von ihnen als ihre von
dem roten Widerschein beleuchteten Helme. Man hätte
sie für gespenstische Reiter halten können, die mit
flammendem Haar in den Krieg gegen die Finsternis zogen.

Da preßte Jean aus seiner zusammengeschnürten
Kehle eine tiefe Klage hervor:

„Ach, ich habe Hunger!"

Ringsum waren die Leute trotz ihres zuckenden
leeren Magens eingeschlafen; die Müdigkeit war zu
groß, und sie überwand die Furcht; sie warf sie alle
auf den Rücken nieder, und die Leute lagen unter
dem mondlosen Himmel mit offenem Munde wie ver-

nichtet da. Von einem Ende der kahlen Hügel bis
zum andern hatte sich das bange Warten in Todesstille verwandelt.

„Ach, ich habe Hunger! Ich habe solchen Hunger,
daß ich Lehm essen könnte!"

Jean, sonst so zähe und so stumm im Schmerz,
konnte diesen Schrei nicht zurückdrängen; er stieß ihn,
von wahnsinnigem Hunger gepeinigt, — er hatte
ja nahezu sechsunddreißig Stunden nichts gegessen —
wider Willen aus. Da faßte Maurice, als er sah,
daß ihr Regiment vor zwei, vielleicht vor drei Stunden
nicht über die Maas gehen würde, einen Entschluß.

„Höre, ich habe einen Onkel hier, den Onkel
Fouchard, weißt Du, von dem ich Dir schon erzählt
habe. Es ist da oben, an fünf- oder sechshundert
Meter von hier; ich habe erst gezögert, aber da Du
solchen Hunger hast . . . Mein Onkel wird uns, beim
Teufel, wohl ein Stück Brot geben!"

Und er zog seinen Genossen weg, der sich ihm
willig überließ. Das kleine Gehöfte des alten Fouchard befand sich am Ausgange der Schlucht von
Haraucourt, in der Nähe der Hochebene, wo die Reserveartillerie Stellung genommen hatte. Es war
ein niedriges Haus mit ziemlich großen Neben-
gebäuden, einer Scheune, einem Vieh- und einem
Pferdestall. Und auf der andern Seite der Straße,
in einer Art Schuppen, hatte der Bauer sein Fleisch-
hauergeschäft, seine Schlachtbank eingerichtet, wo er
selbst das Vieh tötete, das er dann auf seinem Wägelchen durch die Dörfer führte.

Als Maurice näher kam, war er überrascht, kein
Licht zu sehen.

„Ah, der alte Geizhals! Er mag wohl alles ver=
rammelt haben; er wird nicht öffnen.“

Da zwang ihn ein Anblick, stehen zu bleiben.
Vor dem Gehöfte tummelten sich ein Dutzend Sol=
daten herum, Marodeure, zweifellos verhungerte
Burschen, die Beute suchten. Zuerst hatten sie ge=
rufen, dann gepocht; und jetzt, als sie sahen, daß
das Haus finster und still blieb, schlugen sie mit
ihren Gewehrkolben gegen die Thür, um das Schloß
aufzusprengen. Grobe, grollende Stimmen erhoben
sich:

„Himmel Donnerwetter, laßt mich, schmeißt das
Zeug zusammen, ’s ist ja niemand drinnen!“

Plötzlich flog ein Dachfenster auf, ein großer
alter Mann in einer Bluse erschien, barhaupt mit
einem Licht in einer Hand und einem Gewehr in
der andern. Unter seinem dichten weißen Haupthaar
trat sein breites, von starken Falten durchfurchtes
Gesicht hervor, mit der kräftigen Nase, den großen,
glanzlosen Augen und einem eigenwilligen Kinn.

„Ihr seid also Diebe, da ihr da alles zerhaut,“
rief er mit harter Stimme. „Was wollt ihr?“

Die Soldaten wichen ein wenig stutzig zurück.

„Wir gehen vor Hunger drauf, wir wollen ’was
zum Essen!“

„Ich habe nichts, nicht eine Brotrinde. Glaubt
ihr denn, daß man nur so hunderttausend Mann
füttern kann?... Heute morgen waren andere da,

die von General Ducrot, die vorbeimarschirt sind
und mir alles genommen haben."

Die Soldaten kamen einer nach dem andern
wieder näher.

„Oeffnet immerhin, wir wollen uns ausruhen;
Ihr werdet doch irgend etwas finden."

Und schon schlugen sie von neuem gegen die Thür,
als der Alte das Licht auf das Fensterbrett stellte
und das Gewehr anlegte:

„So wahr hier ein Licht steht, zerschmettere ich
dem ersten, der meine Thüre anrührt, den Schädel."

Wenig fehlte, und der Kampf hätte begonnen.
Flüche wurden hinaufgeschleudert, eine Stimme schrie,
daß man diesem Hund von einem Bauern den Stand-
punkt klar machen sollte, der, wie alle anderen, sein Brot
eher ins Wasser geworfen hätte, als einen Bissen davon den Soldaten zu geben. Und die Läufe der
Chassepotgewehre richteten sich schon gegen den Bauern,
man wollte ihn auf Flintenlänge zusammen-
schießen; er aber, wütend und hartnäckig, ließ nicht
locker.

„Nein gar nichts habe ich! Nicht eine Brotrinde ... Man hat mir alles genommen!"

Erschreckt sprang Maurice vor, von Jean gefolgt.

„Kameraden, Kameraden!"

Er schlug die Gewehre der Soldaten nieder, und
den Kopf emporrichtend, bat er:

„So seid doch vernünftig ... Erkennt Ihr mich
nicht? Ich bin's!"

„Wer bist Du?"

„Maurice Levasseur, Euer Neffe."

Vater Fouchard hatte das Licht wieder ergriffen.
Zweifellos, er erkannte ihn. Aber er blieb hart=
näckig bei seinem Entschlusse, nicht einmal ein Glas
Wasser zu geben.

„Neffe oder nicht, wer kann das unterscheiden
unter diesem schwarzen Haufen? Gesindel! . . .
Schert euch alle zum Teufel, oder ich schieße!"

Und inmitten der wütenden Rufe und der Drohun=
gen, ihn herunterzuholen und seine Baracke anzuzün=
den, wiederholte er schreiend, vielleicht zwanzigmal:

„Schert euch alle zum Teufel, oder ich schieße."

„Auch auf mich, Vater?" fragte plötzlich eine
starke Stimme, die den Lärm übertönte.

Die anderen traten zur Seite, und im flimmern=
den Licht der Kerze erschien ein Wachtmeister. Es
war Honoré, dessen Batterie weniger als zweihundert
Meter weit davon lag, und der seit zwei Stunden
gegen den unbezwinglichen Drang ankämpfte, an diese
Thüre zu pochen. Er hatte sich zugeschworen, niemals
ihre Schwelle zu überschreiten, er hatte seit den vier
Jahren, die er im Dienst war, mit diesem Vater,
den er jetzt in so kurzem Tone fragte, nicht einen ein=
zigen Brief gewechselt. Schon sprachen die Maro=
deure lebhaft miteinander, wie um eine Verabredung
zu treffen: der Sohn des Alten und ein Chargirter
dazu, da ist nichts zu thun, das könnte schlimm aus=
fallen; da ist's gescheiter, anderswo zu suchen! Und
sie zogen ab und verschwanden in der dichten Nacht.

Als Fouchard sah, daß er vor der Plünderung

bewahrt sei, sagte er einfach, ohne jede Erregung, als ob er seinen Sohn gestern gesehen hätte:

„Du bist's? ... Gut, ich komm' hinunter."

Das dauerte lang. Man hörte im Innern Schlösser öffnen und schließen, das ganze Gehaben eines Menschen, der sich vergewissert, daß nichts frei herumliegt. Dann endlich öffnete sich die Thüre, aber kaum zur Hälfte und von kräftiger Faust gehalten.

„Komm herein, aber nur Du und kein anderer sonst!"

Er konnte jedoch trotz seines sichtlichen Widerstrebens seinem Neffen kein Obdach verweigern.

„Vorwärts, Du auch!"

Und er wollte unbarmherzig vor Jean die Thüre zuschlagen; Maurice flehte ihn an. Aber er blieb eigensinnig dabei: Nein, nein! Er brauche keine unbekannten Menschen, keine Diebe bei sich, die ihm die Einrichtung zerschlagen! Endlich schob Honoré den Kameraden mit der Schulter durch die Thüre, und der Alte mußte, dumpfe Drohungen brummend, nachgeben. Er hatte sein Gewehr nicht aus der Hand gelegt; dann, als er sie in die Stube geführt, sein Gewehr an den Speiseschrank angelehnt und das Licht auf den Tisch gestellt hatte, verfiel er in ein hartnäckiges Schweigen.

„Hört doch, Vater, wir gehen vor Hunger drauf, Ihr werdet uns wohl Brot und Käse geben, uns doch!"

Er antwortete nicht, that, als ob er nichts höre,

ging unaufhörlich zum Fenster zurück, um zu horchen,
ob nicht ein anderer Haufen käme, um sein Haus zu
belagern.

„Onkel, schaut, Jean ist gerade wie ein Bruder zu
mir; er hat sich für mich den letzten Bissen vom Munde
abgedarbt. Wir haben so viel zusammen gelitten!"

Er drehte sich um, versicherte sich, daß alles in
Ordnung sei, und sah sie nicht einmal an. Endlich
faßte er einen Entschluß, immer noch ohne ein Wort
zu sprechen. Er nahm plötzlich die Kerze, ließ die
anderen im Finstern zurück, und sperrte sorgfältig die
Thüre mit dem Schlüssel hinter sich ab, damit ihm
niemand folge. Man hörte, wie er die Kellerstiege
hinunterging. Es verging aber eine sehr lange Zeit;
als er zurückkam, verrammelte er neuerdings alles und
stellte mitten auf den Tisch einen großen Laib Brot und
einen Käse, noch immer mit derselben Schweigsamkeit,
die jedoch, da sein Zorn verflogen war, nichts weiter
war als Politik; man weiß ja niemals, wohin das
Reden führt. Im übrigen warfen sich die drei
Männer gierig auf das Essen, und man hörte nur
noch das wütende Kauen ihrer Kinnbacken.

Honoré erhob sich, um in der Nähe des Speise=
schranks einen Wasserkrug zu holen.

„Vater, Ihr könntet uns wohl Wein geben."

Jetzt fand Fouchard, beruhigt und da er sich in
Sicherheit wußte, seine Sprache wieder.

„Wein! Habe keinen mehr! Nicht einen Tropfen…
Die anderen, die von Ducrot, die haben mir alles
weggetrunken, alles weggegessen, alles geraubt!"

Er log, und man sah dies, troß seiner Anstren=
gung, deutlich an dem Blinzeln seiner großen, glanz=
losen Augen. Seit zwei Tagen hatte er sein Vieh
verschwinden lassen, sowohl sein Arbeitsvieh als auch
die zum Schlachten bestimmten Tiere, indem er es
nachts wegführte und — man wußte nicht wo — verbarg,
tief drinnen in irgend einem Wald oder einem ver=
lassenen Steinbruch. Und er hatte Stunden damit
verbracht, alles, was er im Hause hatte, zu ver=
graben, den Wein, das Brot, die geringfügigsten
Lebensmittel, bis zum Mehl und zum Salz, so daß
man in der That umsonst in seinen Schränken her=
umgewühlt hätte. Das Haus war leer. Er hatte
sich sogar geweigert, den ersten Soldaten, die sich
einfanden, etwas zu verkaufen. Man konnte nicht
wissen, vielleicht boten sich noch günstigere Gelegen=
heiten. Und dunkle Vorstellungen von gewinnreichem
Handel malten sich in seinem Schädel, dem Schädel
eines geduldigen und geriebenen Geizhalses.

Maurice, welcher sich gesättigt hatte, sprach zuerst:

„Ist's lange her, seit Ihr meine Schwester Hen=
riette gesehen habt?"

Der Alte ging unaufhörlich auf und ab, warf
dabei Seitenblicke auf Jean, der riesige Bissen Brot hin=
unterwürgte, und dann sagte er, ohne sich zu beeilen,
wie nach langem Ueberlegen:

„Henriette, ja, im vergangenen Monat in Sedan
... Aber Weiß, ihren Mann, habe ich heute früh
gesehen; er hat seinen Herrn begleitet, Herrn Dela=
herche, der ihn in seinem Wagen mitgenommen hatte,

um die Armee nach Mouzon hinübergehen zu sehen;
sie wollten sich die Geschichte nur zum Vergnügen an=
sehen."

Ein Zug tiefer Ironie glitt über das verschlossene
Gesicht des Bauers.

„Vielleicht haben sie ein bißchen zu viel gesehen
von der Armee und sich nicht gerade sehr gut unterhal=
ten, denn seit drei Uhr konnte man auf den Straßen
nicht mehr vorwärts kommen, so waren sie von
fliehenden Soldaten angefüllt."

Mit derselben ruhigen und wie gleichgiltigen
Stimme erzählte er einige Einzelheiten über die Nieder=
lage des fünften Corps, das in Beaumont im Augen=
blick, als es abkochte, überrumpelt und gezwungen
worden war, sich zurückzuziehen und von den Bayern
bis nach Mouzon gejagt wurde. Soldaten, die in
voller Auflösung, toll vor Schreck und Angst, durch
Remilly flohen, hatten ihm zugerufen, daß Failly
sie wieder einmal an Bismarck verkauft habe. Und
Maurice dachte an die unsinnigen Märsche der letzten
zwei Tage, an die Befehle des Marschalls Mac
Mahon, der den Rückzug beschleunigte und um jeden
Preis über die Maas gehen wollte, während man
mit unbegreiflichen Verzögerungen so viele kostbare
Tage verloren hatte. Es war zu spät. Der Marschall,
der in Zorn geraten war, als er das siebente Corps
in Oches fand, das er bereits in Besace glaubte,
mußte zweifellos überzeugt gewesen sein, daß das
fünfte Corps schon in Mouzon lagere, während das=
selbe sich in Beaumont verspätete und zerschmettern

ließ. Aber was sollte man auch von schlecht befehlig-
ten, durch das Warten und die Flucht demoralisirten,
vor Hunger und Müdigkeit sterbenden Truppen verlangen?

Fouchard hatte sich schließlich hinter Jean aufgepflanzt und sah erstaunt zu, wie ein Bissen um
den andern verschwand. Und mit trockenem Spaße
fragte er:

„He, geht's jetzt besser?"

Der Korporal hob den Kopf und erwiderte mit
derselben bäuerlichen Vierschrötigkeit:

„So allmälich, ja. Danke schön."

Honoré hatte, seit er da war, trotz seines großen
Hungers manchmal innegehalten und bei jedem Ge-
räusch, das er zu vernehmen glaubte, den Kopf um-
gewandt. Wenn er nach einem schweren Seelenkampf
seinen Schwur, niemals wieder einen Fuß in dieses
Haus zu setzen, nicht gehalten hatte, so war er dazu
von dem unwiderstehlichen Wunsch getrieben worden,
Sylvine wiederzusehen. Er bewahrte unter seinem
Hemd, auf der bloßen Brust den Brief, den er in
Rheims von ihr erhalten hatte, jenen so innigen
Brief, in dem sie ihm sagte, daß sie ihn immer geliebt habe, daß sie immer nur ihn lieben werde, trotz
der grausamen Vergangenheit, trotz Goliaths und des
kleinen Charlot, den sie von diesem Menschen hatte.
Und er dachte nur noch an sie, er beunruhigte sich
darüber, daß er sie noch nicht gesehen hatte, indem
er gleichwohl sich bemühte, gleichgiltig dreinzublicken,
um seinem Vater nicht zu zeigen, was ihn bedrückte. Aber

die leidenschaftliche Liebe trug den Sieg davon, und indem er sich zu einem möglichst natürlichen Ton zwang, fragte er:

„Und Sylvine, sie ist wohl nicht mehr hier?"

Fouchard warf einen schrägen Blick auf seinen Sohn, und auf seinem Gesicht leuchtete ein innerliches Lachen:

„Doch, doch."

Dann schwieg er und spuckte lange aus, und der Artillerist mußte nach einer Pause wieder das Wort nehmen:

„Sie hat sich also niedergelegt?"

„Nein, nein."

Endlich geruhte der Alte auseinanderzusetzen, daß er trotz alledem des Morgens mit seinem Wagen auf den Markt von Raucourt gefahren sei und seine Magd mit sich genommen habe. Wenn auch Soldaten durchzögen, so sei das doch kein Grund gewesen, daß die Leute aufhören sollen, Fleisch zu essen, und daß man nicht mehr seinen Geschäften nachgehe.

Er hatte also, wie alle Dienstage, einen Hammel und ein Viertel Ochsen da hinunter gebracht und den Verkauf eben beendet, als die Ankunft des siebenten Corps ihn in ein furchtbares Gedränge hineingerissen hatte. Alles lief und stieß einander. Da hatte er Angst gehabt, man werde ihm seinen Wagen und sein Pferd nehmen; er war davongefahren und hatte Sylvine zurückgelassen, die gerade ein paar Gänge in dem Marktflecken besorgte.

„O, sie wird wieder kommen," schloß er mit seiner ruhigen Stimme. „Sie wird sich zum Doktor Dalichamp, ihrem Paten, geflüchtet haben . . . 's ist trotz alledem ein mutiges Mädchen, mit ihrem Gesicht, als ob sie nur zu gehorchen verstünde . . . gewiß, sie hat ihre Vorzüge."

Spottete er? Wollte er erklären, warum er dieses Mädchen, das ihn mit seinem Sohne verfeindet hatte, behielt, trotz dieses Kindes von dem Preußen, von dem sie sich nicht trennen wollte? Und wieder konnte man seinen schrägen Blick, sein stummes Lachen sehen.

„Charlot ist dort, er schläft in ihrer Stube, sie wird gewiß bald kommen."

Mit bebenden Lippen sah Honoré seinen Vater so starr an, daß dieser seinen Gang wieder aufnahm. Und von neuem begann das endlose Schweigen, während er sich mechanisch wiederum vom Brot abschnitt, immerzu essend. Auch Jean fuhr damit fort, ohne das Bedürfnis zu empfinden, ein Wort zu sprechen. Maurice betrachtete, gesättigt und die Ellenbogen auf den Tisch gestützt, die Einrichtung, den alten Speiseschrank, die alte Wanduhr und träumte von den Ferientagen, die er einstens mit seiner Schwester Henriette in Remilly verbracht hatte. Minuten flossen so dahin; die Uhr schlug elf.

„Teufel," murmelte er, „wir dürfen die anderen nicht abziehen lassen."

Und ohne daß Fouchard sich widersetzte, öffnete er das Fenster. Das ganze Thal lag schwarz und

hohl da, erfüllt von einem Meer von Finsternis.
Immerhin nahm man, sobald die Augen sich daran ge=
wöhnt hatten, die von den Feuern auf den beiden
Uferböschungen beleuchtete Brücke deutlich wahr. Noch
immer ritten die Küraffiere hinüber, in ihren
großen weißen Mänteln gespenstischen Reitern gleichend,
deren Pferde, von einem Schreckenssturm gepeitscht,
auf dem Waffer schritten. Und so ging's endlos, un=
aufhörlich, immerzu im selben, langsamen, geisterhaften
Zuge. Rechts lagen die kahlen Abhänge, auf welchen
die Armee schlief, unbeweglich in Todesstille.

„Gut denn," fuhr Maurice mit einer verzweiflungs=
vollen Geberde fort, „morgen früh kommt's an uns."

Er hatte das Fenster weit offen gelassen, und der
alte Fouchard ergriff sein Gewehr, setzte ein Bein
auf das Fensterbrett und sprang mit der Behendigkeit
eines jungen Menschen hinaus. Man hörte ihn
einen Augenblick mit den regelmäßigen Schritten
einer Schildwache auf und ab gehen; dann vernahm
man nur das große ferne Geräusch, das Gewühl auf
der Brücke. Er hatte sich zweifellos an den Straßen=
rand gesetzt und war beruhigter, da zu sein, wo er die
Gefahr herannahen sehen konnte, völlig bereit, mit
einem Sprung ins Haus zurückzukehren und es zu
verteidigen.

Jede Minute blickte Honoré jetzt auf die Uhr.
Seine Unruhe wuchs. Von Raucourt nach Remilly
waren nur sechs Kilometer; das machte für ein junges
und kräftiges Mädchen wie Sylvine kaum mehr als
eine Wegstunde. Warum war sie nicht zurückgekehrt,

seit sie der Alte vor Stunden aus den Augen verloren hatte in diesem verworrenen Gewühl eines ganzen Armeecorps, das die Gegend überschwemmte und die Straßen verrammelte? Es hatte sich gewiß irgend ein Unglück ereignet; und er sah sie schon hilflos mitten in den Feldern, von den Pferden zusammengetreten.

Plötzlich aber erhoben sich alle drei. Im raschen Lauf kam's die Straße herunter, und sie hörten den Alten, wie er sein Gewehr fertig machte.

„Wer geht da?" rief der letztere barsch. „Bist Du's, Sylvine?"

Niemand antwortete. Er drohte, zu schießen, und wiederholte seine Frage. Da vernahm man, wie eine keuchende, beklommene Stimme endlich dazu gelangte, zu sagen:

„Ja, ja, ich bin's, Vater Fouchard."

Dann fragte sie gleich darauf:

„Was macht Charlot?"

„Er liegt schon und schläft."

„Gut, danke!"

Und nun plötzlich beeilte sie sich nicht mehr und ihr entfuhr ein tiefer Seufzer, in welchem ihre ganze Angst, ihre ganze Müdigkeit sich Luft machte.

„Geh durchs Fenster hinein," sagte der alte Fouchard wieder; „es sind Leute drin."

Und als sie in die Stube gesprungen war, blieb sie jäh vor den drei Männern stehen. In dem flackernden Kerzenlicht, mit ihrem dunkelbraunen Gesicht, ihrem dichten schwarzen Haar und ihren großen schönen Augen, die allein genügt hätten, sie zu

einer Schönheit zu machen, erschien sie da; auf
ihrem ovalen Antlitz prägte sich die feste Ruhe der
Unterwürfigkeit aus. Aber in dieser Sekunde hatte
ihr der plötzliche Anblick Honorés alles Blut aus
dem Herzen in die Wangen getrieben; und sie war
gleichwohl nicht erstaunt, ihn hier zu finden, sie hatte
auf ihrem ganzen Laufe seit Raucourt an ihn gedacht.

Honoré, wiewohl ihm die Kehle wie zusammengeschnürt war und er zu taumeln drohte, heuchelte
die größte Ruhe.

„Guten Abend, Sylvine.“

„Guten Abend, Honoré.“

Dann wandte sie, um nicht in Schluchzen auszu-
brechen, den Kopf ab; sie lächelte Maurice zu, den
sie eben erkannt hatte. Jeans Anwesenheit machte sie
verlegen. Ihr war zum Ersticken, und sie nahm das
Tuch ab, das sie um den Hals hatte.

Honoré fuhr fort, er duzte sie aber nicht mehr,
wie einstmals:

„Wir waren unruhig um Ihretwillen, Sylvine,
wegen all der Preußen, die daherkommen!“

Sie wurde plötzlich wieder blaß, und ihr Gesicht
war angstverzerrt; und mit einem unwillkürlichen Blick
gegen das Zimmer, wo Charlot schlief, und mit einer
Handbewegung, als wollte sie eine häßliche Erscheinung verscheuchen, murmelte sie:

„Die Preußen! O, ja, ja, ich habe sie gesehen!“

Mit zerschlagenen Gliedern sank sie auf einen Sessel
nieder und erzählte, daß sie, als das siebente Corps

Raucourt überschwemmt hatte, zu ihrem Paten, dem
Doktor Dalichamp geflüchtet sei, in der Hoffnung,
daß Vater Fouchard den Einfall haben werde, sie
dort zu holen, bevor er wegfahre. In der Haupt=
straße war ein solches Gedränge, daß kein Hund
durchgekommen wäre. Und bis gegen vier Uhr habe
sie ziemlich ruhig und geduldig gewartet und mit den
Frauen Charpie gezupft; denn der Doktor, welcher
meinte, daß man vielleicht Verwundete von Metz und
Verdun schicken würde, falls dort ein Kampf statt=
fände, beschäftigte sich seit vierzehn Tagen damit,
im großen Saal des Rathauses ein Lazaret einzu=
richten. Es trafen Leute ein, die sagten, man könnte
dieses Lazarets sehr wohl gleich bedürfen; und
in der That hörte man seit Mittag Kanonenschüsse
in der Gegend von Beaumont. Aber das ging noch
in der Ferne vor, und man hatte keine Furcht, als
plötzlich, wie die letzten französischen Soldaten Rau=
court verlassen hatten, mit einem schrecklichen Lärm
eine Granate niedergefallen war, die das Dach eines
Nachbarhauses eingeschlagen hatte. Zwei andere kamen
nach; es war eine deutsche Batterie, die die Nachhut
des siebenten Corps beschoß. Schon befanden sich
Verwundete von Beaumont im Rathause; man fürch=
tete, daß eine Granate ihnen auf den Strohsäcken
den Rest geben könnte, während sie auf den Doktor
warteten, der sie operiren sollte. Toll vor Entsetzen
erhoben sich die Verwundeten und wollten in die Keller
hinunterkriechen trotz ihrer zerschmetterten Glieder,
die ihnen Schmerzensschreie entrissen.

„Und dann," fuhr Sylvine fort, „ich weiß nicht,
wie es gekommen ist, trat eine jähe Stille ein . . .
Ich war auf ein Fenster gestiegen, das auf die Straße
und auf das Feld geht. Ich sah niemand mehr, nicht
eine einzige rote Hose, als ich große, schwere Schritte
hörte; dann rief eine Stimme etwas, und alle Gewehrkolben fielen gleichzeitig auf die Erde nieder... Unten
in der Straße waren schwarze, kleine Menschen mit
schmutzigen Gesichtern, dicken, häßlichen Köpfen und
mit Helmen bedeckt, denen unserer Feuerwehr ähnlich.
Man sagte mir, daß das Bayern wären... dann,
als ich die Augen erhob, sah ich ihrer — o, da sah
ich ihrer tausende und tausende, die auf den Straßen,
von den Feldern und Wäldern in geschlossenen Reihen
ohne Ende daher kamen. Gleich darauf war die Gegend
ganz schwarz von ihnen. Eine schwarze Ueberschwem-
mung, schwarze Heuschrecken, und immer mehr und
mehr, so daß man in einem Nu nichts mehr von der
Erde sah."

Sie zitterte und machte wiederholt eine Geberde,
als wollte sie mit der Hand die entsetzliche Erinnerung
scheuchen:

„Und dann, man kann sich nicht vorstellen, was
da geschehen ist. Es scheint, daß diese Leute seit drei
Tagen marschirt waren, und daß sie sich eben in Beaumont wie Wütende geschlagen hatten. Sie gingen denn
auch fast vor Hunger drauf und waren halb toll; ihre
Augen traten aus ihren Höhlen heraus... die Offiziere versuchten nicht einmal, sie zurückzuhalten; alle
stürzten sich in die Häuser, in die Läden, schlugen

die Thüren und die Fenster ein, zerbrachen die Möbel,
suchten nach Essen und Trinken und schlangen alles
hinunter, was ihnen unter die Hände kam... Bei
Herrn Simonnet, dem Gewürzkrämer, sah ich einen,
der mit seinem Helm aus einem Sirupfasse schöpfte.
Andere bissen in Stücke rohen Specks hinein, wieder
andere kauten Mehl. Es sei nichts mehr übrig
geblieben, sagte man, seit den achtundvierzig Stunden,
während deren die Soldaten vorbeizogen, und sie
fanden trotz alledem immer noch 'was, offenbar ver-
steckte Vorräte, so daß sie sich wütend in den Kopf
setzten, alles zu zerbrechen, im Glauben, daß man
ihnen die Nahrungsmittel verweigern wolle. Und
in weniger als einer Stunde waren in den Krämer-
läden, in den Bäckereien, in den Fleischerläden und
selbst in den Bürgerhäusern die Glaskästen zertrüm-
mert, die Schränke geplündert, die Keller geleert.
Beim Doktor — man kann sich so etwas gar nicht
vorstellen — überraschte ich einen dicken Menschen
dabei, wie er die ganze Seife aufaß. Die größte
Verheerung aber richteten sie im Keller an. Man
hörte sie oben wie die Tiere brüllen, Flaschen zerschlagen, die Zapfen der Fässer ausschlagen, denen
der Wein mit dem Brausen eines Springbrunnens
entströmte. Sie kamen wieder mit roten Händen
herauf, da sie in all dem vergossenen Wein herum-
gepantscht hatten... Und wie das schon ist, wenn
die Leute wie die Wilden werden, da wollte Herr
Dalichamps vergeblich einen Soldaten verhindern,
ein Liter Opiumsirup auszutrinken, den dieser ent-

bedt hatte. — Der Unglückliche ist gewiß zur Stunde
schon gestorben, so viel litt er, als ich wegging."

Von einem heftigen Schauer erfaßt, legte sie beide
Hände über die Augen, um nichts mehr zu sehen.

„Nein, nein! Ich habe zu viel gesehen, ich ersticke!"

Der alte Fouchard, der noch immer ruhelos hin
und her ging, hatte sich genähert, und beim Fenster
stehend, hörte er zu; der Bericht über die Plünderung
machte ihn besorgt: man hatte ihm erzählt, daß die
Preußen alles bezahlten; sollten sie nun auch unter
die Diebe gegangen sein? Auch Maurice und Jean
gerieten in Erregung bei diesen Einzelheiten über
das Treiben eines Feindes, den dieses Mädchen eben
gesehen und dem sie seit dem einen Monat, während
dessen man sich schlug, noch nicht hatten begegnen
können; Honoré aber beachtete sinnend und mit
schmerzlich verzogenem Munde nur sie und dachte
an das Unglück von einst, das sie getrennt hatte.

In diesem Augenblick aber öffnete sich die Thüre
des Nebenzimmers, und der kleine Charlot erschien.
Er mußte die Stimme seiner Mutter gehört haben
und lief im Hembchen herzu, um sie zu küssen. Er
war rosig und blond, sehr stark und hatte eine
flachsfarbene Lockenmähne und große blaue Augen.

Sylvine erzitterte, als sie ihn so plötzlich wieder-
sah, wie überrascht von dem Bilde, das er in ihr
erwedte. Kannte sie es denn nicht mehr, dieses an-
gebetete Kind, das sie erschreckt betrachtete wie die
Verkörperung eines bösen Traumes? Dann brach sie
in Thränen aus.

„Mein armes Kind!"

Und sie drückte es inbrünstig in ihre Arme und an ihren Hals, indes Honoré, totenbleich, die außerordentliche Aehnlichkeit Charlots mit Goliath beobachtete: es war derselbe breite, blonde Kopf; die ganze germanische Rasse prägte sich in diesem frischen, lächelnden, gesunden Kindergesicht aus. Der Sohn des Preußen, der Preuß', wie die Witzbolde von Remilly ihn nannten! Und diese französische Mutter, die ihn da an ihr Herz preßte, noch ganz verstört, ganz blutend von dem Anblick des feindlichen Einfalls!

„Mein armes Kind, sei brav, komm, leg Dich nieder... mach Da-da, mein armes Kind."

Und sie trug ihn hinaus. Als sie aus dem Nebenzimmer zurückkam, weinte sie nicht mehr; sie hatte ihr ruhiges, folgsam mutiges Gesicht wiedergefunden.

Honoré war's, der mit zitternder Stimme die Stille unterbrach:

„Und die Preußen?"

„Ach ja, die Preußen... Nun, die hatten alles zerbrochen, alles geplündert, alles aufgegessen und alles ausgetrunken. Sie stahlen auch Wäsche, Servietten, Leintücher und selbst Vorhänge, die sie in lange Streifen zerrissen, um sich die Füße zu verbinden. Ich habe welche gesehen, deren Füße eine einzige Wunde waren, so viel hatten sie marschiren müssen. Vor dem Haus des Doktors, längs der Gosse, war ein Trupp, der sich die Schuhe ausgezogen hatte und die Fersen mit spitzenbesetzten Frauenhemden umwickelte, die offenbar der schönen Frau Lefèvre,

der Frau des Fabrikanten, gestohlen worden waren.
— Bis in die Nacht hinein dauerte die Plünderung.
Die Häuser hatten keine Thüren mehr, und durch die
klaffenden Oeffnungen des Erdgeschoßes konnte man
im Innern die Trümmer der Einrichtung sehen, eine
wahre Verwüstung, die auch den Ruhigsten in Wut versetzte. Ich war wie wahnsinnig, ich konnte nicht mehr
bleiben. Vergeblich wollte man mich zurückhalten,
indem man mir sagte, daß die Straßen versperrt
seien, daß man mich sicher umbringen werde; ich ging
fort und stürzte sogleich, wie ich aus Raucourt heraus-
kam, rechts feldeinwärts. Massenhaft kamen Karren
mit Franzosen und Preußen von Beaumont an.
Zwei zogen in der Dunkelheit an mir vorüber; welch
ein Schreien, welch ein Stöhnen! Und ich lief, o,
ich lief quer durch die Aecker, durch die Wälder, ich
weiß nicht mehr wo, und machte bei Villers einen
großen Umweg. Dreimal hab' ich mich verfteckt, da
ich Soldaten zu hören glaubte. Aber ich traf nur
eine andere Frau, die gleich mir lief, die aus Beaumont geflüchtet war, und die mir Dinge erzählte,
daß einem die Haare zu Berge ftehen... Und nun
bin ich hier; ach, wie unglücklich, wie unglücklich!"

Wiederum erstickten Thränen ihre Stimme. Wie
von einem Spuk gezwungen, kam sie wieder auf diese
Dinge zurück; sie wiederholte, was ihr die Frau
aus Beaumont erzählt hatte. Diese Frau, die in der
Hauptstraße des Dorfes wohnte, hatte seit Einbruch
der Dämmerung die deutsche Artillerie vorüberziehen
sehen. An beiden Straßenrändern trug eine Reihe

Soldaten Pechfackeln, die den Weg mit dem roten
Schein einer Feuersbrunst beleuchteten. Und in der
Mitte ergoß sich der Strom der Pferde, der Kanonen
und der Munitionswagen in höllischer Hast, in
wütendem Galopp dahintobend. Es war die grim-
mige Eile des Sieges, — die teuflische Verfolgung
der französischen Truppen, um sie da unten in irgend
einer Fallgrube vollends zu zerschmettern. Nichts
wurde beachtet; man zertrümmerte alles, was es auch
sein mochte, und zog vorwärts. Die Pferde, die nieder-
stürzten und deren Stränge man sofort durchschnitt,
wurden zerquetscht, fortgeschleift, wie blutiges Strand-
gut ausgeworfen. Leute, die über die Straße wollten,
wurden umgerissen und von den Rädern zermalmt.
In dieser Sturmjagd hielten nicht einmal die Vor-
reiter, die vor Hunger erlagen, an; sie fingen das
Brot, das man ihnen zuwarf, im Fluge auf; die
Fackelträger wieder reichten ihnen ganze Viertel Fleisch
mit der Spitze ihrer Bajonette und stachen dann mit
derselben Waffe in die Pferde, die, noch rascher galop-
pirend, entsetzt weiter rasten. Und die Nacht sank
immer mehr hernieder, und die Artillerie zog immerzu
vorüber, mit der wachsenden Heftigkeit eines Un-
gewitters inmitten wahnwitzigen Hurrageschreis.

Trotz der Aufmerksamkeit, die Maurice dieser
Schilderung schenkte, ließ er, überwältigt von der Müdigkeit nach dem gierigen Mahl, das er eben gehalten
hatte, den Kopf zwischen seine beiden Arme auf den Tisch
sinken. Jean kämpfte noch einen Augenblick gegen
den Schlaf an, dann war auch er besiegt; er schlief

an der andern Tischecke ein. Der alte Fouchard war wieder auf die Straße hinuntergegangen; Honoré befand sich mit Sylvine allein, die jetzt unbeweglich dem weitgeöffneten Fenster gegenüber saß.

Da erhob sich der Wachtmeister und näherte sich dem Fenster; die Nacht lag unermeßlich da, wie geschwellt von dem beklommenen Atem der Truppen. Aber mächtigere Geräusche, wie von Stößen und Krachen, stiegen empor. Unten zog jetzt die Artillerie auf der zur Hälfte untergetauchten Brücke hinüber; die Pferde, von dem fließenden Wasser erschreckt, bäumten sich. Die Munitionskasten glitten halb hinab, und man mußte sie vollständig in den Fluß werfen. Und beim Anblick dieses so mühsamen, so langsamen Rückzugs auf das andere Ufer, der seit gestern dauerte und gewiß bei Tagesanbruch noch nicht beendet sein würde, dachte der junge Mann an die andere Artillerie, an jene, die wie ein wilder Sturzbach durch Beaumont raste, alles umreißend, Tiere und Menschen zermalmend, um schneller vorwärts zu kommen.

Honoré trat zu Sylvine heran, und in dieser Finsternis, durch die grauenvolle Schauer strichen, fragte er sie sanft:

„Sie sind unglücklich?"

„Ach ja, recht unglücklich!"

Sie fühlte, daß er von jener Sache sprechen wolle, jener entsetzlichen Geschichte, und sie senkte den Kopf.

„Sagen Sie, wie ist das gekommen... Ich möchte es wissen..."

Aber sie konnte nicht antworten.

„Hat er Sie gezwungen? Haben Sie eingewilligt?"

Dann stammelte sie mit erstickter Stimme:

„Mein Gott! Ich weiß es nicht, ich schwöre Ihnen,
daß ich es selbst nicht weiß... Aber, sehen Sie, es
wäre so eine Schlechtigkeit, zu lügen, und ich kann
mich nicht entschuldigen, nein! Ich kann nicht sagen,
daß er mich geschlagen hat... Sie waren fortgegangen, ich war wahnsinnig, und die Sache ist
gekommen, ich weiß es nicht, ich weiß nicht wie!"

Schluchzen erstickte ihre Stimme, und er wartete
eine Minute, bleich und gleichfalls mit zusammen-
geschnürter Kehle. Immerhin beruhigte ihn der
Gedanke, daß sie nicht lügen wollte. Er fuhr fort,
sie auszufragen; das alles, was er noch nicht hatte
verstehen können, zermarterte ihm den Kopf.

„Mein Vater hat Sie also doch hier behalten?"

Sie erhob nicht einmal die Augen; sie faßte sich
und nahm wieder ihre Miene mutvoller Entsagung an:

„Ich besorge seine Arbeit, und mein Essen kostet
ihn nicht viel. Und da noch ein zweiter Mund mit
mir zu füttern ist, so hat er das benützt, um meinen
Lohn zu verringern... Jetzt ist er auch sicher, daß
ich, was er verlangt, gezwungen bin zu thun."

„Aber Sie, warum sind Sie geblieben?"

Sie war davon so überrascht, daß sie ihn an-
blickte.

„Ich? Wo hätte ich denn hingehen sollen? Hier
haben wir wenigstens zu essen, mein Kind und ich,
hier läßt man uns in Ruhe."

Das Schweigen begann wieder, und alle beide
sahen einander jetzt in die Augen; und fern durch
das finstere Thal stieg der starke Atem der Menge
empor, und das Rollen der Kanonen auf der Schiffbrücke erscholl endlos. Ein lauter Schrei kam von dort,
der verlorene Schrei eines Menschen oder eines Tieres,
der durch die Finsternis drang, voll unsäglichen Leides.

„Hören Sie, Sylvine,“ sagte Honoré langsam,
„Sie haben mir einen Brief geschickt, der mir rechte
Freude gemacht hat ... Ich wäre niemals wieder
hieher gekommen, aber dieser Brief, ich habe ihn
erst heute abend wieder gelesen, und er sagt mir Dinge,
die man nicht besser sagen konnte ...“

Sie war zuerst erblaßt, als sie ihn davon sprechen
hörte; vielleicht war er böse über das, was sie ihm
wie eine Schamlose zu schreiben gewagt hatte. Dann,
als er weiter zu ihr sprach, wurde sie ganz rot.

„Ich weiß wohl, daß Sie nicht lügen wollen,
und deshalb glaube ich, was auf dem Papier steht.
Ja, ja, jetzt glaub’ ich’s vollständig. Sie hatten recht
zu glauben, daß es mir, wenn ich im Kriege, ohne
Sie wiederzusehen, gestorben wäre, einen großen
Schmerz verursacht hätte, so von dannen zu gehen,
mir sagen zu müssen, daß Sie mich nicht geliebt haben.
Und nun, da Sie mich immer, da Sie immer nur
mich geliebt haben ...“

Seine Zunge stockte, und von außerordentlicher
Erregung geschüttelt, fand er die Worte nicht mehr.

„Höre, Sylvine, wenn diese Hunde von Preußen
mich nicht töten, dann will ich Dich noch; ja, wir

werden uns heiraten, sobald ich vom Militär zurück-
komme."

Sie richtete sich kerzengerade auf, stieß einen Schrei
aus und fiel in die Arme des jungen Mannes. Sie
konnte nicht sprechen, alles Blut war ihr aus den
Adern ins Antlitz geströmt. Er hatte sich auf einen
Stuhl gesetzt und sie auf seine Kniee genommen.

„Ich habe wohl darüber nachgedacht, das war's,
was ich Dir sagen wollte, als ich hieher kam . . .
Wenn mein Vater uns seine Einwilligung verweigert,
dann gehen wir weg von hier, die Welt ist groß;
und Dein Kleiner, — mein Gott, man kann ihn nicht
erwürgen; es werden andere kommen, und schließlich
werde ich ihn aus dem Haufen gar nicht mehr heraus-
kennen."

Das war die Verzeihung; sie wehrte sich gegen
dieses unermeßliche Glück, und zuletzt murmelte sie:

„Nein, es ist nicht möglich, es ist zu viel, vielleicht wirst Du es eines Tages bereuen. Aber wie
bist Du gut, Honoré, und wie lieb' ich Dich!"

Mit einem Kuß auf ihre Lippen hieß er sie
schweigen. Sie hatte schon nicht mehr die Kraft,
die Glückseligkeit, die ihr widerfuhr, zurückzuweisen,
dieses ganze glückliche Leben, das sie für immer vernichtet geglaubt hatte. In unwillkürlichem, unbezwing-
lichem Drange umfaßte sie ihn mit ihren Armen,
preßte sie ihn und küßte sie ihn mit der ganzen Kraft
des liebenden Weibes wie ein wiedererobertes Gut,
das ihr allein zu eigen war und das ihr jetzt niemand
rauben sollte. Er gehörte ihr wieder, er, den sie ver-

loren hatte, und sie würde eher sterben, als sich ihn wieder nehmen lassen.

Aber in dieser Minute erhob sich ein Lärm, das gewaltige Getümmel einer Reveille, das die dichte Nacht erfüllte. Befehlende Rufe erschollen, Hörner erklangen, und ein ganzes Gewühl von Schatten erhob sich von der nackten Erde, ein dunkles, bewegtes Meer, dessen Flut schon gegen die Straße zu hinunterströmte.

Unten waren eben die Feuer auf beiden Ufer= böschungen erloschen, man sah nur noch verworrene, einhertrottende Massen, ohne sich selbst darüber klar zu sein, ob der Uebergang über den Fluß fortdaure. Und noch nie war durch die Finsternis eine solche Angst, ein so schreckensvolles Entsetzen gestrichen.

Der alte Fouchard war zum Fenster getreten und tief, daß man marschire. Erschauernd und schlaf= trunken erwachten Jean und Maurice und sprangen auf. Honoré drückte beide Hände Sylvinens hastig in den seinen:

„Es ist geschworen, warte auf mich."

Sie fand nicht ein Wort, sie sah ihn mit ihrer ganzen Seele, mit einem letzten langen Blick an, als er zum Fenster hinaussprang, um im Laufschritt seine Batterie zu erreichen.

„Leb wohl, Vater."

„Leb wohl, mein Junge."

Und das war alles; der Bauer und der Soldat trennten sich wieder, wie sie sich gefunden hatten, ohne eine Umarmung, ein Vater und ein Sohn, die zum Leben nicht nötig hatten, einander zu sehen.

Nachdem Maurice und Jean das Gehöfte verlassen hatten, eilten sie über die steilen Abhänge hinab.
Unten fanden sie das Hundertundsechste nicht mehr.
Alle Regimenter waren bereits in Bewegung, und
sie mußten noch lange laufen; man schickte sie nach
rechts und nach links. Endlich gelangten sie, ganz
ratlos und inmitten einer schrecklichen Verwirrung,
zu ihrer Compagnie, die Lieutenant Rochas führte.
Hauptmann Beaudoin und das Regiment selbst waren
offenbar anderswo. Maurice war verblüfft, als er
bemerkte, daß dieses Gewirr von Soldaten, Pferden
und Kanonen aus Remilly hinausging und auf der
Straße am linken Ufer in der Richtung nach Sedan
hinaufstieg. Was gab's denn, was war geschehen?
Man zog nicht mehr über die Maas hinüber? Es
wurde der Rückzug gegen Norden angetreten! Ein
Kavallerieoffizier, der sich da befand, man wußte
nicht wie, sagte ganz laut:

„Herrgott, am achtundzwanzigsten hätte man ab-
schieben sollen, als wir in Chêne waren."

Andere Stimmen wieder suchten die Marschbewegung zu erklären, und allerhand Nachrichten
trafen ein. Gegen zwei Uhr morgens war ein Adjutant des Marschalls Mac Mahon gekommen, um
dem General Douay zu sagen, daß die ganze Armee
Befehl habe, sich nach Sedan zurückzuziehen, ohne
eine Minute zu verlieren. Das fünfte Corps, welches
bei Beaumont aufgerieben worden war, riß auch
die drei anderen ins Unglück. Und in diesem Augenblick war der General, der bei der Schiffbrücke wachte,

ganz verzweifelt darüber, als er sah, daß seine dritte
Division allein den Fluß überschritten hatte. Der Tag
brach eben an, man konnte von einem Augenblick
zum andern angegriffen werden. Er ließ denn auch
allen unter seinem Befehl stehenden Kommandanten
sagen, daß jeder auf seine eigene Faust auf dem
kürzesten Weg Sedan erreichen solle. Und er selbst
gab die Brücke auf, ordnete an, sie zu zerstören und
zog mit seiner zweiten Division und der Reserve=
artillerie dem linken Ufer entlang; die dritte Division
dagegen marschirte auf dem rechten Ufer, und die
erste Division, die in Beaumont so mitgenommen
worden war, befand sich in voller Auflösung auf der
Flucht, man wußte nicht, wo. Vom siebenten Corps,
das sich noch nicht geschlagen hatte, waren nur noch
zersprengte Trümmer da, die auf den Wegen verloren
in der Finsternis dahineilten.

Es war noch nicht drei Uhr, und die schwarze
Nacht lag finster da. Maurice, wiewohl er die Gegend
kannte, wußte nicht, wo er trabte, und er fühlte sich
in diesem angeschwollenen Sturzbach, in diesem tollen
Gewühle, das sich über die Straße ergoß, unfähig,
sich zu fassen. Viele, die der Niederschmetterung in
Beaumont entgangen waren, Soldaten aller Waffen=
gattungen, in Fetzen gehüllt, mit Blut und Staub
bedeckt, mischten sich unter die Regimenter und steckten
die anderen mit ihrem Entsetzen an. In dem ganzen
Thal, weit jenseits des Flusses, erhob sich ein ähn=
liches Geräusch, ein Geräusch von anderen gleich einer
Herde trabenden Soldaten, von anderen flüchtigen

Truppen; es war das erste Corps, das Carignan
und Douzy verlassen hatte, das zwölfte Corps, das
von Mouzon mit den Resten des fünften abmarschirt
war, alle aufgescheucht und mit fortgerissen von derselben logischen und unbezwinglichen Gewalt, die seit
dem 28. August die Armee gegen Norden trieb und
sie in die Sackgasse hineinstieß, wo sie zu Grunde
gehen sollte.

Der Tag dämmerte inzwischen, als die Compagnie
Beaudoin durch Pont=Maugis marschirte, und Maurice fand sich wieder zurecht; links waren die Abhänge
des Liry und rechts, der Straße entlang fließend,
die Maas. Diese fahle Dämmerung aber beleuchtete
in unendlicher Traurigkeit Bazeilles und Balan, die
am Rande der Wiesen hervorlugten. Am Horizonte
jedoch, an der unermeßlichen Wand der Wälder
hob sich Sedan ab: grau, das Sedan eines Alpdrucks
und der Trauer. Und hinter Wadelincourt, als man
endlich das Thor von Torcy erreicht hatte, mußte man
unterhandeln, bitten und drohen, beinahe den Platz
belagern, um beim Gouverneur durchzusetzen, daß er
die Zugbrücke niederlasse. Es war fünf Uhr. Das
siebente Corps zog in Sedan ein, wie betrunken
vor Müdigkeit, vor Hunger und vor Kälte.

Achtes Kapitel.

––––––

In dem Gedränge am Ende der Straße von Wabelincourt, auf dem Torchplatze, wurde Jean von Maurice getrennt. Und er lief umher, verirrte sich in dem einhertrabenden Haufen und konnte ihn nicht finden. Das war ein wahres Pech, denn er hatte das Anerbieten des jungen Soldaten angenommen, der ihn zu seiner Schwester führen wollte. Dort würde man sich ausruhen und sich sogar in ein gutes Bett legen können. Es herrschte ein heilloses Durch=
einander; alle Regimenter waren in Verwirrung; es gab keine Marschbefehle mehr und keine Vorgesetzten, so daß es den Leuten ziemlich frei stand, zu thun, was sie wollten. Wenn man einige Stunden ge=
schlafen haben würde, hätte man noch immer Zeit, sich zurechtzufinden und die Kameraden einzuholen.

Jean befand sich ganz ratlos auf dem Viadukt von Torch über den weiten Wiesen, die der Gouver=
neur mit dem Flußwasser hatte überschwemmen lassen; dann, nachdem er noch ein Thor durchschritten hatte, ging er über die Maasbrücke hinüber, und es schien

ihm, trotz der zunehmenden Morgendämmerung, als
ob die Nacht abermals über die enge, von den Wällen
zusammengeschnürte Stadt mit den feuchten, von hohen
Häusern umsäumten Gassen, hereinbräche. Er er=
innerte sich nicht einmal an den Namen von Mau=
rices Schwager, er wußte nur, daß dessen Schwester
Henriette heiße. Wohin sollte er gehen? Nach wem
sollte er fragen? Seine Füße trugen ihn nur noch
vermöge der mechanischen Marschbewegung; er fühlte,
daß er hinfallen müßte, sobald er stehen bliebe. Wie
ein Mensch, der ertrinkt, hörte er nur ein dumpfes
Brausen; er vernahm nur das unaufhörliche Rieseln
dieser Flut von Menschen und Tieren, in der er mit
fortgeschwemmt wurde. Da er in Remilly gegessen
hatte, so litt er vor allem unter dem Bedürfnis nach
Schlaf; auch unter den Soldaten rings um ihn trug
die Müdigkeit den Sieg über den Hunger davon,
und gleich einer Herde dunkler Schatten stolperten sie
durch die unbekannten düsteren Gassen dahin. Bei
jedem Schritt sank ein Soldat auf das Trottoir oder
stürzte unter einem Hausthor zusammen und blieb
da in tobähnlichem Schlafe liegen. Als Jean die
Augen in die Höhe richtete, las er auf einem Täfel=
chen: „Zufahrt zur Unterpräfektur." Am andern
Ende, in einem Garten, erhob sich ein Denkmal, und
in einem Winkel der Zufahrt bemerkte er einen Reiter,
einen Chasseur d'Afrique, den er zu erkennen glaubte.
War das nicht Prosper, der Bursche aus Remilly,
welchen er in Vouziers mit Maurice beisammen
gesehen hatte? Der Mann war von seinem Pferde

gestiegen; das Tier stand scheu und mit zitternden
Füßen da, und es litt unter einem solchen Hunger,
daß es den Hals ausgestreckt hatte, um die Planken
eines Trainwagens zu beknabbern, der neben dem
Gehweg hielt. Seit zwei Tagen hatten die Pferde
kein Futter mehr bekommen, und sie waren vor Erschöpfung dem Verenden nahe. Die großen Zähne
verursachten beim Benagen des Holzes ein Geräusch
wie mit einem Reibeisen, und der Chasseur weinte.

Jean hatte sich schon entfernt, als ihm einfiel,
daß der Bursche die Adresse der Verwandten von
Maurice kennen dürfte, und er ging zurück, doch sah
er ihn nicht mehr. Er war ganz verzweifelt darüber,
irrte von Straße zu Straße, kam abermals zur
Unterpräfektur und schritt dann bis zum Turenneplatz.
Da glaubte er sich einen Augenblick gerettet, als er
vor dem Rathaus, gerade am Fuße des Denk-
mals, den Lieutenant Rochas mit einigen Mann von
seiner Compagnie sah. Wenn er seinen Freund nicht
finden könnte, so wollte er sich doch an sein Regiment anschließen und wenigstens unter einem Zelte
schlafen. Da der Hauptmann Beaudoin, der von
dem Gewühl gleichfalls mit fortgerissen und anders-
wohin verschlagen worden war, sich nicht zeigte, bemühte sich der Lieutenant, seine Leute wieder zu
sammeln, doch vergeblich fragte er, wo der Division
der Lagerplatz angewiesen worden war. Aber je mehr
man in der Stadt vorwärts kam, desto mehr ver-
ringerte sich die Compagnie, anstatt anzuwachsen.
Ein Soldat trat mit tollen Geberden in eine Her-

berge, man sah ihn niemals wieder; drei andere
blieben vor der Thür eines Gewürzkrämers stehen;
sie wurden von Zuaven zurückgehalten, die ein Fäß=
chen Branntwein angezapft hatten. Mehrere lagen
schon quer in der Gosse, andere wollten abziehen und
fielen gebrochen und stumpfsinnig nieder. Chouteau
und Loubet waren, nachdem sie einander mit den
Ellenbogen angestoßen, in einem schwarzen Hausflur,
hinter einer dicken Frau verschwunden, die ein Brot
trug. Und so waren bei dem Lieutenant nur
noch Pache und Lapoulle sowie ein Dutzend anderer
Kameraden geblieben. Unterhalb der Erzstatue Tu=
rennes machte Rochas beträchtliche Anstrengungen,
um sich mit offenen Augen aufrecht zu erhalten. Als
er Jean erkannte, murmelte er:

„Ah, Sie sind's, Korporal? Und Ihre Leute?"

Jean gab durch ein Achselzucken zu verstehen, daß
er's nicht wisse. Pache jedoch, der die Thränen
nicht zurückhalten konnte, antwortete, auf Lapoulle
weisend:

„Wir sind hier, nur wir zwei ... daß doch der
liebe Gott mit uns Mitleid hätte, es ist ein zu großes
Elend!"

Der andere, der große Esser, betrachtete die Hände
Jeans mit gieriger Miene und war empört darüber,
sie jetzt immer leer zu sehen. Vielleicht hatte er in
seiner Schlaftrunkenheit geträumt, daß der Korporal
zur Proviantverteilung gegangen war.

„Verdammte Geschichte," murrte er, „muß also
nochmals den Bauch enger zusammenschnüren."

Gaude, der Hornist, der den Befehl zum Sam=
meln zu blasen abwartete, hatte sich an das Gitter
angelehnt und war eingeschlafen; er rutschte dann mit
einem Ruck hinunter und blieb der Länge nach auf
dem Rücken liegen. Alle sanken nieder, einer nach
dem andern, und sie schnarchten, ohne sich zu rühren;
nur der Sergeant Sapin blieb wach, die Augen weit
geöffnet, mit seiner spitzigen Nase in dem kleinen
blassen Gesicht, als ob er sein Unglück am Horizont
dieser unbekannten Stadt läse.

Inzwischen hatte Lieutenant Rochas dem unwider=
stehlichen Bedürfnis, sich auf den Boden zu setzen,
nachgegeben. Er wollte einen Befehl erteilen:

„Korporal, man sollte . . . man sollte . . .“

Aber er fand die Worte nicht mehr, der Mund
war ihm vor Müdigkeit wie gelähmt. Und plötzlich
sank auch er, vom Schlafe niedergeworfen, um.

Jean ging davon, aus Furcht, gleichfalls auf das
Pflaster hinzustürzen. Er setzte sich's in den Kopf,
ein Bett zu suchen. Auf der andern Seite des Platzes
sah er an einem Fenster des Gasthofes „zum golde=
nen Kreuz“ den General Bourgain=Desfeuilles, be=
reits in Hemdärmeln, vollständig bereit, in ein feines,
frischüberzogenes Bett zu schlüpfen. Was half es da
noch, sich zu beeifern, sich weiter zu plagen? Plötzlich
überkam ihn eine Freude: ein Name zuckte ihm durchs
Gedächtnis, der des Tuchfabrikanten, bei dem der
Schwager seines Kameraden angestellt war: Herr
Delaherche; ja, so hieß er wohl. Er hielt einen
alten Mann, der vorüberging, an:

„Wo wohnt Herr Delaherche?"

„In der Maquagasse, gleich an der Ecke der Beurregasse; ein großes, schönes Haus mit Bildhauer= arbeit verziert."

Dann lief ihm der alte Mann nach:

„Hören Sie doch, Sie sind vom Hundertund= sechsten? Wenn Sie Ihr Regiment suchen, es ist zum Schloß hinausgegangen, dort drüben. Ich bin eben dem Obersten, Herrn von Vineuil, begegnet, den ich sehr gut kannte als er in Mézières war."

Aber Jean ging mit einer Geberde zorniger Un= geduld weiter. Nein! Nein! Jetzt, wo er sicher war, Maurice zu finden, wollte er nicht auf der bloßen Erde schlafen. Im Innersten jedoch empfand er Ge= wissensbisse, denn der Oberst in seiner hohen Gestalt trat ihm vor die Augen, wie er trotz seines Alters so zäh die Mühsale ertrug und mitten unter seinen Leuten unter dem Zelte schlief. Sofort eilte er durch die Hauptstraße, verirrte sich neuerdings in dem zu= nehmenden Gewühl der Stadt und wandte sich schließ= lich an einen kleinen Jungen, der ihn nach der Maquastraße führte.

Dort hatte ein Großoheim des gegenwärtigen Delaherche im vorigen Jahrhundert die großartige Fabrik gebaut, die seit hundertundsechzig Jahren nicht aus der Familie gekommen war.

Solche Tuchfabriken gibt es in Sedan schon seit den ersten Regierungsjahren Ludwigs XV., groß wie der Louvre und mit majestätischen Fassaden. Die in

der Maquastraße hatte drei Stockwerke mit hohen,
von ernsten Bildhauereien umrahmten Fenstern; und
im Innern befand sich der Hof, ein wahrer Palasthof,
noch mit den alten Bäumen von der Gründung der
Fabrik her. Drei Generationen der Familie Delaherche hatten hier bedeutende Vermögen erworben.
Der Vater Jules', des jetzigen Besitzers, hatte die
Fabrik von einem kinderlos verstorbenen Vetter ge-
erbt, und so saß jetzt die jüngere Linie auf dem
Throne. Der Vater hatte den Wohlstand des Hauses
erweitert, aber mit seinen lockeren Sitten seine Frau
sehr unglücklich gemacht. Und die letztere, als sie
Witwe geworden war, zitterte davor, ihren Sohn die
Streiche des Vaters begehen zu sehen, und sie hatte
sich bemüht, ihn bis über sein fünfzigstes Jahr in der
Abhängigkeit eines großen, braven Jungen zu erhalten, nachdem sie ihn mit einer sehr simplen und
bigotten Frau verheiratet hatte. Das Schlimme aber
ist, daß das Leben furchtbare Vergeltung übt. Kaum
daß seine Frau gestorben war, hatte sich Delaherche,
kein Jüngling mehr, in eine junge Witwe aus Charleville vernarrt, die hübsche Frau Maginot, über die
man allerhand Geschichten zischelte, und die er im
letzten Herbst geheiratet hatte, trotz der Vorstellungen
seiner Mutter. Das tugendsame Sedan hat über
Charleville, die Stadt des Frohsinns und der Feste,
immer sehr streng abgeurteilt. Uebrigens wäre die
Heirat nicht geschlossen worden, wenn nicht der Oberst
von Vineuil, der an der Reihe war, zum General be-
fördert zu werden, der Onkel Gilbertes gewesen wäre.

Diese Verwandtschaft, der Gedanke, daß er in eine Soldatenfamilie hineinkomme, schmeichelte dem Tuch= fabrikanten beträchtlich.

Des Morgens hatte Delaherche, als er erfuhr, daß die Armee bei Mouzon über die Maas gehen sollte, mit seinem Buchhalter Weiß jene Spazierfahrt im Kabriolet gemacht, von der der alte Fouchard Maurice erzählt hatte. Dick und groß, mit gerötetem Teint, starker Nase und dicken Lippen besaß er das zuthunliche Temperament und die fröhliche Neugierde des französischen Bürgers, der die schönen Truppen= defilirungen liebt. Da er vom Apotheker von Mou= zon gehört hatte, daß der Kaiser in dem Pachthof von Baybel sich befände, war er dort hinaufgestiegen, hatte den Kaiser gesehen und beinahe mit ihm ge= sprochen — eine ganze, lange, außerordentliche Ge= schichte, die er seit seiner Rückkehr gar nicht oft genug erzählen konnte. Aber welch fürchterliche Rückkehr war das gewesen, mitten durch die Panik bei Beau= mont, über die von Flüchtigen wimmelnden Straßen! Zwanzigmal war das Kabriolet nahe daran, in einen Graben zu purzeln. Die beiden Männer waren erst nachts zurückgekommen unter unaufhörlich sich er= neuernden Hindernissen. Und diese Lustpartie! Diese Armee, die er hatte vorbeimarschiren sehen wollen, und die ihn im Sturmlauf ihres Rückzuges so un= gestüm zurückgebracht hatte, dieses ganze unvorher= gesehene und tragische Abenteuer veranlaßte ihn, auf dem Wege wohl zehnmal zu wiederholen:

„Ich wähnte sie auf dem Marsche nach Verdun

und wollte die Gelegenheit nicht versäumen, sie zu sehen. Na, ich hab' sie jetzt gesehen und glaube, wir werden sie in Sedan noch mehr zu sehen bekommen, als uns lieb sein wird."

Früh um fünf Uhr war er durch lauten, dem Tosen einer geöffneten Schleuse gleichenden Lärm geweckt worden, da das siebente Corps seinen Durchzug durch die Stadt machte; er hatte sich hastig angekleidet, und in dem ersten Menschen, den er auf dem Turenne= platz traf, erkannte er den Hauptmann Beaudoin. Das Jahr vorher war der Hauptmann in Charleville einer der Intimen der hübschen Frau Maginot gewesen; so war's gekommen, daß ihn Gilberte vor der Hochzeit vorgestellt hatte. Die Geschichte, die man sich ehedem ins Ohr geflüstert hatte, erzählte, daß der Hauptmann, dem nichts mehr zu begehren geblieben war, sich vor dem Tuchfabrikanten zart= fühlend zurückgezogen habe, um seine Freundin nicht des großen Reichtums zu berauben, der ihr da in den Schoß fiel.

„Wie? Sie sind's?" rief Delaherche aus. „Und in welchem Zustand, lieber Gott!"

Beaudoin, sonst so tadellos und nett in seiner Erscheinung, sah in der That jammervoll aus, die Uniform besudelt, das Gesicht und die Hände schmutzig. Ganz verzweifelt war er eben mit einer Anzahl Turcos zusammen marschirt, ohne sich erklären zu können, wie es nur möglich war, daß er seine Compagnie verloren hatte. Gleich allen anderen war er todmüde und halb verhungert. Aber das war nicht sein größter

Schmerz. Am meisten that ihm weh, daß er seit
Rheims das Hemd nicht hatte wechseln können.

„Denken Sie sich," seufzte er sofort, „man hat
mir mein Gepäck in Vouziers ich weiß nicht wohin
geführt. Diese Dummköpfe, diese Schufte, ich könnte
ihnen den Schädel einhauen, wenn ich sie hier hätte ...
Rein nichts mehr zu haben, nicht ein Taschentuch,
nicht ein Paar Socken! Auf Ehrenwort, es ist zum
Tollwerden!"

Delaherche bestand sogleich darauf, ihn in sein
Haus zu führen. Aber Beaudoin wehrte ab. Nein,
nein! Er schaue nicht mehr wie ein Mensch aus, er
wolle die Leute nicht erschrecken. Der Fabrikant
mußte ihm schwören, daß weder seine Mutter noch
seine Frau schon aufgestanden seien. Und übrigens
werde er ihm Wasser, Seife, Wäsche, kurz, alles
Nötige geben.

Es schlug sieben Uhr, als Hauptmann Beaudoin
gewaschen, gebürstet, mit einem Hemd des Hausherrn
unter der Uniform, in dem hohen, mit grauem Holz-
getäfel verkleideten Speisezimmer erschien. Frau Delaherche, die Mutter, trotz ihrer achtundsiebenzig Jahre
stets seit Tagesanbruch auf, war bereits da. Sie
war schneeweiß, ihre Nase in dem langen, mageren
Gesichte war ganz spitz geworden, und ihr Mund lachte
nicht mehr. Sie erhob sich, und mit großer Höflichkeit
lud sie den Hauptmann ein, sich vor einer der Tassen
Kaffee, die eingegossen dastanden, niederzulassen.

„Vielleicht würden Sie Fleisch und Wein nach
so viel Mühsal vorziehen?"

Doch er lehnte ab.

„Tausend Dank, meine Gnädigste, ein bißchen Milch und Butterbrot wird mir am besten bekommen."

In diesem Augenblicke wurde eine Thür rasch aufgestoßen, und Gilberte trat mit ausgestreckter Hand ein. Delaherche mochte sie benachrichtigt haben, denn gewöhnlich erhob sie sich nie vor zehn Uhr. Sie war groß, von schmiegsamer und zugleich kräftiger Gestalt, mit schönen schwarzen Haaren und schönen schwarzen Augen; dabei hatte sie einen sehr rosigen Teint, eine lachende, ein wenig närrische Miene, ohne einen Schimmer von Bosheit. Ihr beigefarbener, mit roter Seide bestickter Morgenrock war von Pariser Herkunft.

„Ah, Herr Hauptmann," sagte sie lebhaft, indem sie die Hand des jungen Mannes drückte, „das ist nett von Ihnen, daß Sie in unser armes Provinz= nest gekommen sind."

Sie war übrigens die erste, die über ihre un= überlegte Bemerkung lachte.

„Bin ich dumm! Sie würden sich wohl des Ver= gnügens entschlagen, unter solchen Umständen in Se= dan zu sein! Aber ich bin so glücklich, Sie wieder= zusehen!"

In der That, ihre schönen Augen leuchteten vor Freude. Und Frau Delaherche, die das Gerede der bösen Zungen von Charleville kennen mochte, blickte sie beide mit ihrer starren Miene fest an. Der Haupt= mann zeigte sich übrigens sehr taktvoll, wie ein Mann, der eine gute Erinnerung an ein gastliches Haus be=

wahrt hat, wo er einstens gut aufgenommen worden war. Man frühstückte, und alsbald kam Delaherche auf seinen gestrigen Ausflug zu sprechen, da er dem Kitzel, wieder eine Schilderung davon zu geben, nicht widerstehen konnte.

„Sie müssen wissen, daß ich den Kaiser in Baybel gesehen habe."

Und er ließ jetzt los, und nichts konnte ihn mehr aufhalten. Da kam zuerst die Beschreibung des Gehöftes, eines großen viereckigen Gebäudes mit einem durch ein Gitter abgesperrten Hof im Innern, das Ganze auf einem Hügel, der links von der Straße nach Carignan über Mouzon emporragt. Dann erzählte er wieder vom zwölften Corps, dessen Lagerplätze in den Weingärten auf den Abhängen er durchschritten hatte: prächtige, in der Sonne glänzende Truppen, deren Anblick ihn mit großer patriotischer Freude erfüllt hatte.

„Ich war also dort, Herr Hauptmann, als der Kaiser plötzlich aus dem Gehöfte heraustrat, zu dem er hinaufgestiegen war, um Halt zu machen, sich auszuruhen und zu frühstücken. Er hatte einen Mantel über seine Generaluniform geworfen, wiewohl die Sonne sehr warm brannte. Hinter ihm trug ein Diener einen Feldstuhl. Ich habe ihn nicht gut aussehend gefunden, ach nein, gebückt, mit mühsamem Gang und gelbem Gesicht, kurz, ein kranker Mensch ... Und das hat mich nicht überrascht, da der Apotheker von Mouzon, der mir geraten, bis nach Baybel zu gehen, mir erzählt hatte, daß ein Adjutant gekommen

war, um Arzneien zu kaufen ... ja, Arzneien, ver=
stehen Sie wohl, für ..."

Die Anwesenheit seiner Mutter und seiner Frau
verhinderte ihn, die Beschwerden näher zu be=
zeichnen, an denen der Kaiser seit seinem Aufenthalt
in Chêne litt und bie ihn zwangen, in den Gehöften
längs der Straße Halt zu machen.

„Kurz, der Diener stellte ben Feldstuhl am Rande
eines Getreidefeldes, an einer Hecke auf, und der
Kaiser ließ sich darauf nieder. Er verharrte un=
beweglich, gebrochen, mit der Miene eines kleinen
Rentiers, der sich mit seinen Schmerzen in der Sonne
wärmt. Er betrachtete mit seinen düstern Augen ben
weiten Horizont, unten die Maas, bie im Thal fließt,
gegenüber die bewaldeten Abhänge, deren Gipfel sich
in der Ferne verlieren, links die Wipfel der Wälder
von Dieulet, rechts der grünende Hügel von Som=
mauthe. Rings um ihn standen die Adjutanten und
die Stabsoffiziere, und ein Dragoneroberst, der mich
bereits um Auskunft über die Gegend gefragt hatte,
gab mir ein Zeichen, mich nicht zu entfernen. Da
plötzlich ..."

Delaherche erhob sich, denn er gelangte zum
packenden Teile seines Berichts, und er wollte die
Worte durch sein Geberdenspiel unterstützen:

„Plötzlich bricht Kanonendonner los und gerade
gegenüber, ganz vorn in den Wäldern von Dieulet
sieht man Granaten am Himmel einen Bogen be=
schreiben. Auf Ehrenwort, das machte auf mich die
Wirkung, als ob man am helllichten Tage ein Feuer=

werk abgebrannt hätte. Rings um den Kaiser werden
Ausrufe laut, eine Unruhe greift Platz. Mein Dra=
goneroberst kommt zu mir gelaufen und fragt mich,
ob ich genau angeben könne, wo man sich schlage.
Sofort sage ich: ‚Es ist in Beaumont, da kann nicht
der geringste Zweifel bestehen.‘ Er kehrte zum Kaiser
zurück, auf dessen Knieen ein Adjutant eine Karte
auseinanderfaltete. Der Kaiser wollte nicht glauben,
daß man sich in Beaumont schlage. Ich wieder, das
begreifen Sie wohl, ich konnte nur dabei beharren,
um so mehr, als die Granaten, die in der Luft flogen,
längs der Straße von Mouzon immer näher kamen.
Und dann, wie ich Sie sehe, Herr Hauptmann, sah
ich den Kaiser sich mit seinem bleichen Gesicht zu mir
wenden. Ja, er sah mich einen Augenblick mit seinen
trüben Augen voll Mißtrauen und Traurigkeit an.
Dann fiel sein Kopf herab, er beugte sich wieder
über die Karte und regte sich nicht mehr.“

Delaherche, der im Augenblick des Plebiszits ein
rühriger Bonapartist gewesen war, gab nach den ersten
Niederlagen zu, daß das Kaiserreich Fehler begangen
habe. Aber er verteidigte noch die Dynastie, er be=
klagte Napoleon III., den alle Welt täusche. Wenn
man Delaherche Glauben schenkte, dann waren die
wirklichen Urheber unseres Unglücks keine anderen als
die republikanischen Abgeordneten der Opposition, die
verhindert hatten, daß die notwendige Anzahl von Sol=
daten und die erforderlichen Geldmittel bewilligt wurden.

„Und der Kaiser ging dann ins Gehöfte zurück?“
fragte Hauptmann Beaudoin.

„Meiner Treu, Herr Hauptmann, ich weiß weiter
nichts drüber, ich habe ihn auf seinem Feldstuhl zu=
rückgelassen … Es war Mittag, die Schlacht kam in
die Nähe, und ich begann an meine Rückkehr zu denken.
Alles, was ich Ihnen noch sagen könnte, ist, daß ein
General, dem ich in der Ferne, in der Ebene hinter uns,
Carignan zeigte, ganz verdutzt schien, als er erfuhr,
daß die belgische Grenze nur einige Kilometer entfernt
sei … Ach, der arme Kaiser, er ist gut bedient!“

Gilberte, lächelnd und fröhlich gestimmt wie in
ihrem Salon zur Zeit ihrer Witwenschaft, wo sie ihn
einst empfangen hatte, beschäftigte sich mit dem Haupt=
mann und reichte ihm geröstete Brötchen und Butter.
Sie wollte durchaus, daß er ein Zimmer, ein Bett
annehme. Aber er lehnte es ab, und man kam darin
überein, daß er nur im Arbeitszimmer des Herrn
Delaherche ein paar Stunden auf dem Kanapee aus=
ruhe, bevor er sein Regiment wieder aufsuche. Im
Augenblicke, da er die Zuckerdose aus den Händen
der jungen Frau nahm, bemerkte die Mutter des
Herrn Delaherche, die die beiden nicht aus den Augen
ließ, ganz deutlich, wie sie einander die Fingerspitzen
drückten. Und sie zweifelte nun nicht mehr.

Ein Dienstmädchen trat ins Zimmer.

„Herr, unten ist ein Soldat, der nach der Adresse
von Herrn Weiß fragt.“

Herr Delaherche war, wie man sagt, nicht stolz,
plauderte gerne mit den kleinen Leuten und liebte es,
bei seinem Hang zur Schwatzhaftigkeit, sich populär
zu machen.

„Die Adresse von Weiß,“ bemerkte er; „ei, das ist sonderbar. Lassen Sie den Soldaten heraufkommen.“

Jean trat ein, so erschöpft, daß er schwankte; als er seinen Hauptmann mit zwei Damen bei Tische sah, fuhr er überrascht zusammen und zog die Hand zurück, die er bereits mechanisch ausgestreckt hatte, um sich an einem Stuhl zu stützen. Dann beantwortete er kurz die Fragen des Fabrikanten, der den gut- mütigen Menschen, den Soldatenfreund herauskehrte. Er erklärte mit einigen Worten seine Freundschaft mit Maurice und warum er ihn suche.

„Es ist ein Korporal meiner Compagnie,“ sagte schließlich der Hauptmann, um das Gespräch abzu- schneiden.

Nun richtete er seinerseits einige Fragen an den Korporal, da er begierig war, zu erfahren, was aus seinem Regimente geworden war, und als Jean er- zählte, daß man eben den Obersten an der Spitze des Restes seiner Leute habe durch die Stadt marschiren sehen, um im Norden zu lagern, fiel Gilberte mit der Lebhaftigkeit einer hübschen Frau, die nicht viel überlegt, wiederum allzu rasch ein:

„Ach, warum ist mein Onkel nicht zum Frühstück hieher gekommen! Wir hätten ihm ein Zimmer hergerichtet. Wie, wenn man nach ihm schicken würde?“

Doch Frau Delaherche blickte sie mit einer Geberde hoheitsvoller Ueberlegenheit an. In ihren Adern rollte das alte Bürgerblut der Grenzstädte, in ihr lebten all die männlichen Tugenden einer unbeug-

famen Vaterlandsliebe. Sie brach ihr ftrenges Schwei=
gen nur, um zu fagen:

„Laffen Sie Herrn von Vineuil, er ift bei feiner
Pflicht."

Das verurfachte ein fichtliches Unbehagen. Dela=
herche geleitete den Hauptmann in fein Arbeitszimmer
und wollte es ihm felbft auf dem Kanapee bequem
machen; und Gilberte entfernte fich trotz der Lektion
frohen Mutes, einem Vogel gleich, der auch im Sturm=
wetter luftig die Flügel fchwingt; das Dienftmädchen
aber, dem man Jean anvertraut hatte, führte diefen
quer über den Fabrikhof in ein Labyrinth von
Gängen und Stiegen.

Die Weiß wohnten in der Boyardsgaffe; aber
das Haus, das Delaherche gehörte, war mit dem
gewaltigen Bau in der Maquagaffe verbunden. Diefe
Boyardsgaffe war damals eine der beengteften in Se=
dan, ein fchmales, feuchtes Gäßchen, verfinftert durch die
benachbarten Wälle, denen entlang fie fich hinzog.
Die Dächer der hohen Vorderfeiten berührten fich
beinahe, die dunklen Hausflure glichen Kellerlöchern,
befonders in dem Teile, in dem fich die hohe
Mauer des Gymnafiums erhob. Indes Weiß, der
bei freier Heizung und Beleuchtung das ganze dritte
Stockwerk inne hatte, fühlte fich dort fehr wohl; er war
in der nächften Nähe feines Bureaus, und konnte, ohne
vor die Thüre zu gehen, in Pantoffeln hinunterfteigen.
Er war ein glücklicher Menfch, feit er Henriette befaß,
die er fo lange erfehnt hatte, fchon feit der Zeit, da er
fie in Chêne bei ihrem Vater, dem Steuereinnehmer,

kennen gelernt hatte, wo sie als sechsjährige Haus=
frau die tote Mutter ersetzen mußte, indes er selbst,
der er beinahe als Taglöhner in die große Raffinerie
gekommen war, sich durch angestrengte Arbeit Bildung
angeeignet und zur Stelle eines Buchhalters empor=
geschwungen hatte. Und damit sein Traum sich
verwirkliche, mußte noch der Vater sterben, bedurfte
es noch der argen Verirrungen des Bruders in Paris,
dieses Maurice, als dessen Dienerin seine Zwillings=
schwester sich ein wenig fühlte und für den sie sich
ganz geopfert hatte, um aus ihm einen Herrn zu
machen. Sie, die als Aschenbrödel des Hauses er=
zogen worden war und kaum mehr als lesen und
schreiben konnte, hatte soeben das Haus und die Ein=
richtung verkauft, ohne den Abgrund der Thorheiten
des jungen Mannes zuzuschütten, als der gute Weiß
herbeieilte, um ihr anzubieten, was er besaß, mitsamt
seinen festen Armen und seinem Herzen; und sie
hatte eingewilligt, ihn zu heiraten, von seiner Liebe
bis zu Thränen gerührt, sehr klug und besonnen, wie
sie war, voll von zarter Achtung, wenn auch nicht
von verliebter Leidenschaft für ihn erfüllt. Nun
lächelte ihnen das Glück. Delaherche hatte davon ge=
sprochen, Weiß als Gesellschafter in die Firma auf=
zunehmen; das wäre das volle Glück, sobald Kinder
kämen.

„Achtung," sagte das Dienstmädchen zu Jean,
„die Treppe ist steil."

In der That stieß er in der dichten Finsternis
jeden Augenblick irgendwo an, als eine rasch auf=

gerissene Thüre die Treppen mit einem Lichtschimmer erhellte. Und er hörte eine sanfte Stimme, die sagte:

„Da ist er."

„Frau Weiß," rief das Dienstmädchen, „da ist ein Soldat, der Sie zu sprechen wünscht."

Ein kurzes, befriedigtes Lachen wurde hörbar, und die sanfte Stimme antwortete:

„Gut, gut! Ich weiß, wer es ist."

Dann, als der Korporal, verlegen und atemlos an der Schwelle stehen blieb, fuhr die Stimme fort:

„Treten Sie näher, Herr Jean . . . Zwei Stunden sind's schon, seit Maurice hier ist, und seit wir Sie erwarten, mit großer Ungeduld erwarten."

Da, in dem fahlen Licht des Zimmers, sah er sie, in ihrer verblüffenden Aehnlichkeit mit Maurice, jener außerordentlichen Aehnlichkeit, wie sie nur bei Zwillingen vorkommt und die wie eine Verdoppelung der Gesichter erscheint. Doch war sie kleiner, noch zarter und von noch schwächlicherem Aussehen, mit ihrem ein wenig großen Munde, ihren feinen Zügen und ihrem wunderbaren blonden Haar, dem lichten Blond reifen Hafers. Und worin sie sich besonders von ihm unterschied, das waren ihre grauen, ruhigen, tapfern Augen, in denen die ganze heldenhafte Seele ihres Großvaters, des Helden der großen Armee, wieder lebendig ward. Sie sprach wenig, sie ging geräusch- los umher, mit so geschickter Geschäftigkeit, mit so fröhlicher Sanftmut, daß man förmlich die Empfin- dung hatte, es streiche eine Liebkosung durch die Luft, wo sie schritt.

„Da, Herr Jean, treten Sie hier ein,“ wieder=
holte ſie. „Alles wird gleich bereit ſein.“

Er ſtammelte etwas; er fand nicht einmal ein
Wort des Dankes in ſeiner Bewegung darüber, daß
er ſo brüderlich aufgenommen wurde. Seine Augen=
lider ſchloſſen ſich, er nahm in der unbezwinglichen
Schlafſucht, die ihn ergriff, nur eine Art Nebel wahr,
in dem ſie, der Erde entrückt, in verſchwimmenden
Umriſſen ſchwebte. War ſie vielleicht doch nur eine
reizvolle Erſcheinung, dieſe junge, hilfreiche Frau, die
ihm mit ſolcher Schlichtheit zulächelte? Wohl ſchien es
ihm, als drückte ſie ſeine Hand, als fühlte er die ihre,
ſo klein und feſt, ſo bieder wie die eines alten Freundes.

Und von dieſem Augenblick an verlor Jean die
klare Vorſtellung von den Dingen um ſich her.

Man befand ſich im Speiſezimmer; auf dem Tiſch
ſtanden Brot und Fleiſch. Aber er würde nicht die
Kraft gehabt haben, die Biſſen zum Mund zu führen;
ein Mann war da, der auf einem Stuhle ſaß. Da
erkannte er Weiß, den er in Mülhauſen geſehen hatte.
Aber er verſtand nicht, was dieſer Mann mit beküm=
mertem Geſichte und langſamen Geberden ſagte. Auf
einem Gurtbett, das vor dem Ofen aufgeſtellt war,
ſchlief Maurice bereits mit unbeweglichem Geſicht und
totenſtarrer Miene, und Henriette machte ſich bei
einem Sofa zu ſchaffen, auf das eine Matratze ge=
legt worden war. Sie brachte eine Schlummerrolle,
Kopfpolſter und Decken herbei; mit flinken und ge=
ſchickten Händen breitete ſie das weiße Bettzeug aus,
wundervolles Bettzeug von ſchneeigem Weiß.

Ach, dieses weiße Bettzeug, dieses so heißbegehrte
Bettzeug! Jean sah nichts mehr als das. Seit sechs
Wochen hatte er sich nicht ausgekleidet, hatte er nicht
in einem Bett geschlafen. Eine kindische Gier und
Ungeduld, eine unwiderstehliche Leidenschaft erfaßte
ihn, in dieses weiße, frische Bett zu schlüpfen und
drinnen ganz zu verschwinden. Kaum daß man ihn
allein gelassen hatte, stand er barfuß, im Hemd da
und legte sich befriedigt, wie ein glückseliges Tier
grunzend, nieder. Das fahle Morgenlicht drang durch
das hohe Fenster herein, und als er, schon halb in
Schlaf gesunken, die Augen blinzelnd öffnete, erschien
ihm abermals Henriette, eine noch unbestimmtere,
noch wesenlosere Henriette, die auf den Fußspitzen
eintrat, um neben ihm auf den Tisch eine Wasser-
flasche und ein Glas zu stellen, die vergessen worden
waren. Es schien, als bliebe sie ein paar Sekunden
da, als betrachte sie alle beide, ihren Bruder und ihn,
mit ihrem ruhigen Lächeln und mit unendlicher Güte.
Dann verschwand sie. Und er schlief in dem weißen
Bettzeug wie vernichtet.

Stunden, Jahre flossen dahin; Jean und Maurice
waren nicht mehr; sie lagen in traumlosem Schlaf,
ohne das Bewußtsein der leichten Schläge in ihren
Adern.

Zehn Jahre oder zehn Minuten — die Zeit hatte
aufgehört zu zählen; es war wie eine Vergeltung, die
der übermüdete Körper übte, indem er sich an dem
Absterben ihres ganzen Wesens ergötzte. Plötzlich,
von derselben Erschütterung gepackt, wachten alle beide

auf. Was gibt's denn? Was war geschehen? Seit
wie langer Zeit schliefen sie? Dasselbe bleiche Licht
drang durchs hohe Fenster. Sie waren gebrochen,
ihre Gelenke erstarrt, ihre Glieder noch schlaffer und ihr
Mund noch bitterer verzogen, als da sie sich nieder=
gelegt hatten. Glücklicherweise dürften sie nur eine
Stunde geschlafen haben, und sie wunderten sich nicht,
auf demselben Sessel noch Weiß zu bemerken, der in
derselben gedrückten Haltung ihr Erwachen abzuwarten
schien.

„Teufel," stammelte Jean, „müssen wohl gleich
aufstehen und uns noch vor Mittag beim Regiment
stellen."

Mit einem leisen Ausruf des Schmerzes sprang
er auf die Diele und kleidete sich an.

„Vor Mittag?" wiederholte Weiß. „Es ist sieben
Uhr abends, müssen Sie wissen. Sie schlafen seit
ungefähr zwölf Stunden."

Sieben Uhr! Lieber Gott, das war ein Schreck!
Jean, der schon vollständig angekleidet war, wollte
davoneilen, während Maurice, der noch im Bette lag,
jammerte, daß er nicht die Beine bewegen könne.
Wie sollte man die Kameraden finden? War die
Armee nicht schon davongezogen? Alle beide wurden
unwillig, man hätte sie nicht so lange schlafen lassen
sollen. Weiß machte eine Geberde der Verzweiflung.

„Mein Gott, wegen dem, was gethan wurde,
hättet ihr ebenso gut noch liegen bleiben können."

Er war seit dem Morgen in Sedan und in der
Umgebung umhergestrichen. Eben war er zurück=

gekehrt, verzweifelt über die Unthätigkeit der Truppen
während des ganzen, so kostbaren 31. August, der
mit unbegreiflichem Warten verloren gegangen war.
Eine einzige Entschuldigung war möglich: die äußerste
Ermüdung der Truppen und ihr gebieterisches Be=
dürfnis nach Ruhe; aber er verstand es nicht, warum
man nicht nach einigen Stunden notwendigen Schlafes
den Rückzug fortgesetzt hatte.

„Ich für meine Person, ich habe nicht die An=
maßung, etwas davon verstehen zu wollen, aber ich
fühle es, daß die Armee in Sedan sehr schlecht auf=
gestellt ist ... Das zwölfte Corps befindet sich in
Bazeilles, wo's heute morgen ein kleines Scharmützel
gegeben hat; das erste steht längs der Givonne und
der Moncelle im Garennewalde, während das siebente
Corps auf dem Plateau von Floing lagert und das
fünfte, halb aufgerieben, unterhalb der Schanzmauern
selbst an der Schloßseite sich zusammendrängt. Und
das ist's, was mir Furcht macht, die Truppen alle
so rings um die Stadt gereiht zu wissen und auf die
Preußen wartend. Ich, für mein Teil, wäre sofort
nach Mézières abgezogen; ich kenne die Gegend, es
gibt keine andere mögliche Rückzugslinie, oder man
wird nach Belgien hinübergeworfen ... Und dann,
schaut, hier könnt ihr etwas sehen."

Er nahm Jean bei der Hand und führte ihn zum
Fenster.

„Blicken Sie dorthin auf den Kamm der Hügel=
kette."

Ueber die Schanzmauern und die Nachbarbauten

hinweg sah das Fenster auf der Südseite von Sedan
in das Maasthal. Da war der Fluß, der sich inmitten der weiten Wiesen den Blicken entrollte, da
war Remilly links, Pont-Maugis und Wadelincourt
gerade gegenüber und Frénois rechts. Die Hügel
breiteten ihre grünen Abhänge aus, zuerst der Liry,
dann die Marfée und die Croix-Piau mit ihren
großen Wäldern. Im scheidenden Tageslicht lag der
weite Horizont in tiefer Ruhe und kristallener Durch-
sichtigkeit da.

„Sehen Sie nicht, dort längs der Gipfel, diese
schwarzen marschirenden Linien, diese schwarzen Ameisen,
die vorüberziehen?"

Jean blickte mit aufgerissenen Augen dorthin,
während Maurice, auf seinem Bett knieend, den Hals
ausstreckte.

„Ah, ja," riefen beide zugleich, „da ist eine Linie,
da noch eine, da eine andere, da wieder eine! Ueber-
all sind welche!"

„Nun," sagte Weiß wieder, „das sind die Preußen.
Seit heute früh sehe ich sie, und sie ziehen daher,
immerzu, ohne Unterlaß. Ah, das kann ich euch
sagen, wenn unsere Soldaten auf sie warten, sie beeilen sich, herzukommen ... Und alle Stadtbewohner
haben sie gleich mir gesehen, und, wahrhaftig, nur die
Generale haben die Augen wie verbunden. Ich sprach
eben mit einem General, er zuckte die Achseln und
sagte, der Marschall Mac Mahon sei durchaus überzeugt, kaum siebenzigtausend Mann vor sich zu haben.
Wollte Gott, daß er gut unterrichtet wäre ... Aber

seht sie doch an, die Erde ist von ihnen bedeckt, sie kommen, sie kommen immerzu, die schwarzen Ameisen!"

In diesem Augenblick warf sich Maurice wieder auf sein Bett zurück und brach in heftiges Schluchzen aus. Henriette trat ein mit ihrer lächelnden Miene von vorhin. Erschreckt trat sie rasch näher:

„Was gibt's denn?"

Aber er wies sie mit einer Geberde zurück.

„Nein, nein, laß mich, kümmere Dich nicht um mich, ich habe Dir immer nur Kummer gemacht. Wenn ich daran denke, wie Du Dir Kleider versagt hast, und ich im Gymnasium war! Ach ja, eine Er= ziehung, die ich nett benützt habe! Und dann hätte ich beinahe unsern Namen entehrt, ich weiß nicht, wo ich zu dieser Stunde wäre, wenn Du Dich nicht fast verblutet hättest, um meine Dummheiten wieder gut zu machen."

Sie lächelte wieder mit ihrer friedlichen Miene.

„Wahrhaftig, mein armer Junge, Dein Erwachen ist nicht sehr lustig . . . Aber das ist ja alles aus= gelöscht und vergessen! Erfüllst Du jetzt nicht Deine Pflicht als guter Franzose? Seitdem Du Soldat ge= worden bist, bin ich sehr stolz auf Dich, ich versichere Dir's."

Wie um ihn zu bitten, daß er ihr zu Hilfe kom= men möge, hatte sie sich nach Jean umgewendet. Dieser betrachtete sie, ein wenig überrascht davon, sie weniger schön zu finden als am Morgen, noch schmäler, noch blasser, jetzt, da er sie nicht mehr durch die halbe

Sinnestäuschung seiner Erschöpfung hindurch sah. Was immer noch überraschend blieb, war die Aehnlichkeit mit ihrem Bruder; und doch, die ganze Verschiedenheit ihrer Naturen gab sich in dieser Minute deutlich kund: Er, nervös wie eine Frau, zerrüttet von der Krankheit der Zeit, in die historische und gesellschaftliche Krise seines Volksstammes hineingezogen, fähig, von einem Augenblicke zum andern aus der edelsten Begeisterung in die schlimmste Entmutigung überzuspringen; sie, so schwächlich, in ihrer Aschenbrödelbescheidenheit, mit ihrer entsagungsvollen Miene der kleinen Hausfrau, dennoch mit ihrer festen Stirn, ihren tapfern Augen aus demselben heiligen Holz geschnitzt, aus dem man Märtyrer macht.

„Stolz auf mich!" rief Maurice aus. „Wahrhaftig, keine Ursache dazu! Da ist's nun schon ein Monat, seit wir fliehen wie die Feiglinge, die wir auch sind."

„Verdammt," sagte Jean mit seinem gesunden Menschenverstand, „von uns allein hängt es nicht ab; wir thun, was man uns thun heißt."

Aber der Anfall packte den jungen Mann noch heftiger:

„Und gerade das hab' ich satt ... Könnte man da nicht blutige Thränen weinen? Diese beständigen Niederlagen, diese schwachköpfigen Führer, diese Soldaten, die man stumpfsinnig, gleich Viehherden zur Schlachtbank führt ... Jetzt sind wir ganz drinnen in einer Sackgasse. Ihr seht, wie die Preußen von allen Seiten daherkommen; und wir werden zer=

schmettert werden; bie Armee ist verloren . . . Nein, nein, ich bleibe hier, ich will lieber als Ausreißer er= schossen werden. Jean, Du kannst ohne mich gehen. Nein! Ich gehe nicht mehr zurück, ich bleibe hier."

Von neuem warf ihn krampfhaftes Weinen auf das Kissen nieder. Es war eine unbezwingliche Ab= spannung der Nerven, die hier die Oberhand gewann, ein plötzliches Versinken in Hoffnungslosigkeit, in die Verachtung der ganzen Welt und seiner selbst, dem er so häufig unterworfen war. Seine Schwester, die ihn gut kannte, blieb sanft und ruhig.

„Das wäre sehr schlecht von Dir, mein guter Maurice, wenn Du Deinen Posten in der Stunde der Gefahr verlassen wolltest."

Mit einem Ruck richtete er sich im Bette auf.

„Wohlan, gebt mir mein Gewehr, ich will mir den Schädel zerschmettern, dann ist's schneller aus."

Dann wies er mit ausgestrecktem Arm nach Weiß, der unbeweglich und schweigend dastand.

„Seht, nur er ist vernünftig, er allein hat klar gesehen . . . Erinnerst Du Dich, Jean, was er mir vor Monatsfrist vor Mülhausen sagte?"

„Es ist richtig," bestätigte der Korporal; „der Herr hat gesagt, daß wir geschlagen würden."

Und die Scene stand wieder lebendig vor ihnen: die bange Nacht und das angstvolle Warten; über den finstern Himmel strich schon das ganze Un= heil von Fröschweiler dahin, indes Weiß seine Be= fürchtungen aussprach: Deutschland bereit, besser befehligt, besser bewaffnet, und von einem mächtigen

Schwung der Vaterlandsliebe getragen, Frankreich,
ratlos vor Schreck, der Unordnung preisgegeben, zurückgeblieben und verderbt, ohne Führung, ohne Soldaten, ohne die nötigen Waffen. Und die entjetzliche
Prophezeiung verwirklichte sich.

Weiß streckte seine zitternden Hände empor; sein
gutmütiges Gesicht drückte einen tiefen Schmerz aus.

„Ach, ich bin gar nicht stolz darauf, recht gehabt
zu haben," murmelte er. „Ich bin dumm, aber das
war so klar, wenn man die Dinge kannte ... Allein
wenn man auch geschlagen ist, kann man trotzdem
noch viele von diesen Unglückspreußen umbringen;
das ist ein Trost. Ich glaube noch immer, daß es
mit uns bergab geht, aber ich möchte, daß auch von
den Preußen recht viele bleiben, haufenweise, um die
Erde dort unten mit ihren Leibern zu bedecken.

Er war aufgestanden und zeigte mit der Hand
auf das Maasthal. In seinen großen, kurzsichtigen
Augen, die ihn verhindert hatten, zu dienen, leuchtete
es wie von einer Flamme.

„Herrgott, ja, ich würde mich schlagen, wenn ich
frei wäre ... Ich weiß nicht, ob deshalb, weil sie
jetzt Herren in meinem Lande sind, in diesem Lande,
wo die Kojaken schon so viel Böses angerichtet haben.
Aber ich kann nicht an sie denken, sie nicht in der
Vorstellung bei uns, in unseren Häusern sehen, ohne
daß mich nicht alsbald eine wütende Begierde erfaßt,
ein Dutzend von ihnen abzuschlachten. Ach, wenn
ich nicht untauglich befunden worden, wenn ich Soldat wäre!"

Dann sagte er nach einem kurzen Schweigen:
„Uebrigens, wer weiß?“

Das war die Hoffnung, das Bedürfnis, den Sieg
noch immer für möglich zu halten, selbst bei denen,
die am meisten entnüchtert waren. Und Maurice, der
sich schon seiner Thränen schämte, horchte auf ihn und
klammerte sich an diesen Traum. In der That, war
nicht tags vorher das Gerücht gegangen, daß Bazaine
in Verdun sei? Das Glück schuldete Frankreich
wohl ein Wunder, diesem Frankreich, das es so lange
Zeit mit Ruhm bedeckt hatte. Henriette war still
verschwunden, und als sie wiederkam, wunderte sie
sich gar nicht, ihren Bruder angekleidet und zum
Aufbruch bereitstehend zu finden. Sie wollte durch=
aus, daß Jean und er etwas essen sollten. Sie mußten
sich zu Tisch setzen, aber die Bissen quollen ihnen im
Munde, und Ekel erfaßte sie, die noch von ihrem
schweren Schlummer schlaff und träge waren. Als
vorsichtiger Mann schnitt Jean ein Brot entzwei und
steckte eine Hälfte in den Tornister von Maurice, die
andere Hälfte in den seinen. Der Tag neigte sich,
man mußte fort. Und Henriette, die beim Fenster
stehen geblieben war, betrachtete in der Ferne, auf
der Marfée, preußische Truppen, diese unaufhörlich
vorbeiziehenden schwarzen Ameisen, die allmälich in
dem wachsenden Dämmerschein sich verloren, und sie
stieß unwillkürlich einen Klageruf aus:

„O, der Krieg, der schreckliche Krieg!“

Sofort neckte sie Maurice, indem er Wieder•
vergeltung übte:

„Wie, Schwesterchen, Du willst ja, daß man sich schlägt, und Du schiltst den Krieg?"

Sie wandte sich um und antwortete ihm mit ihrer tapfern Miene:

„Es ist wahr, ich hasse ihn, ich finde ihn un= gerecht und abscheulich, vielleicht einfach deshalb, weil ich ein Weib bin. Diese Totschlägereien empören mich. Warum setzt man sich nicht auseinander und verständigt sich?"

Jean, der brave Bursch, stimmte kopfnickend bei. Auch ihm, dem Ungebildeten, schien nichts leichter, als daß alles, nachdem man sich ordentlich aus= gesprochen hatte, sich einige. Aber Maurice, dessen Wissen wieder lebendig wurde, hielt den Krieg für notwendig, den Krieg, der das Leben selber, das Gesetz der Welt ist. Ist es nicht ein jammervoller Mensch, der den Gedanken an Gerechtigkeit und Frieden aufgebracht hat, während doch die gefühllose Natur nichts anderes ist als ein beständiges Schlachtfeld?!

„Sich verständigen," rief er, „ja, in Jahrhun= derten. Wenn alle Völker nur ein einziges Volk bil= deten, könnte man zur Not den Anbruch dieses goldenen Zeitalters begreiflich finden. Und dann noch — wäre das Ende des Krieges nicht das Ende der Menschheit? . . . Ich war vorhin eben ein Schwach= kopf, es ist notwendig, daß man sich schlägt, da es Gesetz ist."

Er lächelte nun auch und wiederholte das Wort seines Schwagers:

„Uebrigens, wer weiß?“

Wiederum hielt ihn die lebhafte Selbsttäuschung gefangen, ein wahres Bedürfnis nach Verblendung erfaßte ihn in seiner krankhaft überspannten nervösen Erregbarkeit.

„Und was ist's denn mit dem Vetter Günther?“ fuhr er lebhaft fort.

„Vetter Günther,“ sagte Henriette, „er ist doch bei der preußischen Garde; ist denn die Garde hier?“

Weiß gab durch eine Geberde kund, daß er es nicht wisse, desgleichen die beiden Soldaten, die keine Antwort auf die Frage geben konnten, da die Generale selbst nicht wußten, welche Feinde sie vor sich hatten.

„Gehen wir,“ sagte Weiß, „ich will euch führen, ich habe erfahren, wo das Hundertundsechste lagert.“

Dann sagte er zu seiner Frau, daß er nicht zurückkommen, daß er in Bazeilles schlafen werde. Er hatte dort ein Häuschen gekauft, dessen Einrichtung er eben vollendete, um bis zur kalten Jahreszeit darin zu wohnen. Das Häuschen war einer Herrn Delaherche gehörigen Färberei benachbart. Er war wegen der Vorräte beunruhigt, die er bereits im Keller untergebracht hatte, ein Faß Wein und zwei Säcke mit Kartoffeln. Gewiß, sagte er, würden die Marodeure das Haus plündern, wenn es leer bliebe, während es davor sicher geschützt sei, wenn er diese Nacht dort zubringe. Während er sprach, blickte ihn seine Frau fest an.

„Sei ruhig," fügte er lächelnd hinzu, „ich habe nichts anderes vor, als unsere Siebensachen zu bewachen, und ich verspreche Dir, wenn das Dorf angegriffen wird, wenn nur irgend eine Gefahr ist, sofort zurückzukommen."

„Geh," sagte sie, „aber komm wieder, oder ich hole Dich."

An der Thüre küßte Henriette Maurice zärtlich; dann reichte sie Jean die Hand und drückte die seine ein paar Sekunden freundschaftlich.

„Ich vertraue Ihnen abermals meinen Bruder an. Ja, er hat mir erzählt, wie nett Sie gegen ihn gewesen sind, und ich habe Sie nun sehr lieb."

Er war so verwirrt, daß er sich begnügte, ihre feine und feste kleine Hand gleichfalls zu drücken. Und jetzt hatte er denselben Eindruck von ihr wie bei seiner Ankunft: jener Henriette mit dem Haar von dem Blond reifen Hafers, so leicht, so lächelnd in ihrem bescheidenen Wesen, daß sie die Luft ringsum wie mit einer Liebkosung erfüllt.

Unten gerieten sie in das düstere Sedan vom selben Morgen. Die Abenddämmerung hüllte bereits die engen Gassen ein, und verworrenes Getümmel bedeckte das Straßenpflaster. Die meisten Läden waren geschlossen, die Häuser wie ausgestorben, indes man sich draußen stieß und drängte. Doch hatten sie ohne allzu große Mühe den Rathausplatz erreicht, als sie Herrn Delaherche trafen, der dort neugierig schlenderte. Sofort rief er ihnen zu, schien ganz entzückt darüber, Maurice wieder zu erkennen, und erzählte, daß er eben

den Hauptmann Beaudoin in der Richtung nach
Floing begleitet habe, wo das Regiment lagere; und
seine gewöhnliche zufriedene Stimmung wuchs noch,
als er erfuhr, daß Weiß in Bazeilles schlafen wolle,
denn auch er, wie er eben zum Hauptmann gesagt
hatte, war entschlossen, die Nacht in seiner Färberei
zu verbringen, um sich die Sache anzusehen.

„Weiß, wir gehen miteinander . . . Aber vorher
wollen wir zur Unterpräfektur gehen, vielleicht sehen
wir den Kaiser."

Seitdem er in dem Gehöfte von Baybel beinahe
mit ihm gesprochen hatte, beschäftigte er sich mit nichts
anderem als mit Napoleon III.; und er veranlaßte
schließlich selbst die beiden Soldaten, mitzuziehen. Auf
dem Platze vor der Unterpräfektur standen nur einige
flüsternde Gruppen; von Zeit zu Zeit eilten Offiziere
mit verstörten Mienen vorbei. Ein melancholischer
Schatten entfärbte bereits die Bäume, und man hörte
das starke Rauschen der Maas, die rechts am Fuße
der Häuser dahinfloß.

In der Menge erzählte man, wie der Kaiser,
der sich abends zuvor, gegen elf Uhr, mit Mühe
entschlossen hatte, Carignan zu verlassen, sich durch=
aus weigerte, bis nach Mézières zu gehen; er
wollte in der Gefahr bleiben und die Truppen nicht
demoralisiren. Andere sagten, er sei nicht mehr hier,
er habe als Strohmann einen seiner Offiziere, mit
seiner Uniform bekleidet, zurückgelassen, dessen ver=
blüffende Aehnlichkeit mit dem Kaiser die Armee
täuschen sollte. Wieder andere gaben ihr Ehrenwort,

daß sie Wagen in den Garten der Unterpräfektur einfahren sahen, die mit dem kaiserlichen Privatschatz, hundert Millionen in Gold, in neuen Zwanzigfranken= stücken, beladen waren. In Wahrheit war dies nichts anderes als das Gerät und der Bedarf des kaiserlichen Hofstaates, der Gesellschaftswagen, die beiden Kutschen, die zwölf Gepäckwagen, die im Vorüberziehen die Dörfer Courcelles, Chêne und Raucourt in Aufregung versetzt hatten, die, in der Phantasie der Bevölkerung immer zunehmend, zu einem ungeheuren Zug wurden, die die Straße versperrten, die Armee aufhielten und schließlich verdammt und geschmäht, hieher verschlagen und vor den Blicken der Leute hinter den Flieder= bäumen des Unterpräfekten versteckt worden waren.

Neben Delaherche, der, die Fenster im Erdgeschoß musternd, sich emporgereckt hatte, stand ein altes Weib, irgend eine arme Taglöhnerin aus der Umgebung, mit verwachsenem Körper, gekrümmten, von der Arbeit narbigen Händen, die zwischen den Zähnen murmelte:

„Ein Kaiser ... ich möchte wohl einen sehen ... ja, um zu sehen ...."

Plötzlich rief Delaherche, Maurice beim Arm fassend, aus:

„Da! Da ist er ... Sehen Sie hin, am Fenster links ... Ich täusche mich nicht, ich habe ihn gestern ganz in der Nähe gesehen, ich erkenne ihn sehr gut wieder. Er hat den Vorhang emporgezogen; ja, das ist er, dieses bleiche Gesicht an der Glasscheibe."

Das alte Weib, das zugehört hatte, blieb mit offenem Munde stehen. An der Glasscheibe war in der

That ein leichenhaftes Gesicht mit erloschenen Augen und verzerrten Zügen erschienen, dessen Schnurrbart sogar fahl geworden war in dieser letzten höchsten Beklommenheit. Und die Alte drehte sich verdutzt um und ging mit einer Geberde unendlicher Verachtung davon:

„Das, ein Kaiser! So ein Schwachkopf!"

Ein Zuave stand da, ein Soldat aus jenen aufgelösten Haufen, die sich nicht beeilten, zu ihren Corps zu kommen; er schwang sein Chassepotgewehr, schimpfte und sprudelte Drohungen hervor; schließlich sagte er zu einem Kameraden:

„Warte nur, ich pfeffere ihm eine Kugel in den Kopf!"

Delaherche wollte sich entrüstet einmengen. Aber schon war der Kaiser verschwunden. Die Maas rauschte mächtig weiter, eine Klage von unsäglicher Traurigkeit schien durch das zunehmende Dunkel zu ziehen. In der Ferne grollten andere vereinzelte Laute. War es das: „Marsch! Marsch!" dieser furchtbare, von Paris her erschallende Befehl, der diesen Mann von einem Halteplatz zum andern getrieben hatte, diesen unglücklichen Mann, der auf der Bahn der Niederlage die Ironie seines kaiserlichen Gefolges mit sich schleppte und jetzt ins entsetzliche Unheil gestoßen worden war, das er vorausgesehen hatte, das zu suchen er gekommen war? Wie viele brave Leute sollten durch seine Schuld sterben! Welche Zerrüttung des ganzen Seins in diesem Kranken, in diesem empfindsamen Träumer, der schweigend und düster seines Schicksals harrte!

Weiß und Delaherche begleiteten die beiden Sol=
daten bis zur Hochebene von Floing.

„Lebe wohl,“ sagte Maurice, seinen Schwager
umarmend.

„Nein, nein, auf Wiedersehen, zum Teufel auch!“
rief lustig der Fabrikant aus.

Jean, mit seinem Spürrsinn, fand sofort das
hundertundsechste Regiment, dessen Zelte sich auf dem
Abhange der Hochebene hinter dem Friedhof an=
einander reihten. Die Nacht war fast vollständig
hereingebrochen; aber man konnte noch in groben
Umrissen die dunkle Masse der Dächer der Stadt
sehen und dann darüber hinaus Balan und Bazeilles
inmitten der Wiesen, die sich bis zur Hügelkette
zwischen Remilly und Frénois ausbreiteten. Links
aber dehnte sich wie ein schwarzer Fleck der Garenne=
wald aus, und rechts unten schimmerte das breite,
blasse Band der Maas. Einen Augenblick betrachtete
Maurice diesen unermeßlichen Horizont, wie er in
der Finsternis versank.

„Ah, das ist der Korporal,“ sagte Chouteau,
„er kommt wohl vom Proviantfassen.“

Es entstand ein Lärm. Den ganzen Tag über
hatten sich die Mannschaften wieder mit ihren Truppen=
körpern vereinigt, die einen allein, die anderen in
kleinen Gruppen, unter einem solchen Gewühl, daß
die Vorgesetzten darauf verzichtet hatten, auch nur
Erklärungen zu verlangen. Sie drückten die Augen
zu, noch glücklich darüber, die wieder zu haben, die
zurückzukehren beliebten.

Uebrigens war Hauptmann Beauboin eben erst ein=
getroffen, und Lieutenant Rochas hatte erst gegen zwei
Uhr die aufgelöste Compagnie hergeführt, die auf zwei
Drittel zusammengeschmolzen war. Jetzt waren sie
wieder fast vollständig beisammen. Einige Soldaten
waren betrunken, andere waren mit leerem Magen
geblieben, da sie sich nicht einmal ein Stück Brot
verschaffen konnten. Und die Proviantverteilung war
wieder einmal ausgeblieben. Immerhin hatte Loubet
seinen ganzen Scharfsinn zusammengenommen, um
Kohl zu kochen, den er aus einem benachbarten
Garten herausgerissen hatte. Aber er hatte weder
Salz noch Schmalz, und der Magen der Leute fuhr
fort, vor Hunger zu knurren.

„Wie, Herr Korporal, Ihr seid doch sonst so
schlau!" fuhr Chouteau spöttisch fort. „O, ich spreche
nicht wegen meiner, ich habe mit Loubet bei einer
Dame sehr gut gefrühstückt."

Angstvolle Gesichter wandten sich Jean zu. Der
Zug hatte auf ihn gewartet, besonders Lapoulle und
Pache, zwei Pechvögel, die nichts erwischt und auf
ihn gerechnet hatten, der, wie sie sagten, Mehl aus
Steinen hervorgezaubert hätte. Und Jean, von Mit=
leid erfaßt und von Gewissensbissen gequält, daß er
seine Leute im Stich gelassen hatte, verteilte das halbe
Brot, das er in seinem Tornister hatte, unter sie.

„Herrgott, Herrgott," wiederholte Lapoulle
schlingend, da er, vor Befriedigung grunzend, kein
anderes Wort finden konnte, indes Pache ganz leise
ein Vaterunser und ein Ave betete, um sicher zu sein,

daß ihm der Himmel auch morgen noch seine Nah-
rung schicke.

Der Hornist Gaude hatte schmetternd zum Appell
geblasen, aber es gab keinen Zapfenstreich; das Lager
versank sofort in lautloses Schweigen. Und nachdem er
festgestellt hatte, daß sein halber Zug vollständig war,
sagte der Sergeant Sapin mit seinem mageren, kränk-
lichen Gesicht und seiner spitzen Nase in sanftem Ton:

„Morgen abend werden manche fehlen."

Und als Jean ihn ansah, fügte er mit ruhiger
Gewißheit hinzu, die Augen ins ferne Dunkel richtend:

„O, ich werde morgen fallen."

Es war neun Uhr, die Nacht drohte eisig zu werden, denn aus der Maas waren Nebel emporgestiegen,
die die Sterne verbargen. Und Maurice, der bei
Jean unter einer Hecke lag, erschauerte und meinte,
man thäte gut, sich unter dem Zelt auszustrecken.
Aber weder der eine noch der andere konnte schlafen,
gebrochen und noch zerschlagener seit der Ruhe, die
sie genossen hatten. Sie beneideten den Lieutenant
an ihrer Seite, der, jedes Schutzdach verachtend, sich
einfach in seine Decke eingewickelt hatte und heldenhaft
auf der feuchten Erde schnarchte. Nachher beobachteten
sie lange und aufmerksam die kleine Flamme einer
Kerze, die in einem großen Zelte brannte, wo der
Oberst und einige Offiziere wachten. Den ganzen
Abend hatte sich Herr von Vineuil sehr beunruhigt
gezeigt, daß er für den nächsten Morgen keinen Befehl erhalten. Er fühlte, daß sein Regiment in der
Luft hänge und sich zu weit vorne befinde, wiewohl

er bereits zurückgegangen war, indem er den vor=
geschobenen Posten, den er des Morgens eingenom=
men, aufgegeben hatte. General Bourgain=Desfeuilles
hatte sich nicht blicken lassen; es hieß, daß er krank
im Gasthof zum „goldenen Kreuz" liege; und der Oberst
mußte sich entschließen, einen Offizier zu ihm zu
schicken, um ihm zu melden, daß die neue Position
gefährlich scheine wegen der Zersplitterung des siebenten
Corps, das gezwungen war, eine zu ausgedehnte
Linie, von der Maaswindung bis zum Garennewald,
zu verteidigen. Die Schlacht werde sicher bei Tages=
anbruch geliefert werden. Man hatte nicht mehr als
sieben oder acht Stunden in dieser lautlosen, finstern
Stille vor sich. Als das kleine Licht im Zelte des
Obersten erlosch, war Maurice ganz erstaunt, zu
sehen, wie Hauptmann Beaudoin neben ihm mit
heimlichen Schritten längs der Hecke dahineilte und
gegen Sedan zu verschwand.

Die Nacht wurde immer dichter und dichter, die
mächtigen Dünste, die aus dem Flusse emporgestiegen
waren, hüllten sie ganz in einen düsteren Nebel ein.

„Schläfst Du, Jean?"

Jean schlief, und Maurice blieb allein. Der Ge=
danke, zu Lapoulle und den anderen unter das Zelt
zu gehen, verursachte ihm Widerwillen. Er hörte ihr
Schnarchen, wie es dem Schnarchen Rochas' Antwort
gab, und er beneidete sie. Wenn die großen Heer=
führer vor einer Schlacht so gut schlafen, so ist's viel=
leicht nur deshalb, weil sie ermüdet sind. Aus dem
unermeßlichen, in Finsternis getauchten Lager ver=

nahm er nur den tiefen Hauch des Schlummers, ein
ungeheures, ruhiges Atmen. Nichts war mehr da,
er wußte nur, daß das fünfte Corps dort unter den
Wällen lagern mußte, daß das erste Corps sich vom
Garennewald bis zum Dorfe Moncelle erstreckte, in=
des das zwölfte auf der andern Seite der Stadt
Bazeilles besetzt hielt. Und alles schlief; der lang=
same Pulsschlag zitterte von den ersten Zelten bis zu
den letzten aus dem dunklen Schatten hervor, über
eine Meile weit. Darüber hinaus lag ein anderes un=
bekanntes Etwas, aus dem gleichfalls von Zeit zu Zeit
Geräusche zu ihm kamen, so fern, so leise, daß er es
für bloßes Summen seiner Ohren hätte halten können:
Der verlorene Galopp von Reitern, das schwache
Rollen von Kanonen, vor allem aber der schwere
Marsch von Soldaten, der Zug der schwarzen Ameisen
auf den Höhen, dieses Heranwimmeln, dieses Um=
zingeln, dem nicht einmal die Nacht Einhalt thun
konnte. Und da unten, waren das nicht jäh auf=
lodernde Feuer, die verloschen, vereinzelte Stimmen,
die Schreie ausstießen, war das nicht die wachsende
Angst, die in der schreckensvollen Erwartung des
Tages diese letzte Nacht erfüllte?

Maurice hatte mit tastender Hand die Hand
Jeans ergriffen. Dann erst schlief er beruhigt ein.
Nichts mehr wachte als der Glockenturm von Sedan,
von dem die Stundenschläge einer um den andern
niederhallten.